# 王宮書庫のご意見番

安芸とわこ

Towako Aki

Regina

RB

レジーナ文庫

# 登場人物紹介

## イシュアン

第三王子にして、書院の長官。
また、隠密《おんみつ》を使って王宮の
秩序を裏から守る存在でもある。
カグミを保護しつつも、
彼女の規格外ぶりに
頭を抱えている。

## カグミ

王宮の書院で働くことと
なったド平民の少女。
一度読んだり見たり
したものは決して忘れない。
知識は豊富だが迂闊《うかつ》なところも。

リガルディー
イシュアンの側仕えで、
護衛を兼任する
魔法士。有能だが、
趣味嗜好が
特殊すぎる
残念な人。
エストワ
イシュアンの側仕え。
情報収集を担当。
常に穏やかで優しく
気が利く。
ユーベルミーシャ
隣国の大使。
掴みどころのない
不思議な人物だが、
なぜかカグミに
強い執着心を抱いて
いて……？
ダーヴィッド
カグミの先輩。
貴族のお坊ちゃんで、
なにかとカグミに
突っかかる。
ツンデレな一面も。
アルテア
カグミの先輩。
妖艶な美女であり、
名家のお嬢様。
カグミへの当たりは
やや冷たい。
ルケス
カグミたちの上司。
書庫で働く面々を
まとめ上げる
有能で苦労性な
青年。

# 目 次

王宮十二院の象徴色と業務内容。格付けは上から順。

一、近侍院《きんじいん》、黒

王族の側仕え、外交

二、管理院、白

御璽《ぎょじ》・神宝《しんぽう》・王笏《おうしゃく》の管理と保全、叙位を含む賞賜《しょうし》、人事、

戸籍・租税・出納《すいとう》の管理

三、書院、赤

書簡・書類・書籍・紙・筆・図書室・書庫の管理など、

紙に関する一切の仕事

四、法院、橙《だいだい》

王宮内の監察・粛清、裁判全般、刑罰の実施

五、軍事院、黄

国軍の運営、警備、犯罪の取り締まり、武器・王宮所門の鍵の保管

六、祈祷院《きとういん》、黄緑

気象予報と天文記録、神官と巫女《みこ》が常駐して祈りを捧げる

七、医薬・大学院、緑

医薬全般、薬・毒の研究、学舎管理

八、食膳院、青緑

飲料水の管理、料理、毒味、酒の醸造

九、衣装院、青

衣服裁縫、簪《かんざし》・冠・小物・履物の管理と着付け

十、建築院、紺

王宮の造成・保全・補修、墓・庭の管理

十一、行事院、紫

諸行事の運営、馬・乗り物と燃料の管理、鷹匠の管理

十二、清掃院、桃

掃除全般、洗濯

# 王宮書庫のご意見番

# 序幕　ある司書見習いの苦悩

「王宮書庫のご意見番様はいらっしゃいますか？」

蕾《つぼみ》が綻《ほころ》ぶような、可愛らしい声が聞こえた。

カグミが条件反射で机の下に飛び込もうとしたところ、グッと二の腕を掴まれる。

「こら、ブス。隠れんな。呼ばれてるだろうが」

人をブス呼ばわりしてカグミを引き止めたのは、同僚のダーヴィッドだ。

「空耳ですよ。私はなにも聞こえませんでした」

カグミはとぼけてその場を離れようとしたが、ダーヴィッドが腕を放してくれない。

「嘘つけ。一緒にいた俺に聞こえてるのに、おまえが聞こえなかったわけがない」

その通り。しかし認めるわけにはいかなかった。たとえ無駄な抵抗だとわかっていても。

「いやいや、私は呼ばれていませんし。痛《い》てて。あのう、手を放してくださいってば」

どうにか逃げようと押し問答をしていると、とびきりの笑みを浮かべた貴族のお嬢様が現れた。

「見つけましたわ。こんにちは、ご意見番様。今日もご相談がありますの。今、よろしいですか？」

彼女の熱いまなざしはカグミに注がれている。

「ほら、ご指名だ。行ってこい」

ダーヴィッドにトン、と背中を押され、カグミは内心げっそりだった。相談を受けるのが嫌なわけではないし、いち司書見習いとして、来庫者の用件を聞く用意はある。だがしかし、その二つ名はどうかと思うのだ。

『王宮書庫のご意見番』

――誰だ、こんなご大層な二つ名をつけた奴は⁉

カグミは社交用の笑顔で貴族のお嬢様を迎えつつ、腹の内ではやさぐれていた。カグミは平民で、新人で下っ端。司書見習いの中でも、一番年下だ。そんな自分には分不相応な呼称である。貴族との身分差ゆえに「嫌」とは言えないものの、諦《あきら》めが悪いカグミは丁寧な口調で抗議する。

「こんにちは、チズリ様。恐れ入りますが、その呼び名をやめていただけませんか？」

「まあ、なぜですの？　皆様そう呼んでいらっしゃるではありませんか」

「はは。いえ、普通に恥ずかしいので、名前呼びでお願いします」

「わかりましたわ。それはそうとご意見番様、新作の桃色頰紅《ピンクほおべに》ができましたの。ぜひ、ご意見をお聞かせくださいな」

「わかってないし！」

カグミが突っ込むが、チズリは聞く耳を持たず、ウキウキと話し続ける。いつもの流れだ。

どうして、いつから、こんなことになったのか。カグミは過去を振り返る。

すべてはあの日――招かれざる使者が訪れたときから、カグミの日常は一変した。

## 王宮書庫からの使者

ローラン国の前国王が崩御《ほうぎょ》し、新国王が即位してから、早くも一年が経つ。

だが、実のところ国王の代替わりは、平民のカグミにとってはたいした問題じゃなかった。

「所詮、雲の上の御方だしねー」

前国王の死を悼《いた》む気持ちはあっても、泣くほどじゃない。心から冥福《めいふく》を祈るだけ。

そして全国民が喪《も》に服す一年が過ぎてしまえば、気になるのは自分たちの暮らし向き。新国王の治世になって急に税金が上がったり、法律が厳しくなって生活に支障が出たりしては、すごく困る。お金持ちの貴族はともかく、カグミのように市井《しせい》に暮らす平民の貯《たくわ》えは多くないのだ。


カグミは成人したての十六歳。身長も体格も標準だが、家業が屋内での作業ばかりなので、肌は普通の人より白い。というか、ちょっと青白くて不健康に見える。

養父と三人の義兄に、カグミを含めた五人家族で暮らしていた。養父グエン、長兄シグマ、次兄ナリフ、三兄レイバーは、紅一点で末っ子のカグミを猫可愛がりしてくれる。

家は印刷工房を営《いとな》んでいて、グエンが経営者兼職工長、シグマが跡取り。カグミも物心ついたときから手伝っている。主に校正の仕事と写本依頼を請け負いつつ、接客をすることもあった。

工房の中心は、原稿通りに活字を組む植字工、印刷を担当する刷《す》り工、誤植がないか確認する校正係などだ。その他にも、印刷後に乾燥の終わった紙をまとめる者、折る者、綴《と》じる者、書籍商へ運ぶ者など、職人と徒弟《とてい》たちが連携して動いている。

カグミは幼い頃よりプレス機の音やインク臭の中で育ってきた。そのため本を作る過程も、本自体も大好きで、家業を天職だと思っている。

「十二番校閲《こうえつ》終わりました。十三番始めます」

カグミが進捗《しんちょく》状況を口頭で報告すると、近くにいたシグマが頭を撫《な》でて褒《ほ》めてくれた。

「早いな。偉いぞ。俺は今から外商のお客様に届け物をしてくる。すぐに戻るが、留守を頼む」

そう言い残してシグマが出かけ、少し経った頃、招かれざる訪問者がやってきた。


工房に入ってカグミを呼びつけたのは、王宮書庫からの使者だった。

使者は男性で、ジロジロと品定めするような嫌な眼をカグミに向けて言い出す。

「そなたがカグミか。なんだ、ずいぶんと貧相な女だな。まあいい、さっさと受け取れ。受け取ったら、この書面に拇印《ぼいん》を押せ。早くしろ」

……貧相で悪いか。私の容姿がどんなでも、あんたに関係ないよ。

カグミは内心ムカッ腹を立てたものの、顔に出すのは堪《こら》えた。客商売で培《つちか》った接客術と外面《そとづら》の良さは、こんなとき地味に役立つ。

だが頭の中は疑問でいっぱいだ。王宮なんて、平民には縁のない場所である。王宮に書庫があることすら知らなかった。それなのに名指しで呼びつけられたのだから、混乱しても仕方ないだろう。

……まずい、困った。これ、受け取っていいの？　悪いの？　どっちだろ。

不運にも、養父グエンは、たまたま出版組合の会合で不在だった。三人の義兄も留守にしていて、自宅兼印刷工房には職人たちしか残っておらず、相談するべき相手がいない。

官人である証《あかし》の袍服《ほうふく》を着た使者は気が短い性質なのか、イライラした声で畳《たた》みかけてくる。

「おい、なぜ黙っている。そなたはカグミではないのか」

敬称をつけないところや、人を見下す眼つきからして、使者の身分は貴族だろう。逆らったら面倒くさそうだ。この手の手合いは従順なふりをするに限る。

「カグミですけど……」

「ならば受け取れ。早くしろと言っているだろう。ここは臭いし、うるさくてかなわん」

臭いのはインク臭で、うるさいのは印刷機が全機稼働《かどう》しているためだ。

筒状に丸めた紙と重い布袋を受け取らされたカグミは、紙に拇印《ぼいん》を押さざるを得なかった。受け取りの証明印かと思ったし、押すまで帰ってくれなさそうだったからである。

「じゃあな。期日までに来いよ。遅刻したり来なかったりした場合には処罰されるぞ」

使者は怖いことをサラッと言い捨てて、とっとと退散していった。

カグミは布袋の中身を見て仰天する。お金だ。それも眼玉が飛び出るような大金が入っていた。

「……どこに来いって？　期日ってなに。処罰ってなに。なんで私にこんな大金を寄越すわけ？」

わけがわからないまま、カグミは呆然と使者を見送る。

この日の夜は、居間で家族会議となった。

役所で会計士を務める、時間とお金にうるさい次兄ナリフが紙を広げて言う。

「これは委嘱状《いしょくじょう》だね」

「おい、委嘱状《いしょくじょう》ってなんだ」

ピリピリした声で訊き返したのは、養父グエンだ。

「仕事や作業を外部の人間に依頼する旨《むね》が記載された書類のことだよ。つまり、王宮書庫のお偉いさんが、カグミに仕事を依頼するから王宮に出仕しろって言ってきたわけ」

ナリフが説明すると、グエンは年季の入った食卓テーブルをドンと叩いて喚《わめ》き散らした。

「なんでカグミが、縁《ゆかり》も所縁もない王宮に出仕しなきゃならねぇんだよ⁉」

けじめにうるさく、礼儀に厳しい長兄シグマが、グエンに視線を向けて訊く。

「縁も所縁《ゆかり》もない相手からこんな書状が届くからには、なにか理由があるはずだ。父さん、落ちついてよく考えてくれ。本当に心当たりはないのか」

いきり立ったグエンは「あるわけねぇだろう」と叫んだものの、ふと迷いが生じたような表情を浮かべる。

「待てよ。そういや昨日……工房見学に来た爺《じい》さんに妙なことを言われたな」

「妙なこと？」

「ああ。カグミの仕事ぶりを見ていたく感心したみたいでよぉ、ぜひとも自分が雇いたいってしつこくてなあ。だから言ってやったんだよ。『あれは俺の大事な娘で、一人で十人分の仕事をやってのける一流の職人だ。うちにいてもらわにゃ困る』ってな」

……養父の欲目がすごすぎる。どう考えても過大評価だ。

カグミは内心呆れたものの、話の続きが気になったので、訂正は後回しにして訊いた。

「あのさ、相手はちゃんと納得した？」

すると、グエンは得意そうに胸を張る。

「おう、もちろん。なんせ『一人で十人相当とは大いに結構』ってあっさり引き下がって帰ったぜ」

眉間に皺《しわ》を寄せたナリフだが、すぐに嫌味な笑顔を作り、委嘱状《いしょくじょう》をトントンと指先で叩く。

「あのね、それ全然引き下がってないから。俺が噛《か》み砕いて読むから聞いて。ここに、カグミを従業員十人分の給料と引き換えに貸し出すように、って書かれてる。期間は一年。要はうちから王宮へ、人材派遣さ。問題がなければ一年分の派遣料を受け取ってくれ、だって」

「そんなもん、迂闊《うかつ》に受け取るなよ、私！」

カグミは頭を抱えた。あのとき、逆らったら面倒くさそう、なんて思ったのがバカだった。

「にしても、引き抜きじゃなくて期間限定の人材派遣なんて、相手も考えたよね……」

おまけに現金を一括で前払いする用意周到さ。受け取りの拇印《ぼいん》までしっかり押さえられている。

グエンの顔から、ザーッと血の気が引いていく。

「ど、ど、ど、どうする。カ、カカカカ、カグミはどうなるんだ⁉」

自警団に所属し、強さと約束を重んじる三兄レイバーがチッと舌打ちして言った。

「どうもこうも、金を受け取って書類に拇印《ぼいん》を押しちまったんだ。契約したことになるんじゃねぇの？　だったら行くしかないだろう」

ナリフは委嘱状《いしょくじょう》をピッと指で弾《はじ》き、冷たい視線でレイバーを睨《にら》む。

「俺は反対。そもそもこの契約自体、不備がまったくないわけじゃない。明らかに説明義務を怠《おこた》っているだろ。その点を突けば、無効申し立てが認められるかもしれない。或《ある》いは急病扱いにして、時間を稼いで他の手立てを考えてもいいしね」

冷静なシグマが横から口を挟む。

「だが申し立てが認められず敗訴すれば、カグミはなんらかの処罰を受けるんじゃないか？　病《やまい》を装《よそお》うにしたって仮病とばれたら大事《おおごと》になるだろう」

「へぇ？　兄貴はカグミを王宮に送り出しても平気なわけ？　俺は嫌だね。とてもじゃないけど、俺たちの眼の届かない、手も足も出せない場所へは行かせられない。兄貴は違うの？」

「俺だって心配だし、本当は行かせたくない」

淡々とした表情が言葉と一致してないが、シグマが心配だと言ってくれてカグミは嬉しかった。

……シグマ兄《にい》は顔だけじゃわかりにくいからね。

兄二人の会話を聞いたレイバーは、ナリフの威圧感に耐えつつ言い出す。

「俺も、好きでカグミを王宮へ行かせたいわけじゃねぇよ。けど、行かせなければ行かせないで処罰が下るんだろ？　金品徴収や強制労働ならましだけど、身体刑《しんたいけい》だったら最悪だろうが」

カグミは「げ」と呻《うめ》き、恐る恐るレイバーに確認を取る。

「身体刑《しんたいけい》って、鞭打ちとか、骨を潰されたり、手足を切断されたりするアレ？」

「そうだ」

急に寒気を覚え、ブルッと身震いしたカグミの向かいでは、グエンが髪の毛を掻《か》き毟《むし》り、うろたえていた。

「処罰に身体刑《しんたいけい》だと⁉　カグミになにかあったら俺は気が変になる！　どうすりゃいいんだ⁉」

……私も行きたくない。行きたくないが、正直にそう言えばどうなるのか。

カグミは顔を上げて、家族を見回した。人情に厚く、頼りがいがある親分肌の養父グエン。常に冷静で感情がわかりにくいけれど、優しいシグマ。あらゆる面で器用で、人当たりがよく計算高いナリフ。嘘や不正をよしとしない、まっすぐな気性のレイバー。

彼らはカグミに対してだけは激甘で、幼い頃からずっと可愛がられてきた。無尽蔵の愛情を注がれ、大事に大事に育てられたのだ。

……もし行きたくないと言えば、たぶん全力で契約破棄のために動いてくれるんだろうな。

　そうなると、平民が貴族に盾突くことになる。それも王宮勤めのド偉い身分の貴族を敵に回して、勝ち目がない喧嘩《けんか》を売ることになるのだ。負ければ、文字通り首が飛ぶかもしれない。勝っても、無事で済むとは思えなかった。なんらかの社会的制裁を受ける可能性が高い。

　カグミはボソッと呟いた。

「……冗談じゃない。こんなことで大切な家族《みんな》を傷つけられてたまるか」

　それに処罰をくらうのもお断りだ。痛くて苦しい目になんて遭《あ》いたくない。

　一年は確かに長いけど、見方を変えて、たった一年我慢すれば家に帰れる――そう思おう。

「行くよ、王宮」

　カグミが言うと、皆が心底驚いた顔で彼女を凝視《ぎょうし》した。

　無理してニッと笑う。ちょっと頬が引《ひ》き攣《つ》ったが、ご愛敬だ。

「行って稼いでくる。王宮書庫の本を全部読破するつもりで、一年間頑張るよ」

　強がりでも笑ってないと、寂しさと不安で泣きそうだった。

　それから六日後、引き止める家族を説き伏せたカグミは、指定された王宮の門扉《もんぴ》を通り抜けた。

## 初出仕

石塀《いしべい》に囲まれた大門の向こうは林だった。その脇に、受付らしき小屋が建っている。てっきり門を抜けてすぐに絢爛豪華《けんらんごうか》な王宮が聳《そび》え立っているかと思っていたカグミは肩透かしをくらった。

「……そりゃそうか。素性の知れない人間を易々《やすやす》と王宮に通すわけないもんねぇ」

するとと受付にいた中年のおっさんが、窓から頭を出してカグミを呼ぶ。

「ちょっと君、なにしてんの。こっち来て。紹介状を見せなさい」

カグミが持参した委嘱状《いしょくじょう》を手渡すと、それにざっと眼を通した中年男は変な顔をした。戸惑っているような、怪しんでいるような眼でカグミを値踏みするみたいに見つめる。

「君がカグミ嬢本人かね？」

「そうです」

中年男は引き続きカグミを頭のてっぺんから足の先までジロジロ見る。不満そうな溜め息を吐いた彼は、仕方なさそうに紐のついた木札と布包みを差し出し、道を指して言った。

「これが通行証。首から下げて。正面のこの道を道なりに歩いて、左手の平屋だよ」

カグミは頭を下げて礼を言い、指示された通りに林の中の道を進んだ。道端の所々に武装した兵士が立っていて、カグミが前を過ぎるたびに木札をチラッと見る。

……さすが王宮。不法侵入は許さない、ってか。物々しいなー。

宮殿の外周すらも厳重な警備が敷かれている。教えられた平屋には扉番が立っていて、胸元の木札を確認され中に通された。板張りの室内では、十余名の妙齢の娘たちが着替えの最中だ。

彼女たちの着替えを指導していた緑色の袍服《ほうふく》姿の女性監督官が、カグミを見つけて空《あ》いている場所を指さす。

「あなたも早く着替えなさい。着替え終わったら荷物をまとめて、奥の扉から出て外で待機です」

カグミは「はい」と返事して、早速もらった布包みを解く。中には白い袍服《ほうふく》が一式と、赤い花飾りのついた上等な簪《かんざし》が一本入っていた。

……どうしよう。着方がわからない。

正直に言うしかない。カグミは監督官に声をかけた。

「すみません。着方がわからないので教えていただけませんか」

監督官がカグミの手荷物を見る。すると、彼女はびっくりしたような表情を浮かべた。

「この簪《かんざし》はあなたのもので間違いないですか」

「はい。この服と一緒に入っていました」

訊かれたことに正直に答えただけなのに、カグミを見る監督官の眼は、先程の中年男と同様に、疑り深いものになった。ややして、彼女は不承不承《ふしょうぶしょう》の態《てい》で続ける。

「……よいでしょう、まず着替えを。襦袢《じゅばん》は着ていますか？　下は？　よろしい、では袴《はかま》を穿《は》いて紐を締《し》め、袍《ほう》に袖を通しましょう」

監督官の指示に従って白袍服《ほうふく》に着替え、もたつきながらも髪を整えて簪《かんざし》を挿《さ》す。

……なんか、着慣れないから動きにくいなあ。

内心でぼやきつつ奥の扉から外へ出ると、身支度を整えた娘たちが揃って待っていた。赤袍服《ほうふく》に青い花簪《かんざし》の者が二人。他は皆、白袍服《ほうふく》に桃色《ピンク》の花簪《かんざし》だ。カグミと同じ白袍服《ほうふく》に赤い花簪《かんざし》をつけている者はいない。

見るからに高慢な態度の赤袍服《ほうふく》の娘二人が、カグミを見て眼を剥《む》いた。顔色を変え、今にも食ってかかってきそうな表情だ。しかし監督官が「私語厳禁」を申し渡してサッと歩き始めたので、怒りを押し殺した不満顔で、静々と彼女についていく。

……うっわ。ものすごく睨《にら》まれてる。後で絡まれなきゃいいけど。

まだ仕事場に到着してもいないうちから、あちこちで反感を買っているようだ。それも皆、出会い頭に困惑と疑念と妬《ねた》み、ついでに怒りをぶつけてくる。

……幸先《さいさき》悪そー。

そうして着いた先は、見栄えのいい木造二階建て。到着を待っていた次の監督官にカグミたちの身柄が委《ゆだ》ねられる。ここでもやはり兵士に木札を確認されてから中に入り、娘たちは一階と二階に振り分けられた。

二階へ行くよう指示されたのはカグミだけ。階段を上《のぼ》る間も、赤袍服《ほうふく》の娘二人の恨めしそうな視線が背中に突き刺さる。やっかみの理由がわからないだけに、なんとも居心地が悪い。

二階では、赤袍服《ほうふく》に黄色の帯の若い男、青袍服《ほうふく》に橙色《だいだいいろ》の帯の老人、赤袍服《ほうふく》に黄緑の花簪《かんざし》を挿《さ》した中年女性の合計三人が横一列に並び、それぞれ文机《ふづくえ》の前に座っていた。白袍服《ほうふく》の者は誰もいない。カグミを見た三人も、驚きと困惑で眉間に皺《しわ》を寄せている。

とても場違いな気がして腰が引けていたカグミだが、立っていた男性監督官に手招きされた。

「君のことは聞いている。席はそこだ、座りなさい」

示されたのは一番奥の席だ。戸惑いつつ、文机《ふづくえ》の前に正座する。

……ここ、上座なんだけど。なんで私が上座よ？　なんか間違ってないか。

監督官は明らかに不審顔のカグミを無視し、名前を名乗る。次に、全員に薄い冊子を配って最初の頁《ページ》を開くように言った。

「これより、諸君の新人研修を始めよう。配った冊子には、最初に建国のあらまし、次は出仕にあたり覚えるべき王宮の諸事項が記されている。職務規定はもとより、王宮十二院の内訳と仕事内容、現段階での役職者名、十二位階制と身分別の衣装、年中行事などについても詳細が載っている。今からこの冊子を元に学習指導に入る。質問は後で受け付けるので発言は控えるように」

こうして熱血授業が始まった。見た目は冷徹《れいてつ》そうな監督官だったが、指導に熱が入ると止まらない性質らしく、昼休憩までぶっ通しで喋《しゃべ》り続けた。

建国の話はおよそ五百年前に遡《さかのぼ》る。当時の二大国が領土争いで揉《も》めていたとき、建国の祖であるローランが戦《いくさ》の最前線の地に突如現れた。彼は後に『聖遺物《せいいぶつ》』と呼ばれる強い魔法道具を使って両軍を退《しりぞ》け、独立を宣言したという。そして「来る者拒《こば》まず！」と国民を募《つの》り、西方、東方、南方、北方、すべての風習を合体させた。結果、様々な文化と人種が混じった妙な国家が誕生したのだ。

それが現在のローラン国で、独立を宣言した地が、首都アシュカらしい。

……さすが始祖王、豪気だね。お国柄のおかげで住みやすいよ。

ローランでは、髪色や眼の色、生国による人種差別はない。貴族による身分差別はあるけれど。

お固い歴史の話の次は、出仕に関しての心構えや規則、その他諸々《もろもろ》の注意事項を静聴する。

昼休憩の後、午後は言葉遣いや礼儀作法を習い、実施で指導を受けた。

とにかく身分が上の者に対しては、逆らわずに頭を下げて跪《ひざまず》いておけば間違いなさそうだ。

客商売で、「どんなに嫌なお客でも下手《したて》に出なければいけない」と叩き込まれた身としては、今更である。上辺《うわべ》だけでも服従しておけば、平穏無事に過ごせるはず。

……よし、できるだけ目立たないで仕事を頑張ろう。

講義は日没間際まで続いた。太陽が沈む寸前、監督官が開いていた冊子を閉じて言う。

「以上だ。長時間、ご苦労だったな。なにか質問などある者はいるか」

誰も声を上げない。皆、一気に知識を詰め込まれてぐったりしている。

カグミも着慣れない服で優雅な歩き方だの、上品な所作だの、お辞儀の角度だのを口うるさく言われ続けたせいでひどく疲れた。とてもじゃないが、こんな行儀作法が半日やそこらで身につくわけがない。

……習うより慣れよってことで、勘弁してくれないかな。

カグミの心の声が聞こえたのか、監督官はニヤリと笑った。彼の、本日初の笑顔である。

「では短期集中講座の締《し》め括《くく》りとして、試験を行う。この冊子の内容をすべて覚えた者は研修終了だ。手形を発行し、配属先の院に登録する。暗記できない者については、覚えるまでここに寝泊まりしてもらう。さて、試験を受けたい者はいるかね」

カグミはすかさず手を上げた。そして、許可を得てから発言する。

「お訊《たず》ねしますが、冊子を覚えるだけですか？　試験には行儀作法も含まれますか？」

「いや、冊子の暗記だけだ。行儀作法は一年の見習い期間内に習得すればよい。見習いは下働きが主で、表立って行事などに参加することはあまりないからな。今すぐ必要なのは、出仕する上で最低限必要な知識であり、言わば官人としての常識だ。一つとして知りませんでは通らんぞ」

監督官はおそらく脅《おど》しの意味を込めて微笑んだのだろう。威圧的な眼からは「四の五の言わずにとっとと覚えろ」という無言の恫喝《どうかつ》が透けて見える。

しかしカグミは別に文句をつけているわけじゃない。むしろ喜んでいた。

「試験を受けます」

怯《ひる》んだのは監督官だ。聞き間違えたかと言わんばかりに指でトントンと耳を突いて、訊き返す。

「試験を受ける？」

「はい。お願いします」

室内がざわついた。文机《ふづくえ》を並べて一緒に授業を受けた三人が、信じられないものを見る眼でカグミを注視し、口々に「嘘でしょ」「まさか」「はったりだろ」と漏《も》らしている。

……え、なに？　私なんか変なこと言った？

カグミが周囲の反応に不安を感じていると、監督官が「コホン」と咳払いした。彼は視線で場を収め、手振りでカグミに立つよう促《うなが》す。

「試験開始とする。名前を言いたまえ」

「カグミです」

「よろしい。では十二院を上位から順に述べ、合わせて象徴色を答えなさい」

「はい。近侍院《きんじいん》、管理院、書院、法院、軍事院、祈祷院《きとう》、医薬・大学院、食膳院、衣装院、建築院、行事院、清掃院です。象徴色は、黒、白、赤、橙《だいだい》、黄、黄緑、緑、青緑、青、紺、紫、桃色《ピンク》です」

便宜上、上から六番目の祈祷院《きとう》までが上院、七番目以降が下院と括《くく》られるらしい。

スラスラと答えると、どよめきが起こる。

カグミを見る監督官の顔つきが変わった。不審そうな色が消え、感心の眼を向けている。

「ほう。ならば管理院と書院の主な仕事はなんだ」

「管理院は御璽《ぎょじ》・神宝《しんぽう》・王笏《おうしゃく》の管理と保全、叙位を含む賞賜《しょうし》の権限を持ち、人事権があります。また戸籍・租税・出納《すいとう》も管轄しています。書院は書簡の分別や、書類の作成や翻訳、書籍・図書室・書庫管理、紙・筆なども含む一切の紙に関する仕事を担《にな》っています」

続けて他の院についても質問され、カグミはそのすべてを答えた。

「次、身分を示す十二位階制についてはどうだ。正しく理解しているかね」

監督官の問いに、カグミはコクリと頷き、両手を身体の前で揃えて口を開く。

「十二位階は、貴族だけが叙位されます。また十二位階制の下に従十二位階があり、これは平民にも叙位されます。平民の最高位階は従一位、十二位の下の地位で、判官《はんがん》まで出世できます」

「ふむ。最後の質問だ。私の身なりを見て、身分を言い当てなさい」

さっきまでわからなかったけど、今ならわかる。

赤袍服《ほうふく》は代替わりが認められた永代貴族。

青袍服《ほうふく》は本人だけが貴族として認められた一代貴族。

緑袍服《ほうふく》は貴族じゃないけど位階持ち。

白袍服《ほうふく》は位階なしの平民、つまり一番下っ端だ。

女は簪《かんざし》の花の色、男は腰帯の色で所属する院が明らかになり、飾り玉の数で位階の判別がつく。玉の数が位階を表わしていて、少なければ少ないほど偉いらしい。各院とも、玉の数が一つならば一番偉い長官、二つが次官、三つで判官《はんがん》だ。四つ以上は役職なしの、その他大勢の庶官、とわかりやすい。玉がない場合は位階なしだ。

カグミは、監督官の服から顔に視線を戻して答えた。

「赤袍服《ほうふく》・白帯・赤玉が七つなので、永代貴族七位の管理院の庶官です」

「よろしい。全問正解だ。この短時間でよく覚えたな」

……覚えるだけなら楽だからね。

カグミはお愛想程度にニコリとし、共に研修を受けた三人を横目で眺めた。服の色と小物から、全員貴族で上院に配属が内定していることがわかる。

……私の場合、白袍服《ほうふく》のド新人なのに赤い花簪《かんざし》を挿《さ》していたせいで、悪目立ちしたんだな。

採用先が、上から三番目の院なんて知らなかった。たぶん平民の新人は、ずっと下位の院から働き始めるのが慣例なんじゃなかろうか。

……どうりで睨《にら》まれるわけだよ。平民が異例の抜擢《ばってき》なんて、そりゃやっかまれるわ。人の恨みを買うほど厄介《やっかい》なことはない。前途多難が眼に見えるようで嫌すぎる。

カグミはヤケクソでフッと笑った。

……頼みもしないのに王宮に呼びつけて、初日からこの仕打ち。

カグミが笑顔の裏で悪態を吐《つ》いているうちに、監督官は手形の準備を整えた。

「君を合格とする。研修は終了だ。この書面に手形を押しなさい。それで登録手続きができる」

左掌《てのひら》に刷毛《はけ》で墨を塗りたくり、言われるがまま手形を押す。それから桶《おけ》の水で墨を洗い落とし、手渡された布巾《ふきん》で拭《ぬぐ》ってから監督官に深々とお辞儀する。

「ありがとうございました」

「私は長いこと新人の監督官を務めているが、一日で合格をもぎ取ったのは君で二人目だ」

「はあ、そうですか」

気のない返事をしたカグミに、監督官は目力《めぢから》を強くして発破《はっぱ》をかけてきた。

「君の名前は覚えておこう。努力を怠《おこた》らず、心して仕えたまえ」

「……頑張ります」

一年だけの年季奉公です、とバカ正直に答えず、大人の返事をしておく。

カグミは荷物を持ち、もう一度礼をしてからそそくさと研修場を後にした。

それから指示通り、身分証の木札を交換し、兵士に同行されながら緑袍服《ほうふく》の女性監督官に従う。

この監督官もカグミを見て一瞬変な顔をしたが、すぐに表情を改めて言った。

「王宮へ参ります。本日の就業時間は終了しているので、夕食を済ませて女子寮に案内しましょう」

カグミは「はい」と返事をして、月が昇る方角に向かい林道を歩く。残照が消える前に朱色の門に着いた。

その周囲の高い石塀《いしべい》の向こうに王宮があるのだろう。門前には二人の武装した兵士がいた。カグミが木札を翳《かざ》したところ「よし、通れ」と手を振って通行を許可してくれる。

門を抜けると、宮殿群が視界に飛び込んできた。屋根や柱、壁のすべてが黒い威厳《いげん》のある宮殿が一つと、全体が朱色に塗られた壮麗な宮殿が見える範囲だけでも四つ。他にも屋根のある建物が数えきれないくらいある。地面には白い石畳が敷かれ、遠くには広場らしきものが見えた。

呆れるほど豪華で広い。カグミが眼を点にして立ち竦《すく》んでいると、監督官が教えてくれる。

「あの黒い建物が中央宮殿。王族御一家がお住まいです」

「わかりました。できるだけ近づきません」

真面目に言ったのに、なぜか監督官にクスッと笑われた。

「それは無理でしょう。あなたの仕える書院は中央宮殿と渡り廊下で繋《つな》がっていますもの。……それにしても、あなたは変わってますね。あなたのような立場の娘さんなら、普通は玉《たま》の輿《こし》を狙ってなんとかお近づきになろうと必死になるものですよ」

「……私は身の程を弁《わきま》えておりますので」

分不相応なものはいらないよ、と遠回しに伝えると、監督官はいっそう面白がって笑った。

それから上院の女性庶官用の施設に案内される。ここには大浴場、洗濯場、食堂、売店があった。周囲に冷たい眼で見られながら食堂で夕食をとった後、隣接する女子寮に連れていかれる。

だがそこでカグミを待っていたのは、妖艶《ようえん》な女子寮長の、無情な通告だった。

「ごめんなさいね。急だったもので、あなたのお部屋がないの」

いかにも申し訳なさそうに謝る女子寮長だが、口角が嘲笑《ちょうしょう》の形に吊り上がったのをカグミは見逃さなかった。

「その、とても言いにくいのだけれど、あなた平民でしょう？　それもまだ位階を持たない見習い庶官。皆様、あなたと同室は嫌だとおっしゃるの」

……早速きたか。平民いじめ。

いずれやられるとは覚悟していたものの、まさか初日からとは思わなかった。

ここで、案内を務めてくれた監督官が「お待ちくださいませ」と抗議してくれた。

「それではこの者が困ります」

「ええ、そうなの。私も困り果てて次官にご相談申し上げたら、書庫の地下にある使われていない司書室を一室好きに使っていいと許可をくださったのよ。はい、これが書庫の鍵で、こちらがお部屋の鍵。失くさないでね。ああ、書庫の場所はそちらの親切な庶官に訊《たず》ねるとよろしくてよ」

女子寮長はそう言い、カグミを見て「ふふっ」と嫌みたらしく笑う。

「次官に伺《うかが》ったわ。あなた、書庫の整理整頓《せいとん》が主なお仕事なんですってね。だったらお部屋は近い方が便利でしょう？　それに平民ですもの、地下での暮らしも苦痛に感じたりしませんわよね」

言いたいことだけ言って、女子寮長はパタンと寮の扉を閉めた。しっかり施錠《せじょう》も忘れない。

カグミの手に残されたのは二本の鍵だけ。

女子寮長に鼻であしらわれた監督官は怒り心頭という顔で震え、カグミに強い口調で言った。

「ついてきなさい、次官に抗議しましょう。こんな差別は許されません」

「え。別にいいです」

「なにがいいのですか⁉」

監督官がむきになって叫ぶ。カグミは肩を竦《すく》めて答えた。

「最初からいじめられるとわかっている女子寮より、書庫の地下の方がなんぼかましです」

……はっきり言って、平民を蔑《さげす》んで悦《よろこ》ぶ手合いは厄介《やっかい》だ。相手になどしたくない。

「それにいいじゃないですか、書庫。私、本に囲まれて暮らす生活ってしてみたかったんですよ」

ウキウキした口調で話すカグミを残念な子を見る眼で見つめて、監督官は溜め息を吐く。

「やはりあなたは変わってますね。地下に住めと言われて喜ぶ娘さんはいませんよ」

……ここにいるじゃないか。

脳内で突っ込みつつ、カグミは渋る監督官を説得して書庫に向かう。辺りが暗いため、監督官とカグミはそれぞれ発光石を取り出した。

発光石はその名の通り光る石だ。そのままでもある程度の明るさはあるが、衝撃を与えれば与えるほど光が強くなる。ここ十数年で蝋燭《ろうそく》や油の代用品として台頭してきた鉱物だった。

細い歩道を抜けると、天然林を美しく整えた庭の奥に石造りの建物が現れる。書庫だ。

「おお、立派ですね」

想像より遥《はる》かに規模の大きい外観に驚嘆して見上げていたところ、突然、裏手から人が出てきた。

焦げ茶色の髪をした緑袍《ほうふく》服姿の若い女性で、腕に籠《かご》を抱えている。カグミたちとばったり遭遇《そうぐう》したことによほど驚いたのだろう。ギクリとした表情を見せ、素早く林の中に駆け込んで姿を消してしまった。その際に、籠《かご》からなにかが落ちる。

「……明らかに挙動不審ですけど、追わなくていいんですか？」

「ええ。たぶん恋仲の男と密会でもしてたのよ。日が暮れれば、この辺りは人気《ひとけ》がなくなるから」

監督官の口ぶりからして、「褒《ほ》められた行為じゃないがよくあること」らしい。

カグミは逃亡した女性が落とした物を拾った。黒と茶のまだら模様の種だ。なんとなく気になったので、後でなんの種かよく見ようと思い、袂《たもと》にポイと入れる。

気を取り直し、カグミは太くて重い方の鍵を扉の鍵穴に差し込んで捻《ひね》った。錠が外れたので少し強めに扉を押すと、カグミの力でもわけなく開く。

道案内をしてくれた監督官に丁重に礼を言い、早速中に入ろうとしたカグミの後に、なぜか彼女もついてくる。

「私も一緒に部屋を確認します。……なにか問題があっては困りますから」

カグミは適当に頷き、逸《はや》る思いで書庫に入った。発光石を高く掲《かか》げて暗い内部を照らす。

「本だ……すごい」

それも書籍市ですら見たことがない豪華本や古書が、作業机や床上に何万冊と積まれている。

カグミは素直に感動し、胸をジーンと熱くさせながら、うっとりと呟いた。

「絶景ですねぇ」

「そうかしら。黴臭《かびくさ》いし、陰気で暗くて……幽霊とか、なにか怪しいものが出そうで怖いわ」

「幽霊やお化けぐらいどんと来い――じゃなくて、いえいえ、本好きには夢のような光景です」

……見渡す限り本で埋《う》め尽くされている空間なんて、おいしすぎる。

カグミが蔵書の質、量に感激している一方で、監督官は同意できないという顔で、「本気でこれほど恐ろしげな場所に住むつもりですか」と迫ってきた。

「まあまあ、とにかく一度部屋を見てみましょうよ」

反対する監督官を宥《なだ》めつつ、地下に続く階段を見つけて下りる。階下には扉がいくつもあった。手持ちの鍵に合う扉の錠を開け、物怖《ものお》じしないカグミが先に立って中に進む。

室内は小綺麗に清められていた。寝台には布団一式、机と椅子、箪笥《たんす》、小卓、桶《おけ》、洗濯用の盥《たらい》、鋳鉄《アイロン》製の塊、布類、それに大きめの発光石が一つ。古くても必要最低限の家具が揃っている。

「これだけあれば十分です」

カグミが満足そうに言うと、監督官は険《けわ》しい表情で「こんな悪環境はとても認められない」と首を横に振った。だが、「ここがいいです！」と嘆願した結果、渋々ながらも居住を認めてくれた。

こうしてカグミは王宮書庫の住人になったのだ。


昨夜はお化けも幽霊も出ず、よく眠れたおかげで快適な朝を迎えた。

早起きが習慣となっているカグミは、起きるとすぐに白袍服《ほうふく》に着替え、手鏡を見ながら適当に髪を上げて簪《かんざし》を挿《さ》す。身支度を整えたら、次は洗顔だ。一度書庫の鍵をかけ、外に出て井戸を探す。水を汲《く》んで顔を洗い、ついでに厠《トイレ》で用を済ませる。手を洗って、そのまま食堂へ直行だ。

食堂はまだ無人だった。どうやら一番乗りに成功したらしい。

給仕のおばちゃんがカグミの格好を見て物珍しそうにしつつ、汁と粥《かゆ》をよそってくれる。

「あんた、早いねぇ。見ない顔だけど、書院の新人さんかい？」

「はい。今日が初出仕です。お腹が空《す》いてるので大盛でお願いできますか」

カグミは盆に朝粥《あさがゆ》と汁物と野菜を載せ、食堂の一番隅の席に座った。手を合わせ、食膳の祈りを捧げる。そうしてできるだけ上品に、かつ、手の動きは速く、食べることに専念した。

……誰もいなくてよかった。朝っぱらから貴族のお嬢様方と揉《も》めたくないし。

昨夜の女子寮長の対応からして、身の安全のためにも余計な接触は避《さ》けた方がいい。逃げるが勝ち。高飛車な態度が許される貴族に対して、平民の精一杯の抵抗である。

食事を済ませ、給仕のおばちゃんに「ありがとうございます。ごちそうさまでした」と礼をして、書庫に戻る。途中、昨日拾って調べてみた種の件を思い出し、好奇心から書庫の裏手に回ってみた。

「あ、やっぱりあった」

庭と呼ぶには狭く、花壇と言うには広い敷地に草木が生い茂《しげ》っている。その中に、丈がカグミの身長より長く、紅色に染まった茎《くき》や葉、実が目立つ植物が群生していた。

カグミは慎重に近づき、種のつき具合を調べる。次に腰を屈めて地面を注視した。すると土の上に靴跡が残っていたので、親指と人差し指を広げて大きさを測り、自分の足と比べてみる。

「私より小さい、か。成人男性のものじゃないね」

辺りをもっとよく見てみたところ、足跡とは別の小さな凹《へこ》みを一つ発見した。それから近くの茎《くき》に絡まる、細く長い焦げ茶色の髪の毛が一本。

この状況からして、昨日書庫の前で会った女性がここで種を採取していた可能性はかなり高い。

「……これって報告案件？　どうなんだろ」

報告《ホウ》・連絡《レン》・相談《ソウ》は、仕事をする上での基本だが、この場合は当てはまるのだろうか。

「私たちに目撃されて逃げてるんだから、放っておいて実害が出てからじゃ遅いかも？」

カグミが「うーむ」と考え込んでいると、背後から声をかけられた。

「そこでなにをしているの？」

人の気配をまったく感じなかったのに、振り返ると三人の男性が立っている。

カグミは驚きながらも素早く三人の身なりを判別した。

右側に赤袍服《ほうふく》・黒帯・赤玉四――即《すなわ》ち、永代貴族四位の近侍院《きんじいん》の庶官。

左側に青袍服《ほうふく》・黒帯・青玉四――即《すなわ》ち、一代貴族四位の近侍院《きんじいん》の庶官。

……若いけど、どっちもとても偉い。それは間違いない。

だが、中央に泰然《たいぜん》と佇《たたず》む、黒袍服《ほうふく》・赤帯・黒玉一の男性の身分だけが読み取れない。

その黒袍服《ほうふく》の彼がカグミに注ぐ視線は、紛れもなく異物を見るそれである。

カグミはハッとし、遅ればせながら新人の下っ端らしくその場に跪《ひざまず》く。途端、男性の声がした。

「顔を上げて、私の質問に答えてくれるかな」

ゆったりとしつつも押しが強く、いかにも貴族的な物言いが板についている。カグミは焦って考えた。

……ちょい待ち。黒袍服《ほうふく》って貴族だっけ？　あれ？　研修で習ってないんじゃない？　習っていないものはわからない。頭の中は大変なことになっていたが、ひとまず粛々《しゅくしゅく》と応じることにする。左右に偉い貴族を従えているのだから、たぶん更に偉い人なんだろう。

端整な顔立ちで柔らかく微笑んでいるものの、こちらを見透かすような切れ長の黒い眼にじっと見つめられると、威圧されているみたいで落ち着かない。若く、長身で痩《や》せているけれど、肩幅はあるからそれなりに鍛《きた》えているはず。やや長めの黒髪を軽く束《たば》ねていて、閉じた扇子《せんす》を片手に持っていた。上品で隙のない物腰には、どこか逆らい難《がた》い雰囲気がある。

そこでカグミは昨日の一件を包み隠さず話した。挙動不審な女性と遭遇《そうぐう》したこと、彼女の抱えていた籠《かご》から落ちた物を拾ったこと、それが危険な植物の種とわかったこと。

彼の眼が鋭く光った。笑顔なのにどこか怖い感じが、次兄ナリフに通じるものがある。

「ふうん。危険、ね。どんなふうに？」

……この人、ニコニコしているけど敵に回したくない人種だね。

　カグミは袂《たもと》から問題の種を取り出し、彼に差し出しながら言った。

「毒です。それも猛毒で、四、五粒ほどで致死量になります。これはトウゴマという植物の種子で、薬や油としても使われるんです。使い方によっては必ずしも有害というわけではありませんけど、でも――」

　……人の顔を見て逃げたあの女性は怪しい。どうぞ疑ってくださいと言うようなものだ。

　種は黒袍服《ほうふく》の彼ではなく、垂れ髪の赤袍服《ほうふく》の男性が受け取った。穏やかで賢そうな人である。

　カグミはトウゴマの群生に眼を遣《や》りつつ、続きを喋《しゃべ》った。

「ちょっと気になったので、調べに来ました。見てください。付近には、女物の靴跡が一つだけです。赤い実が残っていて、熟した種は一つもありません。茎《くき》の状態から見ると結構な量の種が採《と》れたと思います。それと、種を摘《つ》んでいる最中に一度、発光石を落としたみたいですね」

　黒袍服《ほうふく》の彼が片目を細め、「その根拠を聞こうか」と促《うなが》す。

「この凹《へこ》みは物が落ちた跡です。周りの土の色と少し違いますし、落下跡がくっきり残るほど重量があって採取に必要な物となると、発光石しか思い当たりません。人目を避《さ》けて日没間際の作業となれば、手元が見えないと採取できませんから」

そう説明し、カグミは草の下部を指した。そこには先程見つけた髪がある。

「落とした発光石を拾おうとして身を屈め、髪が茎《くき》に絡まって抜けたのではないかと考えます。――今お話しした内容は、あくまでも私の推測ですが」

……遠回しだけど、『毒殺の危険があるから種の行方を追った方がいい』って伝わったかな？

今度は短い髪の青袍服《ほうふく》の男性が、茎《くき》に絡んでいた髪の毛を取った。袂《たもと》から手拭きを出し、失くさないよう丁寧に包む。こちらは神経質で、融通《ゆうずう》の利かなさそうな人である。

黒袍服《ほうふく》の彼が、扇子《せんす》で軽く自分の掌《てのひら》を打ちながら「なるほど」と言った。

「君がここでなにをしていたかはわかった。では裏付けと確認を取るのでついてきなさい」

「え、嫌です。じゃなかった、困ります」

素で突っ撥《ぱ》ねたものの、さすがにまずいと思い、慌てて言い直す。だが遅かった。三人共、「平民が貴族に逆らうのか」と言わんばかりの非常に驚いた顔でカグミを見ている。

「申し訳ありません。ですが本当に困るのです」

カグミは顔を伏せて謝った。まもなく七の鐘が鳴る。始業の時刻だ。これからどこかに連れていかれて出仕初日から遅刻なんてしては、目も当てられない。大目玉を食らって信用を落とす。なにより平民の新人をいじめる格好の攻撃材料にされてしまう。

カグミが切々とそう訴えると、黒袍服《ほうふく》の彼はつまらなそうな顔で頷き、おもむろに踵《きびす》を返す。

「問題ない。いいから、おいで」

人の話を聞いていないな、この男——怒ったカグミは、声を大にして異議を唱えた。

「問題あります！　どうしてもとおっしゃるなら、せめて私の上官に話を通してください！」

すると彼は肩越しに振り向き、嫌な感じに笑顔を深めて口を開く。

「だからいいと言っているだろう？　君は私の言葉を聞いていないのかな」

カグミはムッとした。思わず反論しかけたそのとき、彼が言い募《つの》る。

「君の上官は私だ。誰にも文句は言わせない」

まさかの上官登場にびっくりだ。カグミは呆気にとられ、彼の身なりを改めて見た。

黒袍服《ほうふく》にばかり気を取られていたけれど、腰帯が赤なので書院の所属だ。そして玉が一つということは院の最高責任者で、つまりは長官。まさにカグミの上官である。

確か、小冊子に記載されていた書院の長官名は『イシュアン』。

「へ⁉　じゃあ、あなたがイシュアン長官、ですか？」

カグミは、ずいぶん若いなと考えつつ、彼の側に控えている二人の貴族に注意を向けた。

……そういえば二人の所属先の近侍院《きんじいん》って、王族の側仕えが仕事だっけ？

次の瞬間、『黒袍服《ほうふく》＝王族』という電光石火の閃《ひらめ》きが、カグミの脳を直撃する。

カグミは慄然《りつぜん》とした。自然と手足が震え始め、顔から血の気が引いていく。

怖いけど、確認しなければ気が済まない。カグミはゴクリと唾を呑み、恐る恐る訊《たず》ねた。

「し、失礼ですが……もしかして、イシュアン王子殿下、でいらっしゃいますか……？」

「そうだよ。私がイシュアンだ。本日付で君の直属の上官だよ、カグミ」

……やっぱりかー！

名乗る前から既に名前を握られている事実に恐怖して、カグミは蒼褪《あおざ》めて叩頭《こうとう》した。

刑罰を避《さ》けるため王宮に来たのに、いきなり身体刑《しんたいけい》はごめん被《こうむ》りたい。

「ももも、申し訳ありません！　知らぬこととはいえ、『嫌です』なんて言ってしまいました!!」

「ああ、確かにちょっと驚いた。君、王族に歯向かうなんていい度胸をしているよ。さすが、クソ爺《じじい》……老獪《ろうかい》な次官に特別勧誘されて、新人研修を初日合格した強者《つわもの》だ。見所あるね」

……うわ、しっかり根に持ってるし。歯向かうなんて誤解だから、笑顔で凄《すご》まないでぇ！

サラリと皮肉を口にした彼、イシュアンは「さ、おいで」と有無を言わさず歩き始める。

「どちらに行かれるのですか？」

気分は首輪を嵌《は》められて連行される犬だ。カグミの疑問にイシュアンが答える。

「不審死の現場。君には死体の面通しに協力してもらいたいんだ。死体は苦手？」

得意な奴がどこにいる、と脳内で突っ込みつつ、カグミは丁重に返す。

「葬儀《そうぎ》には何度も参列してますから、特に忌避感《きひかん》はありません。それより不審死ってなんですか」

「今朝早く、王宮外周の林の中で死後間もない女の変死体が発見された。どうも絞殺《こうさつ》されたらしい。その死体の口の中に、植物の種が押し込まれていたんだよ」

「種って、もしや」

嫌な予感がして、カグミの足取りが重くなる中、イシュアンは平然と続ける。

「そう、トウゴマの種。念のため彼女の部屋を調べたが、所持品の中に不審な物はなかった」

カグミはひそかに感心した。既に被害者の部屋を調査済みなんて、随分と手際がいい。

「種についてだが、庭の管理担当官によれば、トウゴマは王宮内では医薬・大学院の植物園と書庫の裏庭に群生している。植物園の方は常時見張りがいて、関係者以外は立ち入りできない。となると裏庭で採取したか、外部から持ち込まれたか、どちらかだ。それで確認のため裏庭に足を運んでみたら、ウロウロしている怪しい者を見つけた。咄嗟《とっさ》に犯人が犯行現場に戻ったのかと思ったよ」

思いがけないことを告げられて、カグミは思考回路を停止させてポカンとしてしまう。

「……はい？　犯人が——犯行現場に戻る？　って、まさか私!?」

「身の潔白が証明できるといいね」

……待て。もしかして、私の立場って、事件の重要参考人かー!?

カグミは頭を抱えた。余計なことに首を突っ込まなきゃよかったと後悔しても、後の祭りである。

だが不幸中の幸いにも、疑いは早々に晴れた。王宮の内と外を隔《へだ》てる門は全部で四つあるが、通るには通行証の木札が必要で、カグミが持っている木札は朱色の門の一つだけ。その朱色の門の門番を務める兵士がカグミを覚えていて、一度も外に出ていないと証言してくれたのだ。

なんでも『白袍服《ほうふく》に赤い花簪《かんざし》の若い娘』は異例中の異例なので、よく覚えていたらしい。

……不在証明《アリバイ》が成立したのは嬉しいけど、それだけ目立つということだよね。なんか嫌だ。

それから、昨日書庫まで同道してくれた女性監督官も現場に呼び出され、カグミと二人で変死体を確認した。苦しんで死んだことが一目でわかる、思ったより惨《むご》い死体だった。

「……間違いありません。昨日書庫の前で会った女性です」

二人の証言が一致する。気分が悪くなった女性監督官は、見張りの兵士に送られて帰った。

カグミは被害者の冥福《めいふく》を祈りながら、考える。彼女が殺され、採取した種は行方不明。なんとなく、口封じかなと思う。彼女自身が種を必要としたなら、手元に残っていないとおかしい。それがそっくりないということは、誰かが持ち去ったということだろう。なんのために？

わかりきった答えしか想像できなくて、カグミは嫌な気分になった。

イシュアンが死体を見下ろし、カグミに問う。

「君は死体の口の中に種を残す意味をどうとらえる？」

「警告。もしくは挑発でしょうか。『毒は手に入れた。首を洗って待っていろ』的な」

カグミはズバッと答えつつ、本当に実害が出るかもしれないので飲食に気をつけようと決める。

「殿下、知らない人からもらった物は口にしない方がいいですよ」

「それ、あたりまえだよね？」

カグミは親切心で注意したのに、イシュアンからは冷たい笑顔が返ってきた。

……よくよく考えればその通り。殿下から痛恨の突っ込みをくらってどうするよ!?

自分はアホじゃなかろうか、と頭を抱えたカグミを眺め、イシュアンが呆れた様子で口を開く。

「君、見た目はおとなしそうなのに、中身との落差が激しいな。不審者の動向を探る行動力といい、トウゴマの毒性を知っていたことといい、死体を前にしても平気そうだし……いつもこうなの？」

いかにも常識なしの変人を見るような眼で見ないでほしい。

カグミはムッとして、「普通の人より、ちょっと好奇心が強いだけですよ」と答えておく。

「ちょっとではないと思うが……まあいい。この件について、君はこれ以上深入りしないように」

「はい」

カグミに異論はない。トウゴマの種の件はちゃんと上官《イシュアン》に報告したし、事件への関与の疑いも晴れた。後は被害者のためにも無事に犯人が捕まって、持ち去られた種が見つかればいい。

心からそう願って、気持ちを切り替える。そしてイシュアンに訊《たず》ねた。

「あの、もう書庫に向かっていいですか」

既に十一の鐘が鳴っている。あと少しで昼の休憩だ。できれば午前の内に出仕したい。

「待ちなさい。私も君と一緒に行く」

どうやら遅刻の理由をカグミの指導官に説明してくれるらしい。

……殿下って、実はいい人？

笑顔が怖いとか思ってごめんなさい、とカグミは心の中で謝り、イシュアンに感謝した。


ところがいざ書庫に着いてみれば、「新人が多忙な長官に迷惑をかけるとは」と怒られた。どうも殿下直々《じきじき》にご足労いただかなくても、自分の口できちんと弁明すれば十分だったのだとか。

よほどの場合を除いては、長官の手を煩《わずら》わせてはならない。書院の不文律だそうだ。

イシュアン殿下こと長官が、優しい声で「頑張ってね」とカグミを激励《げきれい》して去っていく。

その直後、カグミに厳しい口調で「君の指導官に任じられた」と言ったのは、永代貴族六位の若い青年だった。人の上に立ち、意見をまとめることが得意そうなやり手に見える。

「私はルケス。王宮に出仕し、書院に勤めて六年になる。このたび書庫の公開のため、こちらに配属された。ここには私と君の他に三人の司書見習いがいる。紹介しよう。皆、集まってくれ」

ルケスの号令で、別々の場所で作業していた面々がカグミの前に並ぶ。ある程度予測していた通り、友好的な態度の人は一人もいない。

……ひぇぇ。ものの見事に赤袍服《ほうふく》ばっかりだね。

つまり、やんごとなき血筋を誇《ほこ》る貴族の中に、平民が一人だけ紛れ込んだというわけだ。

……どうするよ。これってもしかして、もしかしなくても、孤立無援？

カグミが心の中で悲鳴を上げている最中、ルケスは淡々と話を進めていく。

「女性から紹介する。アルテア、十九歳、勤続二年だ。マデュカ、十七歳、勤続一年。一番端の男はダーヴィッド、十八歳、勤続二年だ。そして彼女はカグミ、十六歳。見ての通り位階もなく、出仕も今日が初日となるまったくの新人だが、皆、よろしく頼む」

玉の数を比べると、地位が高い順に、ルケス、アルテア、ダーヴィッド、マデュカとなる。皆、元々は書院の別部署で働いていて、一年後に迫る書庫の正式開庫のため配属されたらしい。

簡単な顔合わせが済むと、皆に仕事に戻るよう指図したルケスが、カグミに言った。

「私たちは一年の見習い期間を経《へ》て、仕事ぶりや適性を審査された後、正式な司書として任命される。無論、落第の可能性もあるので真面目に働くように。君は当分の間、私の指示に従ってくれ」

「はい」

カグミがしおらしく返事すると、ルケスは乱雑な書庫を見回して口を開く。

「私たちの書庫での仕事は、蔵書の整理と目録作りだ。目標は、一年後に万全の状態で書庫を利用可能にすること。既に試験的に公開しているので、官人は自由に出入りできる。だが本は読むだけで、貸し出しはしていない。写本については、立ち入り禁止区域の禁書を除いて許可されている。利用者からの質問は可能な限りその場で応じ、要望があれば意見書としてまとめて報告してほしい」

ここまで喋《しゃべ》って、ルケスは一息ついた。彼はまたカグミに視線を戻して先を続ける。

「それと、明日から毎日交代で書院に行き、通常業務もしてもらう。君は慣れるまで私と行動を共にし、一から覚えてくれ。なにか質問は？」

「あります。休日や休憩時間、それに終業後の読書や写本は認めていただけますか？」

仕事に関係のないことを訊かれたルケスは一瞬嫌そうな顔をしたが、答えてはくれた。

「休日や休憩時間をどう使おうと、仕事に支障がなければ構わない。だが終業後はただちに閉庫するため、君だけ居残って利用するのは認められない」

読書と写本が認められたことが嬉しくて、カグミは頷く。

「閉庫してもらっても構いません。利用する許可だけいただきたいです。あ、私の部屋へ勝手に本を持ち込まないとお約束しますから！」

ルケスは露骨に顔を顰《しか》めた。そして、意味がわからないと言わんばかりの声で訊き返す。

「『私の部屋』？　『本を持ち込む』？　それはどういうことだ」

そこでカグミが書庫の地下に自室を得た経緯を説明したところ、彼は厳しい表情で首を横に振り、「あり得ない」と呟いた。

「平民とはいえ、罪人でもない君を地下で寝泊まりさせるなど、非道な仕打ちを見過ごすわけにはいかない。次官に談判《だんぱん》してくる。君は私が戻るまで、ここに積んだ本を読んでいるように」

いくらカグミが説得してもルケスは聞く耳を持たず、さっさと書庫を出ていってしまった。

……ルーケースーめー。地下室に住めて嬉しいって、本気で言ってるのに！

カグミは王宮滞在二日目にして、女子寮という名の恐ろしい魔窟《まくつ》で生活しなければいけないのかと考え、ものすごく憂鬱《ゆううつ》になった。

「うう。悩んでも仕方ないか。とにかく、お仕事しよ」

ルケスが示した作業机の上には、ざっと二十冊ほどの本がある。装丁が傷《いた》まないよう平らに積まれているそれらは、どれも厚く美しい。カグミがまだ見ぬ本を思い、想像の翼を広げて浮かれていられたのは一瞬だった。一番上の本に手を伸ばしたところ、背後から「おい、ブス」と声をかけられたのだ。

……無視してもいいかな。いや、駄目か。

相手は貴族である。どんなに不愉快な呼び方をされても、無視は許されまい。

カグミは相手を『嫌な客』だと思うことにした。表情を取り繕《つくろ》い、殊勝な態度で応対しようと振り返る。そこには嘲笑《ちょうしょう》を浮かべたダーヴィッドが仁王立《におうだ》ちでいた。

「はい、ダーヴィッド様。なんでしょうか」

「おまえ、いい気になるなよ。どんなコネを使ったが知らないが、図々しい。俺たちの足手纏《まと》いになる前に、とっとと辞表を書いて家に帰れ」

清々《すがすが》しいほど一方的に言い捨ててダーヴィッドが去ったすぐ後に、今度はアルテアがやってきた。豊かな胸と腰、それになまめかしい赤い唇が印象的な、かなりの美人さんだ。

「あなた、さっきは長官とご一緒だったようですけれど、身の程知らずに甘い夢を抱くものではなくてよ。悪いことは言いません、怪我をしないうちに市井《しせい》へお戻りなさいな」

にっこりと微笑みながら、親切な助言を装《よそお》った脅迫《きょうはく》である。

ダーヴィッドの嫌味は腹立たしいが、アルテアの方が怖い。最後にマデュカも来るか、と身構えたものの、彼女は現れず、拍子抜けした。

……コネとか夢とか、色々誤解がありそうだけど、いちいち言い訳するのも疲れるしなー。

それに事情を説明したところで、相手にちゃんと聞く気がないのなら話しても無駄だ。

そう割り切ったカグミは本を手に取り、机の下に潜《もぐ》った。少し暗かったので袂《たもと》から発光石を取り出し、軽く爪で弾《はじ》く。これで問題なく読書ができる。

そうしてルケスが戻るまで、鐘一つ分くらいの時間を本に没頭して過ごした。

「君はそんなところでなにをしている」

ルケスの怒ったような声に、カグミはハッと我に返る。彼が不審そうな表情を浮かべ、机の下を覗き込んでいた。カグミは発光石を掴み、慌ててそこから這《は》い出る。

「言われた通り、本を読んでいました」

「……なぜ机の下で？」

「人に見つからない場所が好きなんです。落ち着くので。……駄目でしたか？」

ルケスは眉間を指で押さえ、「駄目ではないが非常識だ」と言った。カグミは、駄目じゃないなら放っておいてほしいと思ったものの、口には出さず視線で訴える。するとイシュアンに引き続き、ルケスにも変人を見るような眼で見られてしまった。

「君の部屋についてだが……次官は君に選ばせろとおっしゃった」

「地下室がいいです」

こういう場合、自分の意思をきっぱり表明することが大事だ。

カグミが断言したため、ルケスは頭が痛そうな表情で口をへの字に結んだが、「そうか、それならば現状維持としよう」と渋々ながら折れてくれた。

「ありがとうございます！」

「喜ぶ話ではない。年頃の若い娘が地下暮らしなど、私が親なら絶対に許さないだろう。しかし次官が認められた以上、私が口を挟む問題ではなくなった」

ルケスは疲れた様子で深々と溜め息を吐いて、「次官からの言付けだ」と説明し始める。

なんでも、朝夕に書庫の扉の開閉を担当することを条件に、就寝までの自由時間は読書も写本も認めてくれるそうだ。

……次官って、いい人！

心から感謝してホクホク顔で浮かれるカグミを、ルケスはジロリと睨《にら》んで言った。

「ところで、本はどこまで読めた？　一冊ぐらいは読み終えたか？」

「はい、読み終えました」

カグミに向けられたルケスの眼光がやや和《やわ》らぐ。どうやら及第点の返答だったようだ。

「では次だ。手順を教えるから覚えるように。この表は国の十進分類法の一覧だ。これに倣《なら》い、本を分類していく。読み終えた本に選別用の色紙を挟み、分類ごとに分けて積み、目録を作る。棚は分野別になっているが、本を棚詰めするのは後だ。まず著者別に並べる必要があるからな」

……だから、ほとんどの本が棚に収まってないのか。

カグミは納得した。やけに作業机の数が多いのは種分けのためだったらしい。

「だが本を分類する上で、個人の主観に左右されるのは避《さ》けたい。そのため、次官と私で分類の基準を設《もう》けた。判断を誤らぬよう、全員が同じ本を読み、基準を徹底《てってい》して覚えてもらう」

「確かに基準は必要ですね。似た内容の本が別の棚にあったら、探すのに困りますから」

「その通りだ。君以外の見習いは既に選別ができる。君もできるだけ早く課題をこなしてほしい」

「頑張ります」

「よし。では君が読んだ本に色紙を挟みなさい」

カグミはルケスに言われた通り、選別用の十色の色紙を読み終えた本に挟んだ。

「終わりました。確認をお願いできますか」

難解な本はなかったから、分類を間違ってはいないと思う。

ところがルケスはカグミの選別に不満があるのか、分類した本の山を見つめて固まった。

「……待て。もしかして君は、ここにある本をすべて読んだのか？」

「はい、読みました」

カグミはなぜ同じことを何度も訊くのだろう、と不思議に感じながら、ルケスの反応を窺《うかが》う。

彼は困惑顔でカグミを見下ろし、なにか考え込むように指で眉間を押さえた。

……あれ？　私、なんか間違えたっぽい？

「あの、確か、ここに積んだ本を読んでおけと言われたはずですけど……私の聞き違いですか？」

「言った。言ったが、しかし、この僅《わず》かな時間で……」

ルケスは呆れた声で呟き、手を下ろすと、適当な一冊を持って表紙をカグミに向けた。

「本の内容は覚えているのか？」

「はい、覚えてます」

カグミは読んだ本の書名と奥付、内容を一冊ずつ説明した。二十冊程度なのですぐに終わる。

「……間違いない、合っている。選別も正しいな」

感心した様子で言ったルケスはカグミに鋭い一瞥《いちべつ》を向け、「君は速読の達人か？」と訊《たず》ねてきた。

「違いますけど……」

カグミが首を横に振って答えると、ルケスは余計に混乱したらしく、また指で眉間を押さえて黙り込んでしまう。申し訳ないことに、とても苦悩させているみたいだ。

「……時間切れだ。食堂が閉まる前に昼食をとってきなさい。続きは午後だ」

それからカグミは食堂に行き、隅っこの席で昼食を食べ、厠《トイレ》に寄った。どこにいても妬《ねた》みや怒りを湛《たた》えた白い眼で見られるので、友達を作ることは早々に諦《あきら》めた。独りぼっち確定である。

書庫に戻ると、午後はルケスに見張られながら読書だ。読む端からどんどん本を積まれていくので、滞《とどこお》らないよう必死に頁《ページ》を捲《めく》る。慣れない新人に対して鬼だと思う。思っても言わないけれど。

ようやく終業時間となり、各自の報告が終わると、ルケスが後ろ手を組んで言った。

「カグミは今日で課題をすべて終了した。明日からは皆と同様の仕事についてもらう」

驚きの声を上げてこちらを見る、ダーヴィッドとアルテアの視線が痛い。

どんな不正をやった、と言わんばかりの怒りの眼だ。ルケスが「公正な評価の結果だ」と場をとりなしても、二人が聞く耳を持つ様子はない。二人して「納得できない」とルケスに抗議している。マデュカだけが軽く頷いて了承してくれた。

しつこく食い下がる二人の相手が面倒になったのか、ルケスは「私の判断に文句がある者は次官に申し出るように」と二人を黙らせ、本日の業務終了を告げる。

ようやく閉庫すると、カグミは扉に寄りかかり座り込む。気疲れで動けなくなってしまったのだ。

「これがあと三百六十四日も続くのかー」

考えるだけでぐったりだった。

それでもお腹は空《す》くし、頭も痒《かゆ》い。食事と風呂に行くため、カグミはノロノロと腰を上げる。

「ごはん食べてお風呂に入ったら、今日は早く寝よ……」

寂しくなるので、家のことは思い出さないようにした。

だが布団に潜《もぐ》り、眠りに落ちると夢を見た。夢の中で養父と義兄三人と家族団欒《かぞくだんらん》していて、知らぬ間に、カグミは静かに涙を流していた。

## イシュアン・報告一

第三王子イシュアンが部屋で陽陰《ヒカゲ》——王宮内外の情報収集を主な仕事とする内偵者による報告書を読み終えると、夜はすっかり更《ふ》けていた。

「……やはり不穏な動きがあるな」

長兄で王太子のラムディーンと、第二王位継承権を持つ次兄ヒュウゴの周辺がどうもきな臭い。報告書によれば、一部の貴族の間で、一年前に鎮静化したはずの王位継承問題が再燃したそうだ。

背景にあるのは、二人の兄王子それぞれを後援する家同士の対立だった。どちらも名家だが水と油の関係で、なにかと小競《こぜ》り合《あ》いが絶えない。貴族の間でも王太子派、第二王子派という派閥があり、年々両者の溝《みぞ》が深くなっている。

頭の痛いことに、現王太子を廃嫡《はいちゃく》し、王太子交代を嘆願する動きが水面下であるらしい。首謀者は不明だが、第二王子派が率先して支持者獲得のために金品をばら撒《ま》いているという。

「どこの狸爺《たぬきじじい》か知らんが、まったく、私の仕事を増やしてくれる」

陽陰《ヒカゲ》を手足のように使い、必要な情報を集めて国政に障《さわ》りがないように対処するのがイシュアンの務めだ。

報告書を読み終えると、思いつく限りの内偵対象を指定する書類を二十通ほど作り、「逐次《ちくじ》報告を」と告げて側仕えのエストワに預けた。エストワを仲介し、それらは陽陰《ヒカゲ》の手に渡る手筈《てはず》だ。

「根回しには根回しで対抗し、早急に潰せ。私が裏にいると気取られるな」

「王太子派のふりをするのですね。お任せください」

エストワは、薄茶色の髪と揃いの眼をした、穏やかな風貌の男である。イシュアンの側近として幼少の頃から仕え、主に情報収集と行政事務を担当している。

エストワが席を外すと、もう一人の側仕えであるリガルディーが悪臭漂《ただよ》う薬膳茶を用意してくれた。

「……またこれか。いつになってもおまえの茶は慣れんな」

臭い、と顔を顰《しか》めつつ、イシュアンは長椅子に座り、白磁の茶器を受け取って薬膳茶を啜《すす》る。

リガルディーは護衛を兼ねた側仕えで、世界でも数少ない魔法士の一人だ。見た目は金髪に金眼と派手で、かつ端整である。しかし嗜好《しこう》に問題がある男で、イシュアンに「外では極力喋《しゃべ》るな」と言い渡されているほどだ。

「……狡《ずる》いですよ」

「なにがだ」

心底恨めしそうなリガルディーの声にイシュアンが淡々と応じれば、リガルディーはずらっと指輪を嵌《は》めた指をいじりながら、ブツブツ言う。

「殿下ばっかり、あんな可愛い女の子と楽しくおしゃべりして……！」

「『可愛い女の子』……？」

イシュアンが「誰のことだ？」と首を傾げる一方で、リガルディーが恍惚《こうこつ》として微笑む。

「好奇心旺盛《おうせい》な紫の瞳の美しかったこと！　もうその場で抉《えぐ》り出して、食べちゃいたいほど綺麗でした。それにあの隙だらけでボケッとした態度はどうです。有無を言わさず服従させ、首輪を嵌《は》めて檻《おり》の中で飼ってあげたいくらい可愛かったですよねぇ」

紫の瞳云々で、リガルディーが興奮する対象がカグミだとわかった。イシュアンは内心で、またか、と頭を抱える。

「……私に同意を求めるな。おまえの趣味はどうでもいいが、私の許可なく犯罪行為は認めんぞ」

「えー。でもあの眼は諦《あきら》めるには惜しいなあ。僕、久々にナニが滾《たぎ》っちゃったんですけどー」

「私がそれをぶった切ってやってもかまわんが」

きつく睨《にら》みを利かせると、リガルディーは「ちぇっ」と舌打ちして、頭の後ろで指を組んだ。

「冗談ですってば、冗談。僕が本気でそんな非道なことをやるわけないじゃないですかー」

リガルディーは笑ってごまかしているが、彼の眼は「クソ残念」と正直に語っている。

……眼球収集家か。相変わらず、悪趣味なことだ。

イシュアンが黙ることで話題を打ち切り、ゆっくり茶を飲んでいると、エストワが戻ってきた。

「ただいま帰りました。おや、ひどく難しいお顔ですね。なにかお悩みですか？」

エストワはイシュアンに話しかけながら、筆記用具が散らかったままの机の上を片付け始める。

イシュアンは最後の一口を飲み干し、茶器をリガルディーに下げて言った。

「今朝の変死体の件を考えていただけだ。結局、被害者が殺された理由もわからず、加害者は不明。容疑者とおぼしき者もトウゴマの種も見つからなかったからな……付近を捜索《そうさく》させたが目撃者もなく、手掛かりなしだ。面倒だが、しばらくは毒味も更なる注意が必要だろう」

喋《しゃべ》りつつ、朝、書庫の裏手で遭遇《そうぐう》した書院の新人、カグミのことを考える。彼女については新人研修の監督官による報告書で知っていた。物覚えがよく見込みがあると高い評価だったため、知的な女性を想像していたが、見事に裏切られたものだ。彼女は痩《や》せぎすの身体と青白い肌をしていて、長い黒髪を適当に結い上げ、袍《ほう》の着こなしもしゃれっ気がなかった。ただリガルディーも褒《ほ》めたように、紫にきらめく眼は感情豊かで、飽きずに眺めていられる。

「……変な娘だったな」

ポツリとこぼすと、エストワがいきなり笑い出した。

「カグミ嬢ですね。彼女、面白いですよ」

「面白い？」

イシュアンが訝《いぶか》しげに訊くと、エストワは一旦笑いを収めて、滔々《とうとう》と喋《しゃべ》る。

「ええ、とても。殿下のことを知る前も知った後も、畏《おそ》れているようで畏《おそ》れていない。媚《こ》びも売らず、色目も使わず、独自の見解を述べて、殿下のご命令に逆らったんです。態度がでかいと言ってしまえばそうですが、無礼さは感じませんでした。そういえば、殿下も珍しく調子を狂わされていましたよね。いつもの『美しく優雅で優しい王子殿下』の面が時々外れていましたよ」

……あの娘が素で話すから、つられただけだ。

そうイシュアンが反論する前に、エストワは陽気な調子で続ける。

「それに『知らない人からもらった物は口にしない方がいいですよ』なんて大真面目な顔をして言うものだから、おかしくて。殿下に『あたりまえだ』と指摘されたら、頭を抱えて唸《うな》ってたでしょ？　私、後ろで笑いを堪《こら》えるのに必死でした」

エストワが「面白い子ですよね」と再び口にしてくつくつ笑うと、リガルディーも「大いに同意です」と頷く。

……呑気《のんき》なことを。

イシュアンは愉快そうに頬を緩める側近二人をきつく睨《にら》んで言った。

「私は面白くないし、進んで関わり合いになりたいとも思えぬ」

すると、エストワがスッと表情を引き締めて訊いてくる。

「……カグミ嬢は『何色』でした?」

イシュアンには、家族とごく少数の関係者を除いては知られていない秘密がある。

彼は物心がついたときから、人間を包む膜《オーラ》のような物が見えた。成長するにつれ、徐々にそれは人の内面を表しているのだと理解した。殺意や憎悪など負の感情が強い者は黒く、嘘つきや二心《にしん》を抱く者は紫色。金銭欲や執着心が度を越した者は黄色、愛情関連は桃色《ピンク》。なにかに情熱を注ぎ没頭する者は赤色、感情のブレが少ない冷静沈着な者は青色。他にもあるが、普通の人間はだいたい灰色で、喜怒哀楽の感情に左右されて変化を見せる。

イシュアンに『色』が見えないのは肉親だけ。そのはずだったのに、なぜか――

「……『色』はない」

カグミを最初に見たとき驚いたのは、怪しかったからという理由ではない。彼女を取り巻く膜《オーラ》がなにも見えなかったからだ。

案の定、エストワもリガルディーも納得し難《がた》いのか、「は?」と固まった。

「カグミの『色』は見えなかった。朝からずっと理由を考えているが、まったくわからん」

頭痛がする、とイシュアンがこめかみを指で押さえると、リガルディーが氷嚢《ひょうのう》を持ってきた。

それを頭にあてたイシュアンは、険《けわ》しい顔のエストワにカグミの身辺調査を命じる。

……母にべったりの父がよその女に手をつけるとは思えないが、念のためだ。

父の浮気を疑いたくはない。しかし、今まで肉親以外の者の『色』が見えない事態はなかっただけに、疑心は早いうちに取り除いておきたかった。

「秘密裏《ひみつり》に動けよ。誰にも知られるな」

「ご家族にも内緒ですね。お任せください」

机上の片付けを終えたエストワが、軽く一礼して退出する。今夜から動くつもりだろう、暗中飛躍はエストワの得意とするところだ。

イシュアンは机上の文箱へ眼を遣《や》った。あの中には書庫へ潜入させた陽陰《ヒカゲ》からの、カグミに関する報告書も混じっている。

……本が読むのが早い、か。

それがどうした、と一笑に付《ふ》す。速読など訓練すればできることだ。特筆すべき話ではなかった。

……老練でクソ意地の悪い次官が直々《じきじき》に勧誘してきた娘だ、用心するに越したことはない。

自らにそう言い聞かせつつも、カグミの能天気な言動を思い出すと、いまいち警戒心を抱けないイシュアンだった。

# 盗み聞きした密談

王宮出仕、二日目。

カグミは今朝も早起きし、身支度を済ませて食堂に向かった。めでたく本日も一番乗りだ。

「おはようございます」

朝食は、野菜粥《かゆ》を大盛、汁物、ゆで卵半分に漬物。手を合わせ、ありがたくいただく。

食事を終えても始業開始までに時間があったので、書庫の裏手へ回り、昨日はサボった屈伸運動《スクワット》をする。三兄レイバーから「筋力を維持するためにやれ」と言いつけられているのだ。

ひと汗かいて顔を洗う。乱れた髪を結《ゆ》い直し、よれた袍《ほう》を引っ張ってから、少し早いが書庫を開錠しておく。

「ふ、手抜かりなし」

昨日は遅刻し、長官に迷惑をかけるなどとやされたが、今日はそんなヘマはしない。

七の鐘が鳴る前に、兵士が一人やってきて扉番に立った。袍服《ほうふく》ではなく兵装だけど、黄色の帯を締《し》めているので軍事院の所属だと見当をつける。軍事院は国の防衛をはじめ、警備や犯罪の取り締まり、武器の管理、王宮所門の鍵の保管などが仕事だ。おそらく高価で貴重な本を勝手に持ち出されないように来ているのだろう。カグミは心の中で「よろしく！」と声援を送った。

「おはよう」

やがて司書見習い五人全員が揃ったところで、ルケスが厳しい顔で朝の挨拶《あいさつ》をする。そのまま朝礼の指揮を執《と》り、全員に仕事を振り分けた。今日はアルテアが書院に行くらしい。指名されたアルテアはおっとりと笑顔で頷いていたが、カグミへ威嚇《いかく》の一瞥《いちべつ》は忘れなかった。

……はいはいはい、平民は余計なことはしませんよー。身の程は弁《わきま》えてますってばー。

指先を重ねつつ内心で呟き、カグミはルケスの指示を待つ。

「カグミはこちらだ。来なさい」

言われるがまま彼の後についていく。書庫をてくてく移動しがてら、カグミは庫内を眺めた。

天井まで届く木製の本棚が壁に沿って並んでいる。これだけでも壮観なのに、中央の空間を埋《う》めるように置かれたどっしりした本棚や、閲覧机《えつらんづくえ》、立ち読み式の机、書見台、世界地図、国内地図が揃っていて胸がときめく。つい、感動が口を突いて出た。

「書庫なのに豪華ですよねぇ」

見上げた天井には天地を駆ける神獣が描かれているし、床は木目の美しい板で覆《おお》われている。また、高い木の腰壁《こしかべ》が庫内全体に巡らされ、本を湿気から守っていた。あちこちにふんだんに発光石が設置され、本を傷《いた》めず、かつ本が読みやすい環境が整っているのだ。

加えて、この書庫のどこかに禁書だけが収集された隠し部屋があるらしい。

……お仕事を頑張ったら、一度くらい入れてくれないかな？

カグミがひそかな野望を抱いていると、ルケスが一番奥の人目に付きにくい棚の前で足を止めた。手前の作業机には大きさが異なる装飾本が積まれている。

「今日はここにある本を読むように。……読めない本があれば、無理せず分別しておきなさい」

「はい、わかりました」

カグミはルケスが立ち去るのを見届けてから、用意してきた薄い革手袋を嵌《は》めた。

「よい、しょっと」

椅子を退《ど》け、持ってきた布を机の下に広げてその上に本を積む。そうして机の下に潜《もぐ》り、椅子の脚を引っ張っておけば、誰もいないように見せる偽装終了。思わず安堵の独り言が漏《も》れる。

「あー、落ち着く。やっぱり読書はこうじゃないとねぇ」

カグミは発光石を取り出して指で弾《はじ》き、ちょうどよい光の中で膝の上に本を抱えた。頁《ページ》を捲《めく》った瞬間、黴臭《かびくさ》さが鼻につく。長い期間、読まれていなかったようだ。

……こういう、埋《う》もれていた本を発掘して読めるなんて、役得だなあ。

しばらくカグミが本の虜《とりこ》になっていると、突然、近くで大きな声が響いた。

「あああああ。もう駄目だ、間に合わない！　このままじゃ側仕え解任《クビ》だ！　どうしよう」

ビクッとしたカグミの目の前を、男性物の靴が忙《せわ》しなく行き来する。

「赤い猫と青い猫と黄色い猫から黒猫が生まれて、赤い犬と青い犬と緑の犬から生まれる犬は何色か⁉　そんなこと知らないよ。あーもう、どうしよう、どうしよう、本に載ってるかなあ」

「白犬ですよ」

カグミはうっかり答えてから、「あ、しまった」と悔《く》やんだものの、手遅れだった。

切羽詰《せっぱつ》まった顔の若い兄さんがガバッと机の下を覗き込み、必死の声で「今、なんて!?」と訊いてくる。

……うわあ、一代貴族の青袍服《ほうふく》。しかも近侍院《きんじいん》五位の偉い方かー。

お近づきになりたくない人種に自分から声をかけるという失態に、カグミは「とほほ」と嘆く。それでも自分で蒔《ま》いた種は、自分で刈り取らなければならない。億劫《おっくう》だったが、質問に答える。

「えーと、だからその、色と光の三原色です」

「え? い、いろとひかりの……なに?」

「色の三原色である赤・青・黄を混ぜたら黒になり、光の三原色である赤・青・緑を混ぜたら白になります。真面目な種の交配の話じゃなくて、謎かけですよ」

「難しいことはよくわからないけど、とにかく答えは白犬なんだね!?」

「だと、思います」

……一応、逃げ道は作っておかなきゃね。むやみに責任は負わない、これ大事。

「君、ありがとう! 行ってくる!」

ペコリと頭を下げて礼を言い、彼は飛び出していった。平民に頭を下げて感謝する貴族もいるんだ、と少し嬉しくなる。

カグミが机の下から這《は》い出て、読み終えた本を選別して分類別の色紙を挟んでいると、ダーヴィッドがやってきた。目当てはカグミのようで、見つけるなり、彼の眼に敵意が漲《みなぎ》る。

「おい、ブス」

……ほんと、大概失礼だよな、この男。

気分は悪いが口答えはしない。反抗すればするほど、いじめはひどくなるからだ。

「なんでしょう、ダーヴィッド様」

あくまでも穏便に流す。平民の処世術である。

ダーヴィッドはカグミにビシッと指を突きつけて、敵対心をぶつけるみたいに罵《ののし》った。

「おまえなんて、ルケス様には相応《ふさわ》しくないんだからな！　ルケス様がおまえに構うのはおまえがド素人《しろうと》の新人だからで、見込みがあるとか、呑み込みが早いとか、有能だとか、そういうのじゃないぞ。自惚《うぬぼ》れるなよ。ルケス様の弟子は俺だ。おまえじゃない。でしゃばるなよ、いいな！」

そして昨日と同様に、言うだけ言って去っていく。呆気にとられるカグミを残して。

「……なんだあれ。誰も自惚《うぬぼ》れてないし、そもそも弟子じゃないし、でしゃばってないし」

真面目に仕事に励んでいるだけなのに、ずいぶんな言われ方だ。

カグミはむしゃくしゃしながら未読の本を床に下ろし、机の下に座った。しばし頭に血が上っていたが、新しい本を読んでいるうちに忘れてしまう。まったく、本は偉大である。

十二の鐘が鳴り、昼の休憩時間になった。

昼食に行かなきゃと思いつつも、もう少しで読み終えるから、とカグミはその場を動かなかった。一度本に没頭すると、なかなか途中でやめることができない性質なのだ。

しばらくして、カグミが読後の満足感に浸《ひた》っていたところ、赤袍服《ほうふく》の裾が視界の隅に入った。怪訝《けげん》に思い顔を上げた途端、男性物の靴を二足見つけてギクリとする。

……今、足音ってしなかったよね？

爪先《つまさき》の向きからして、二人は向き合って立っている様子だ。どうものこのこと出ていける雰囲気ではなく、やむを得ず、カグミは息をひそめてじっとしていた。

明らかに周囲を憚《はばか》っているひそひそ声が聞こえてくる。どちらも熟年の男の声だ。

「……廃嫡《はいちゃく》では生温《なまぬる》い。王太子派がいつまた復権を訴えるかわからないではないか」

「例の件がお耳に入ったのですな。ですがご心配なく。金をばら撒《ま》くのは言わば目くらまし。水面下で騒いでいると見せかけ、諸々《もろもろ》の注意をそちらに引きつけておくための策にございます」

「では現王太子を廃嫡《はいちゃく》し、王太子交代を願い出るというのは」

「彼らに勝手にやらせておけばよいのです。我々は常の如《ごと》く『殿下の御心のままに』を押し通しましょう。我らが身の潔白を立ててこそ、一の竜の眼が閉じようとも二の竜の目覚めを促《うなが》すことができるというもの」

「よく回る口だが、肝心の竜の眼を潰す毒はどうなっている」

「お任せを。それから、どうぞこちらをご覧ください。私は人が来ないか見張っております」

「書付《かきつけ》か。ならば部屋で読む。これ以上、長居はできぬ」

「畏《おそ》れながら、そちらを外にお持ちになるのは危のうございます。また、もう御一方にもお目にかける必要がございますので、今お目通しくださいませ」

一人が様子窺《うかが》いのため、通路側に立つ。残った方が折り畳《たた》んだ紙を開く音がした。だが袖口にでも引っ掛けたのか、一枚の紙がヒラヒラ揺れながら、床に落ちた。

カグミがその書付《かきつけ》なるものを見たのは一瞬で、すぐに男の手が拾う。ふと、いい匂いがした。カグミは自分が見つからないかヒヤッとしたが、男は気づかなかったようだ。

二人の男が立ち去っても、用心のため、カグミはしばらく隠れていた。

……もういいかな？

カグミは近くに誰もいないことを確認し、こっそり机の下から這《は》い出す。額《ひたい》や掌《てのひら》にじっとりと嫌な汗をかいていた。ちょっと膝が震えている。気が抜けたら、今になって怖くなってきた。

……廃嫡《はいちゃく》、って言ってた。王太子廃嫡《はいちゃく》って大問題だよ。まずくない？

ただの平民でもわかる、まずいに決まっている。おまけに毒とも言っていた。カグミの脳裏に、毒＝トウゴマの種と浮かぶ。考えすぎかもしれないけど、これは報告案件だ！

カグミは急ぎ発光石をしまって読んだ本を机に積み上げると、分類別の色紙を挟んだ。それからルケスを探す。だが、彼の姿が庫内に見当たらなかったので扉番に立つ兵士に訊くと、食事に出たらしい。

「ああもう、大変なのに！」

大変だけど、戻りを待つしかない身だ。まさか男子寮の食堂に突進するわけにはいかない。

「人に頼んで呼んでもらうって手もあるけど、目立つしな」

目立つのは嫌だし困る、そう考えたカグミはひとまず食堂に行き、昼食をとることにした。

最速で食べて十三の鐘の音が響く前に書庫に戻り、早速ルケスを探す。彼は午前中にカグミが作業をしていた書庫の奥にいた。机の前に立ち、気難しい顔をして指で眉間を押さえている。

「あ、いた！　ルケス様、お話が」

「カグミか。ああ、私も君に話がある。これはどういうことだ？　君は他言語も読めるのか？」

すぐに報告するつもりだったのにルケスに出鼻《でばな》を挫《くじ》かれて、カグミの注意は本に向いた。

「読めますよ」

「……何ヶ国語も？　ここにある本はすべて他国の原本だぞ」

「私、家業が印刷工房で、校閲《こうえつ》の仕事をしてましたし、写本なども請け負ってたんです」

カグミはルケスを見つめ、たくさん読んで書き写せば嫌でも覚えるよね？　と、言外に言う。

「……では、もうほぼ読み終えているのはなぜだ」

「え？　いや、普通に頑張りましたから」

「普通に頑張ってこなせる量ではないのだが……君は規格外すぎる」

ルケスは顰《しか》め面《つら》でそう呟き、理解不能、と言わんばかりに首を横に振る。

……褒《ほ》めてほしいとは言わないけど、なんで変な眼で見るかな。

カグミは控えめな態度を崩さず、内心ではふてくされた。だがハッとして言う。

「た、大変なんです！」

「落ち着きなさい。司書見習いが書庫で大声を出すんじゃない。なにが大変なのだ」

ルケスのもっともな注意に、カグミは「ごめんなさい」と素直に謝り、言葉を続けた。

「王太子殿下が廃むぐっ」

最後まで言わないうちに、焦ったルケスの手で口を塞《ふさ》がれる。

「バカ者！　こんな場所でなにを言うつもりだ⁉」

小さな声できつく叱られた上、恐ろしい眼で睨《にら》まれ、カグミは縮こまった。

……ルケス、怖っ！

「私の後についてきなさい」

カグミはコクコクと頷いて、ルケスに先導されるまま人気《ひとけ》のない書庫の裏手に回る。

「最初から話してくれ」

そこで、カグミは盗み聞きした一部始終をルケスに伝え、最後に疑問をぶつけた。

「『一の竜の眼が閉じようとも二の竜の目覚めを促《うなが》すことができる』って、なんのことですか？」

「隠喩《いんゆ》だな。おそらく一の竜が王太子殿下で、二の竜が第二王子殿下を指しているのだろう」

「あのう、眼が閉じるって、『おやすみなさい』って意味じゃないですよね?」

「本気でそう考えるなら、君は真正のバカ者だ。私はバカが嫌いだ。よって、厳しい教育を施《ほどこ》す」

ルケスにジロリと睨《にら》まれる。カグミは即座に謝って教育を辞退し、深く考えてみた。

「ええと、訊くのもすごく怖いんですけど、『竜の眼を潰す』って、もしかして――」

「訊くな。どこで誰が聞いているのかわからない。それ以上、口にしない方が身のためだぞ」

カグミは震え上がってルケスの警告に従った。よくない予想が的中しているようだ。

王太子を弑逆《しいぎゃく》して、第二王子を王太子位に就ける――恐ろしい陰謀だ。

……王太子廃嫡《はいちゃく》どころじゃない。これって王太子暗殺計画だよ。こんなの、知りたくなかった!!

カグミは密談現場に遭遇《そうぐう》した自分の運のなさを嘆いた。間を置かず、ルケスが話を切り替える。

「ところで、君が見た書付《かきつけ》とはどんな内容だったかわかるか?」

「一瞬でしたが、覚えているので書き出せます」

「よし。では君は自分の部屋に戻り施錠《せじょう》して、その書付《かきつけ》の写しを準備しておくように。その後は私が迎えに行くまで部屋で待機だ。私は長官に報告へ行ってくる」

カグミが「はい」と返事するより早く、ルケスは踵《きびす》を返した。カグミは彼の指示通り、地下の自分の部屋で水と墨、筆、紙を用意し、最速で書付《かきつけ》の写しを作成する。墨を乾かすため団扇《うちわ》で扇ぐと黒色が少し薄くなったが、読めるので問題ないだろう。

緊張の糸が切れ、カグミがちょっとウトウトしたところで、扉を叩かれた。

「私だ。ルケスだ」

「今開けます」

書付《かきつけ》の写しを四つ折りに畳《たた》み袂《たもと》に忍ばせる。そして錠を外し扉を開けると、ルケスが立っていた。

「準備はできてるな？　私と一緒に来なさい。部屋は施錠《せじょう》しておくように」

どこに向かうのかと思えば、再び書庫の裏だった。そこでカグミを待っていたのは、閉じた扇子《せんす》を持つイシュアンと、青袍服《ほうふく》の側仕えの男性だ。

イシュアンと会う心の準備をしていなかったカグミは、彼の顔を見て思わず「ひい」と呻《うめ》き、逃げ腰になってしまう。だがルケスが跪《ひざまず》いたのを見て、慌てて彼に倣《なら》った。

見逃してくれればいいものを、イシュアンが柔らかい声で皮肉っぽく言う。

「……やあ。こんにちは、カグミ。なぜ私の顔を見て逃げようとするのかな？」

……し、視線が痛い。

見なくても、威圧的な笑顔を向けられているのがわかる。カグミはぎこちなく弁解した。

「こ、こんにちは、殿下。その、私は逃げようとしたわけではなく、ちょ、ちょっと驚いただけでして」

「そう。『ひい』と聞こえた気がするのだけれど、私の気のせいか」

冷や汗をかいてひたすら平身低頭するカグミをやんわり揶揄《やゆ》した後、イシュアンが呟く。

「……やはり見えんな」

なにが？　と問いたくても問えない、恨めしい身分差である。

イシュアンはカグミの名を呼び、「怯《おび》えなくていいから、顔を上げて」と優しく命じた。

「ルケスから報告は受けたよ。だけどカグミの口から直接聞きたくてね。もう一度、始めから詳しく説明してくれるかな。ルケス、君は人が来ないようあちらで見張ってくれ」

ルケスが「は」と短く了解し、すっくと膝を伸ばしてカグミに背を向け、見張りに立つ。

カグミは深呼吸し、気持ちを落ち着かせた。それから「私も好きで盗み聞きしたわけじゃありませんから！」と言い訳も添えて、ルケスに話した内容をイシュアンに語り、最後に四つ折りにした書付《かきつけ》の写しを手渡す。

イシュアンは書付《かきつけ》を読み終えると、怖い笑顔になって言った。

「……君、これを一瞬見ただけで書き写したの？」

カグミがコクリと頷けば、イシュアンの眼が疑わしそうに細められる。

「この書付《かきつけ》、他言語で、その上なかなか凝《こ》った文面だけど、こんなもの覚えられるのか？」

「覚えるだけなら楽ですから」

正直に告げたのに、イシュアンは信じられないという表情をして、呆れ声で言う。

「君は本当におかしいな」

……ひどい！

覚えるのは楽でも、書くのは手間がかかる。一生懸命急いで書き写したのに、あんまりだ。この報われない仕打ちにカグミはやさぐれた。そんな彼女に、イシュアンが一言告げる。

「だが助かる。ご苦労さま、カグミ」

イシュアンの労《ねぎら》いの声には感謝の心がこもっていた。カグミを見つめる眼も温かい。

「どうやら少しはお役に立てたみたいで、よかったです」

気持ちが報われたことで溜飲を下げたカグミは、さっき胸の中で唱えていたとても口に出せない罵詈雑言《ばりぞうごん》の数々を閉じ込めて蓋をした。

これで報告終了、と達成感に満ちた思いのカグミが一息ついた直後、イシュアンに追及される。

「ところで、君はまだなにか隠しているね。正直に全部打ち明けたまえ」

「は？　いいえ、別になにも隠してなどいませんよ」

「では隠していないとして、忘れていることがあるはずだよ。もっとよく考えてみて」

そんなこと言われても困る、と乗り気でなかったカグミだが、一応思い返してみる。

明後日《あさって》の方角を向いて黙考していたカグミは、ハッとしてイシュアンを見た。

「匂いです！　微《かす》かですけど、男が落とした紙を拾うため動いたとき、いい匂いがしました」

「よく思い出したね、と褒《ほ》めたいところだけど、もっと早くに気づこうか？」

イシュアンは嫌味たらしく笑顔で言って、チクチクした口調で言葉を続ける。

「もう一度同じ匂いを嗅《か》いだら、わかるかな？」

「え、どうでしょ……嗅覚《きゅうかく》には自信ないんで」

「そうか。ではもしわかったら、ルケスか私に知らせて。くれぐれも勝手な行動は慎《つつし》むように」

「はい」

……ちゃんと報告《ホウ》・連絡《レン》・相談《ソウ》の義務も果たしたし、後は全部殿下に任せた！

重圧から解放されたカグミは、ちょっと気が大きくなっていた。そこでつい、口を滑《すべ》らせる。

「殿下、書庫に見張りを置きませんか。彼らまた来ますよ」

「どうしてそう思うの」

「だって、あそこ死角ですので。それに書庫だったら会っているところを見られても簡単に言い訳できます。同行者をいっぱい連れてくれば目立ちませんし、密会にはいい場所ですよね」

「そうだね。それだけ理解しているなら、見張りは君に頼もうかな」

……なんですと？

カグミは眼をぱちくりさせた。イシュアンがにっこり笑い、問答無用の態《てい》で続ける。

「言うまでもなく、この件を知る人間は一人でも少ない方がいい。そもそも彼らの声を聞いたのは君だけで、匂いのこともある。また、司書見習いは書庫にいて当然だ。疑われることなくうろつけるし、君は白袍服《ほうふく》の庶官だから彼らも油断するだろう。適役だな。見張り役、よろしくね」

……墓穴を掘ったよ、私!!

カグミは打ちのめされて頭を抱えた。迂闊《うかつ》な発言を悔《く》いても手遅れである。

そんなカグミを見下ろして、イシュアンがしみじみと言う。

「君、注意力や想像力があって記憶力もいいのに、思慮が足りないと言われないか」

大きなお世話だよ、と思っても口にしない。カグミにだってそれくらいの分別はある。

だが、イシュアンには見抜かれていた。

「今、『大きなお世話だ』と思っただろう」

「は、はは。心が読めるのかなあー、なんてちょっと疑いました……」

カグミはうろたえつつ上目遣いで答える。すると不意にイシュアンの口角が吊り上がって、目力が強まり、ブワッと殺気が漲《みなぎ》った。よくわからないが、竜《イシュアン》の逆鱗《げきりん》に触れたみたいだ。

……殿下、怖っ！　ルケスより十倍怖いよ!!

怖気《おじけ》づき硬直するカグミの前で、イシュアンがたしたし、と扇子《せんす》で掌《てのひら》を打つ。

「カグミ」

「は、はいっ。なななな、なんでしょう、殿下」

「……君は危なっかしい。行動や発言によくよく注意するよう肝に銘じなさい」

カグミは涙目で頷いた。静かな声で忠告してくれているイシュアンが、なぜか黒魔王に見える。きちんと言うことに従わないと、隷属《れいぞく》させられそうだ。怖い。

「き、気をつけます」

カグミが息も絶え絶えに答えれば、イシュアンは「わかればいい」と言って威圧感を緩めた。

「ルケス、カグミの面倒をよく見るように」

イシュアンの命令に、見張りについていたルケスが立礼で「は」と応じる。

「これは言うまでもないことだけど、他言無用だよ」

それから仕事に戻るように言われ、カグミとルケスが先に書庫裏を離れた。途中ルケスから、「公式の場でない限り、イシュアン殿下のことは長官と呼ぶように」と注意を受ける。

カグミはボソッと呟いた。

「黒魔王じゃいけませんか」

「なんだって？」

「なんでもないです。わかりました。次から長官って呼びます」

……あんな見てくれだけよくて中身が怖いの、黒魔王で十分だって！

内緒でイシュアンにあだ名をつけたことが悪い方に作用したのか、午後は昨日に引き続き、ルケスにしごかれた。カグミが手加減を要求しても、「手加減してる」とまさかの切り返しである。

……鬼指導官め！

心の悪態が届いたのか、ルケスの指導はよりいっそう厳しさを増した。積まれる未読本は一向に減らされることなく、カグミはひたすら本を読んでは分類別の色紙を挟み続ける羽目になった。

## イシュアン・報告二

カグミから密談の報告を受けた日の夜、リガルディーは迷惑なほど饒舌《じょうぜつ》だった。

「やっぱりカグミ嬢は可愛いですねぇ！　なんとも間が抜けていて和《なご》みます。いつなにを言い出すかわからないハラハラドキドキ感が堪《たま》りません。お願いですから次にカグミ嬢に会ったときには、僕にも挨拶《あいさつ》させてくださいよ。ね、いいでしょ、挨拶《あいさつ》だけ。彼女の眼は奪《うば》いませんので」

無言で首を横に振ったイシュアンは、リガルディーががっかりして肩を落とす姿を横目に見ながら、「茶」と言った。するとリガルディーはあっという間に立ち直って答える。

「あ、はいはい。すぐに」

茶を淹《い》れに立った彼は、真っ黒な薬膳茶を用意して戻ってきた。

イシュアンは悪臭漂《ただよ》う茶器を手に取り、渋い顔で茶を啜《すす》る。

「……黒い。臭い。苦い。見た目はともかく、味と臭いはなんとかならないか」

「毒消しの薬膳茶ですから、無理ですねぇ。もっと臭く苦くすることはできますよ?」

当然、イシュアンはリガルディーの申し出を断り、黙って茶を飲む。

薬膳茶を飲み終え、しばらく他の作業をしていると、偵察に出ていたエストワが戻ってきた。

「ただいま帰りましたーって、うわ、臭っ。殿下、こんな夜分になにをなさってるんで?」

「見ての通り、調香中だ」

イシュアンは板の間に敷かれた織物の上に胡坐《あぐら》をかいて、乳鉢と乳棒で材料をすり潰していた。隣ではリガルディーが粉末にした物を篩《ふるい》にかけ、計量している。周囲には様々な香の材料と器《うつわ》や皿、匙《さじ》、棒、壺などの道具が散らかっていた。

「いや練香《ねりこう》を作っているのはわかります。しかし材料をお見受けしたところ、殿下の使用されている香ではないですし、何種類分も揃えているような……なにがありました？」

エストワが興味深そうな顔で訊《たず》ねてくる。イシュアンはぶっきらぼうに答えた。

「カグミから知らせがあった」

「カグミ嬢から？　昨日の今日で、なんでまた。変死体の件ですか？」

「違う、別件だ。新たに王太子暗殺計画が発覚した。この陰謀を巡らす密談現場に、偶然にもカグミが居合わせたらしい」

「ええっ⁉　変死体事件に首を突っ込んだだけじゃ飽き足らず、また危ない橋を渡ったんですか⁉」

「本人曰《いわ》く、好きで盗み聞きしたわけじゃないそうだ」

そう言いながらも、イシュアンはそれもどうだかな、と疑心を抱いている。だいたい、なぜ本を読むのにわざわざ机の下に潜《もぐ》るのか、釈明を聞いても意味がわからなかった。

今回の場合、もし盗み聞きがばれていたら、その場で口封じのため殺されていただろう。それなのにカグミときたら、まるで危機感が足りない。報告さえしてしまえば自分の役目は終わりだという顔をしていたのだ。

……そんなわけがあるか！

どんな情報も、一度知ってしまえば知らなかったことにはできない。

しかも、イシュアンが身辺に注意するよう促《うなが》そうとしたとき、カグミは自ら墓穴を掘り、「書庫を見張れ」と言い出した。なので、その役目を押し付けてやったのだ。やや強引だったが、これで彼女も周囲に気を配らざるを得ないだろう。万一の場合も考え、ルケスにカグミの援護を命じておいた。

そんな経緯も含めて、今日あった出来事をエストワにすべて話す。こうしておかないと執務の面でも日常生活においても不都合が生じるので、情報のやりとりは必須だ。

イシュアンが一通り話し終えると、エストワは自分の座る場所を確保しながら言った。

「カグミ嬢の報告はおそらく本物でしょう。私の得た情報とほぼ合致《がっち》していますので」

エストワはそう認めた後、昨夜から今晩にかけて入手した情報の開示を始めた。その報告によると、第二王子派で王太子交代を訴え金品をばら撒《ま》いているのは、資産はあるが家格は低い官たちが主で、財産もあり家柄もよい古参の官たちは見向きもしていないという。

「この件への関与が判明している者については、逮捕《たいほ》が始まりました。おそらく芋づる式で捕縛《ほばく》が続くと思われます。これが本日逮捕《たいほ》された者の一覧です」

イシュアンはエストワから書付《かきつけ》を受け取り、眼を通した。

「……どの家も、いつ取り潰しても問題はないな。入れ替え用の候補者を選別しておけ」

「そうおっしゃると思って、既に選別しました。ヒュウゴ殿下の支持者の中でも能力があり、性根が卑《いや》しくなく、また家格は劣っても位階は上位の者です。いかがでしょうか」

エストワに差し出された二枚目の書付《かきつけ》を眺めて、イシュアンは満足した。名前が挙がっているのは、兼ねてより見どころがあると報告を受けている若い人材だ。リガルディーに手振りで合図し、紙と下敷き、筆を用意させ、一筆認《したた》める。内容は欠員を補完する新しい人員の推薦文だ。

王太子派と第二王子派の争いは、今に始まったことではない。買収で支持を得て廃嫡《はいちゃく》を目論《もくろ》む程度の企《たくら》みで、いちいち騒いでいられないのだ。とはいえ、両者の力関係が崩れれば内乱にも発展しかねない。そのため家族了解の下、できるだけ双方の陣営の均衡《きんこう》を保つようにイシュアンが裏で仕切っている。

「これをヒュウゴ兄上に届けろ」

了解して部屋を出ていったエストワは、リガルディーが筆記用具を片付けている間に戻ってきた。

「この件はこれでいずれ収束しますが、暗殺計画の方はどのように手を打ちますか？」

イシュアンは乳棒でゴリゴリと素材を粉砕《ふんさい》しながら、エストワの問いに答えた。

「『おかしな動きを見せない』古参の官を見張れ。特に、図書室と書庫に出入りする者を重点的にだ。ラムディーン兄上には毒に警戒するよう伝えておけ。飲食物はもちろん、衣装に毒針が仕込まれていないか、毒矢の飛来なども含めて、徹底《てってい》的に注意しろと」

「トウゴマの毒が使われる可能性については、お知らせしますか？」

「それも念のため告げておこう。解毒薬がないというのは心許《こころもと》ないが……」

毒に詳しいリガルディー曰《いわ》く、トウゴマはカグミの言う通り、四、五粒で致死量に相当する猛毒なのだとか。摂取すれば臓器不全を引き起こし、激しい下痢《げり》、呼吸困難、意識不明で死に至る。それも時間が経たないと中毒症状が現れないため、どうしても手遅れになるらしい。

ラムディーン宛《あ》ての伝言を陽陰《ヒカゲ》に託すため、エストワが再び席を外す。戻ってきた彼は、イシュアンの近くに座った。

「それで、カグミ嬢が見た書付《かきつけ》というのは？」

イシュアンの合図で、リガルディーが懐《ふところ》から四つ折りの紙を出し、エストワに手渡す。エストワは書付《かきつけ》にざっと眼を通し、理解不能と言わんばかりの顰《しか》め面《つら》をした。

「なんですか、これ」

「一見した限りでは、詩文のようだな」

「『天の御使《みつか》いは豊穣《ほうじょう》の月輝くとき歌い舞う　奉納されし食物は不味《まず》く酒は美味《うま》し　一

陣の風乱れ迅速なる矢が飛べば　一は撓《たお》れ二が立ち万《よろず》の祈り届く』って、なんとも陳腐《ちんぷ》な詩ですね」

「陳腐《ちんぷ》だな。だがそれだけに、訳し方さえ把握していればすぐに理解できるのだろう」

「ここの『奉納されし食物は不味《まず》く』のくだりは、料理への毒物混入を疑えますが……書院《うち》の暗号解読班に任せてみてはいかがでしょう？」

「既に書付《かきつけ》の写しを預けて解析待ちだ。おまえの方はどうだ。カグミについて調べはついたか？」

　イシュアンがエストワに眼を遣《や》って訊《たず》ねると、彼は頷いた。

「カグミ嬢に関してわかったことですが、身上書にある通り、養女というのは間違いないようですし、義兄が三人おります。母親は隣国の出身で、父親は養父の弟、二人共既に亡くなっていますね。出生届は確認できませんでしたが、戸籍と養子縁組は確認できました」

「出生届が確認できないとは？」

「なかったのです。ですが養子縁組届に出身国は隣国ヨルフェと書かれていました。養子縁組の際に国籍はヨルフェからローランに移され、戸籍はここアシュカで登録しています。母親の身元は名前を除いて確認できませんでした。人伝《ひとづ》てに聞いた話では、どうもこちらに入国する前に死亡したらしく、父親が単身カグミ嬢を連れてきた模様です」

「それはいつの話だ？」

「十六年前です。生後間もなくですね。父親は同じ年に死亡して、養子縁組はそのときですから、カグミ嬢本人はなにも覚えていないでしょう」

「十六年前か……その年に、父上はヨルフェを訪問されたか？」

イシュアンの質問に、エストワは薄く微笑み首を横に振る。

「畏《おそ》れながら、ちょうどその頃、王妃陛下は王女殿下をご懐妊中でした。陛下は、外国訪問はもとより地方視察すら控えられ、王宮に留まっていらっしゃったようですよ」

そう聞いて、イシュアンはホッとした。

「そうか。これで父上の浮気容疑は晴れたな」

だがそうなると、ますますカグミに関する疑問は深まる。なぜ血縁関係にないカグミの『色』が見えないのか、不思議でならない。

イシュアンがカグミのことを考えつつ手を動かし続けていると、エストワが言った。

「ところで殿下、この練香《ねりこう》は全部カグミ嬢のために作っているのですか」

「その言い方はよせ。他人が聞いたら誤解を招くだろうが。これはカグミに聞かせて匂いを割り出し、陰謀の首謀者を特定するために作っているんだ」

「しかし、練香《ねりこう》は配合次第でどうとでも香気が変わりますよ」

無駄骨じゃないか、と婉曲《えんきょく》に告げるエストワを、イシュアンは仏頂面《ぶっちょうづら》で一蹴《いっしゅう》した。

「方向性だけでも掴めればいい。それだけで対象者をかなり絞れるはずだ」

「なるほど、なるほど。では私もお手伝いさせていただきます」

イシュアンはエストワに適当に応じながら、カグミとの会話や彼女が書いて寄越した書付《かきつけ》、陽陰《ヒカゲ》からの彼女に関する報告書を思い返した。

「他国の言語に通じている、か」

本を読むのが早くて物覚えもよく、他国の言語に通じているとは、目利きの次官がいかにも選びそうな人材だ。しかしイシュアンは、彼女への疑念を拭《ぬぐ》えずにいる。

……心が読めるのかと疑った、だと？

カグミにそう言われたとき、他人の内面が『色』でわかるイシュアンは、この能力を見透かされた心地がして動揺を隠せなかった。昨日今日会った人間に図星を指されてうろたえたなんて、不本意極まりない。

「それも、あのようなうっかり屋の粗忽者《そこつもの》に」

カグミのぼやんとした顔を思い出し、無性に腹立たしくなるイシュアンだった。

## 書院へ

翌日、カグミは白袍服《ほうふく》に袖を通して髪に簪《かんざし》を挿《さ》し、日課の屈伸運動《スクワット》でひと汗流した。次いで顔を洗い、厠《トイレ》に行き、そのまま食堂へ一番乗りし、「いただきます」と手を合わせて朝食をとる。

……一人飯は味気ないけど、敵対視されながら食べるよりましだと思おう。

素早く食事を終えると、早速書庫へ戻り、扉を開錠する。まだ始業まで時間があったので、庫内を歩き、死角になる場所や咄嗟《とっさ》に身を隠せそうな棚の陰などを確認しておいた。

「あーもー。面倒くさい。見張りを置けなんて言うんじゃなかったよ」

善意が仇《あだ》となるとはこのことだ。とはいえ、自ら言い出したことであり、上官に任命された以上やり遂げるしかない。カグミは半ばヤケクソな気分で自分を鼓舞《こぶ》した。

やがて、七の鐘が鳴る前に司書見習い全員がルケスの前に並ぶと、朝礼が始まる。

「おはよう。早速だが、今日はマデュカに書院へ行ってもらう。他は全員、目録作成だ。各自これまで読了した本の情報を分類別の用紙に記入せよ。記入が終わった本は他と分け、この『記入済み』の札紐を一番上の本に括《くく》っておきなさい。カグミは私と共に作業だ。では、始め」

……さあどんと来い、鬼指導官。今日は勝つ！

一昨日《おととい》と昨日はルケスの無茶ぶりについていくのが精一杯だったが、今日こそ余裕でこなしてやると意気込み、心の中で拳《こぶし》を揉《も》んだ。

「ふふふ。平民だってやればできると見せてやる」

「なにか言ったか、カグミ」

……あ、やば。口に出てた。

こちらをじっと見るルケスに、焦ったカグミは咄嗟《とっさ》に言い繕《つくろ》った。

「えーと、ちょっと、思いついたことがありまして、お耳に入れた方がいいかなーなんて」

「急ぎの用か？」

「いえ、全然」

カグミの返答を聞くと、ルケスは「ならば休憩時間にしなさい」と打ち切って、さっさと歩き始める。ダーヴィッドやアルテアの「足を引っ張るなよ」と言わんばかりの視線をひしひしと感じながら、カグミは慌てて彼の後を追った。その途中、声を落としてルケスが言う。

「……例の男を見つけた際は、私に報告を。下手に尾行したり、接触したりするな。いいな」

密談していた男たちのことだ、とすぐにわかった。

「はい。では、もしその方が来たときは『長官のお客様です』とお伝えします」

「なるほど？　なかなか気の利いた隠喩《いんゆ》だな。覚えておこう」

ルケスは書庫の一番奥へ行き、カグミに目録用紙を差し出しつつ指示を出す。

「この机を使いなさい。本は分別した色紙ごとに、書名と作者名を用紙に記入するように。後で清書して目録台帳を作成するので、文字は誰でも読めるぐらい丁寧に書くこと。なにか質問は？」

「ないです」

「『ありません』だ。君はもう少し目上の者に対して敬意を払った話し方を学びなさい」

「はい、すみません」

「『申し訳ございません』と言うように。私はいいが、ここは王宮だ。言葉遣いにうるさい貴族も多い。余計な叱責を受けたくなければ、言動には注意することだ」

カグミは、昨日イシュアンにも同じことを言われたな、と考えて素直に「はい」と頷いた。

「よろしい。では私はそちらの棚で作業している。わからないことがあれば来なさい」

……ルケスって、厳しいけど、実はいい人？

なにがどう悪いのか、なぜ正す必要があるのか、納得のいくように教えてくれた。そこに蔑《さげす》みはなく、対等に接してくれたと思える。

そんな身分差を感じさせないルケスの態度が嬉しくて、カグミは奮起《ふんき》して目録作成に臨《のぞ》んだ。

「できました。間違いがないか、確認してもらえますか」

ややあってカグミが報告に行くと、姿勢正しく筆を滑《すべ》らせていたルケスは驚きの顔で言った。

「……まだ九の鐘も鳴っていないが。もうできたとは早すぎるだろう」

「頑張りました。今、墨を乾かしているところです。手が空《あ》きましたけど、なにをしましょうか？」

「待ちなさい。確認する」

ルケスは机上に並べた十枚の用紙を見下ろす。そうしてカグミに本の書名と作者名を読み上げさせ、記入に不備がないか眼を通し、『記入済み』の札をかけていく。

「よくできている。字も整っていて申し分ないな。……君は速記の技術でも持っているのか？」

「いえ、持っていません」

カグミが正直に答えると、ルケスは気難しい顔をして眉間を指で押さえた。

「……どこまで規格外なんだ。まあいい、昼休憩までまだ時間がある。こちらを手伝いなさい、君の仕事が見たい」

そう言われ、彼が読了した本を用紙に記入する作業を任された。

カグミは本の山の前に立ち、一冊ずつ書名と作者名、それに色紙の色を見て記憶する。

そして椅子に座って筆を持ち、一から九までの区分を順に書き、最後に〇《ゼロ》区分を加えて完了。

「終わりました。ひい！　ど、ど、どうかしました？」

なにげなく見上げたルケスの顔が怖くて、カグミは思わず椅子から転げ落ちかけた。

ルケスは軽く腕を組み、ただでさえ鋭い眼を更にきつくしてカグミを見遣《や》り、溜め息混じりに言う。

「……なるほど。記憶力が優れているため、情報をいちいち目視する必要がないのか。どうりで作業効率がいいわけだな。それで、〇《ゼロ》区分を最後に回したのはなぜだ？」

「いや、単純に本の数が少なかったからです。墨が乾くまでの待ち時間が短くて済むので」

すると、ルケスの眼光が若干和《やわ》らいだ。どうやら及第点の返答だったらしい。

そのとき十二の鐘が鳴り、昼休憩となった。

「続きは午後だ」と言ったルケスは、完全に墨が乾いた用紙だけを重ねながら、訊いてきた。

「そういえば、朝なにか話があるようなことを言っていたな。なんだ」

カグミはすっかり忘れていたが、話題を振られて思い出し、筆記用具を片付けつつ喋《しゃべ》る。

「たいした話じゃないですけど、例の『書付《かきつけ》』にそっくりな詩が載った本があることを殿……違った、長官はご存じなのかなーと思ったんです」

余計なお節介だったらごめんなさいという意味合い《ニュアンス》を込めて、へらっと笑ってみる。

ルケスがピタリと動きを止めた。彼は無表情で振り向き、抑揚《よくよう》のない声で問い質《ただ》す。

「……その本の書名は？　君は読んだことがあるのか？」

「読んだというか、写したんです。ヨルフェ国の古い民話集ですね。店《うち》のお得意様で、すごい読書家の方に写本を依頼されたんですよ」

そう説明すると、ルケスはスッと眼を細めてカグミを睨《にら》んだ。

「『たいした話じゃない』だと？　書院に勤続六年の私すら、その本の存在を知らないのに？」

地を這《は》うような低く冷たい声で言われ、竦《すく》み上がったカグミは恐る恐る訊く。

「……もしかして、これも報告案件でしたか？」

「それも、『急ぎ』の案件だ。君は情報の扱いが雑すぎる。私は今から長官のもとへ行ってくるが、君は私が戻るまでに食事を済ませてここで待機しているように。万一『長官のお客様』が見えたら、君はなにもせず、他の人間を書院に走らせて私を呼びなさい。書院には私から話を通しておく」

ルケスは用紙を手早く集めるとダーヴィッドに預け、強張った顔で書庫を出ていく。

カグミはやらかした感いっぱいで意気消沈したものの、ぐずぐずしてはいられなかった。言われた通り食堂に飛び込み、塩気の薄い野菜饅頭《やさいまんじゅう》を急いで頬張る。途中、厠《トイレ》に寄ってから走って戻ると、青袍服《ほうふく》と赤袍服《ほうふく》の側仕え二人を連れたイシュアンが、既に書庫で待っていた。

「やあ、こんにちはカグミ」

人払いをした書庫の片隅で、イシュアンは閉じた扇子《せんす》でたしたし、と掌《てのひら》を打ちつつ微笑む。

「……毎日毎日、よく会うよね。普通は新人の庶官と長官の私がこう頻繁《ひんぱん》に接触することなんて、あまりないのだけれど。これも縁かな？」

イシュアンは笑顔だけど、眼は笑っていない。カグミは恐ろしさのあまり俯《うつむ》いた。

……きっと悪縁だ。そうに決まってる。

カグミが心の中で愚痴《ぐち》をこぼしていると、それを見透かしたようにイシュアンが言う。

「縁は縁でも、悪縁だと思ってる顔だね。そんなに私に会いたくなかった？」

「めめめめめ、滅相もない！　お、お会いできて、光栄です。殿下。じゃなくて長官」

カグミは大袈裟《おおげさ》に首を横に振って答え、愛想笑いを顔に張り付けた。

イシュアンの扇子《せんす》を弄《もてあそ》ぶ手が止まる。彼は優雅に微笑みながら、口を開く。

「そう？　それならよかった。忙しい中、わざわざ書庫まで足を運んだ甲斐《かい》があったよ。ところでルケスから聞いたんだけど、私に薦《すす》めたい本があるそうだね。どんな本？」

……そうきたか。

人払いをしたとはいえ、昼休憩中のため来庫者は少なくない。聞き耳を立てられているかもしれないので、用心のため滅多なことは言えないのだろう。

カグミも言葉を選んで慎重に答えた。

「少し珍しい、異国の本です。民話が主ですけど詩も載っていて、一部は解説もついてます」

カグミは手近な本を掴み、適当な頁《ページ》を開いてイシュアンに見えるように差し出した。

そして声には出さず、ゆっくりと一文字ずつ指して書名と著者名を伝える。

書名は『ヨルフェの色々な民話』。著者は『クゴ』。

イシュアンはルケスに視線を転じて、「知ってる？」と眼で問いかける。

「畏《おそ》れながら、図書室の蔵書にはありません。書庫は……まだこの有様ですので、なんとも」

イシュアンは落胆の溜め息を吐きつつも、気を取り直して表情を取り繕《つくろ》う。

「そう、残念だけど、仕方ない。よそを探してみるよ。カグミ、教えてくれてありがとう」

てっきり痛烈な皮肉の一つでも言われるかと身構えていたカグミは、拍子抜けした。

「……えっと、あの、怒らないんですか？」

連絡が遅れたのに、と思いながら訊《たず》ねたところ、イシュアンはフッと笑う。

「うっかり屋の君のことだ。どうせ後から思い出したのだろう？　違うか？」

「う。その通り、です……昨夜、寝る間際に思い出しました。報告が遅くなり申し訳ありません」

昨日イシュアンに「思慮が足りない」と指摘されたばかりでの失敗は、さすがに凹《へこ》む。

カグミが気落ちしていると、イシュアンが重い空気を払拭《ふっしょく》するように話を変えた。

「それはそうと、司書見習いの仕事はどう？　きつくない？」

……きついっすよ、すごく。鬼指導官のせいで。

しかしそこは大人として、カグミは本音を漏《も》らさず、殊勝な態度で言った。

「いえ、指導官にはよくしていただいていますので、大丈夫です」

「ルケスは有能で、面倒見がいいからね。自分にも他人にも厳しくて、使える人間は容赦なく使うけど、その分、彼の部下は成長が早い。彼についていけば出世の道も開けるよ」

「別に出世はしなくても構いません。ただ平穏無事に過ごしたいです」

もともと一年契約の出仕だ、出世なんて望まない。というか、遠慮する。地味に目立たず生き抜いて、家族のもとに帰るのだ。

カグミの答えに、イシュアンは異物を見る視線を向けてきた。

「本気?」

「もちろん、本気です」

真面目な顔で頷いたカグミをジロジロ見て、イシュアンは胡散臭《うさんくさ》そうに呟く。

「……君は変な子だね。出世に興味ないなんて、王宮《ここ》の住人としてまずあり得ない」

階層構造《ヒエラルキー》のほぼ頂点に立つ王族《イシュアン》に変人認定されたカグミは、怒るに怒れず、怒りを呑み込んだ。

……反論しなかった私って偉い。

狐につままれたような顔のイシュアンが去ると、ちょうど午後の業務開始時刻となった。

ルケスはイシュアンに呼ばれたらしく、ダーヴィッドに声をかける。

「カグミを頼めるか、ダーヴィッド」

「俺にお任せください、ルケス様！」

尊敬するルケスに頼られたことがよほど嬉しかったのだろう。ダーヴィッドはキラッキラの笑顔で胸を叩き、カグミの指導を請け負う。カグミは心の中で、声にできない悲鳴を上げた。

……やーめーてー。私、その人に超絶嫌われてるんですぅー。

ルケスが不在になった途端、ダーヴィッドは掌《てのひら》を返したように態度を変えた。

「おい、ブス」

……この猫かぶり男め！

カグミは面と向かって人の容姿を論《あげつら》うダーヴィッドに嫌気が差しているし、心底無視したい。だがルケスの命令がある以上、ダーヴィッドの指示に従わなければならなかった。

「なんでしょうか、ダーヴィッド様」

「なんでしょうか、じゃねぇよ。仕事するんだよ、仕事。とりあえず続きやってこい」

「自分の分は全部終わっています」

「は？　終わってるだと!?　……ま、まあ、おまえ入ったばかりだし、読書量も少ねぇか。じゃあ筆記用具を持ってきて俺を手伝え。そっちの山がまだ手つかずだから、やっとけ」

横柄《おうへい》な物言いにカチンときたが、カグミはおとなしく「はい」と応じる。下っ端は無駄に逆らわないのが、いじめられないための鉄則だ。たとえ胸中では八つ裂きにしようとも。

カグミが指示通り筆記用具を移動させ、ダーヴィッドとは別の机で黙々と作業に打ち込んでいると、突然「あっ、いた！」と大きな声が庫内に響いた。

……あっぶな。危《あや》うく墨をボタッと用紙に垂らすところだったよ。

バタバタと落ち着きのない足音が近づいてきて、カグミの机の前で立ち止まる。

「シロちゃん！　昨日はどうもありがとう。助かったよー」

誰かと思えば、先日、光の三原色について教えた若い兄さんだった。青袍服《ほうふく》の、一代貴族である。後ろには女性を連れていた。

「……私の名前はシロではなく、カグミですが」

彼は偉い人なのにちっとも偉ぶらず、ニコニコ笑いながらその場にしゃがみ込んだ。そして机に腕を置いて顎《あご》をのせ、上目遣いでカグミを見上げる。頼りなさそうだが、金髪青眼でまずまずの美形だ。

「カグミちゃんか！　僕はサザメ。サザメ君って呼んでね」

呼びません、と心の中で答え、カグミは乾いた愛想笑いを浮かべる。

「サザメ様、今日はなんのご用でしょう？」

用があるなら言ってくれ。ないならとっとと帰ってほしい。「私語厳禁」とでも言いたいのか、ダーヴィッドの冷ややかな視線が突き刺さる。それでなくとも、書庫は静かに利用するのが礼儀《マナー》だ。

サザメは器用に身体を捻《ひね》り、背後に立っていた人物をカグミに紹介した。

「彼女は僕の友達で、最近すごく悩んでて、相談に乗ってほしいって言うから連れてきたんだ」

「はあ？　な、なぜ私のもとに？」

無関係なんですけど、とは身分差ゆえに言えない。カグミは戸惑いつつも、おずおずと前に進み出た赤袍服《ほうふく》の少女を一瞥《いちべつ》する。衣装院十二位。かなり内気そうな、貴族のお嬢様だ。

「チズリと申します。あの……サザメ様から、あなたの助言がとても役立ったと伺《うかが》って、その、面識もないのにご迷惑かと思いましたが、相談に参りました」

話を聞いたところ、職場や寮で『暗い』『重い』『鬱陶《うっとう》しい』といじめに遭《あ》っているという。

……見た目の野暮《やぼ》ったさと小動物っぽいひ弱さが、攻撃対象になってるっぽいなあ。

こんな相談、一介の司書見習いが口を出すものじゃないとわかっていたが、いじめと聞いては放っておけない。一番いいのは下手に反応しないで避《さ》けることだが、彼女の場合、おどおどした態度そのものが癇《かん》に障《さわ》るようにも見える。

だからって、人間そう急に変われるものでもない。カグミはちょっと考えて言った。

「『桃色《ピンク》』で身の回りを固めて生活してみるというのはどうでしょう」

桃色《ピンク》は若返りの色だ。桃色《ピンク》の襦袢《じゅばん》を着て、桃色《ピンク》の小物類を飾った部屋で生活すれば、身体が活性化する。人柄が明るくなり、気分が容貌にも影響し、可愛くなって男性にモテる。いいことづくめだ。そう説明し、『色』のもたらす効果についてまとめた本を紹介する。

「『人生を変える色』という本があります。騙《だま》されたと思って読んで、試してみてください」

期待していた類《たぐい》の助言ではなかったのだろう、チズリは明らかにがっかりした様子だった。

だが能天気なサザメは「へぇ、面白そうだねぇ」と溌剌《はつらつ》とした顔で喜んでいる。

「ありがとう、カグミちゃん。早速僕もやってみるよ、桃色《ピンク》生活！」

あんたが試してどうするよ!?　とは、突っ込まないでおく。

……なんでもいいから、もう帰ってくれませんかね。騒々《そうぞう》しいんで。

カグミの心の声が通じたのか、サザメはチズリを連れ、「じゃあまたね」と爽《さわ》やかに笑って帰っていった。

一部始終を見聞きしていたらしく、ダーヴィッドが不審そうに問いかけてくる。

「おまえ、いつどこであの御方と知り合ったんだ？」

サザメに敬意を払った呼び方に、カグミは首を傾げた。すると、ダーヴィッドが言葉を続ける。

「知らねぇのかよ。サザメ様は元々は国王陛下の毒味役で、今は隣国《ヨルフェ》の大使ユーベルミーシャ様の側仕えも兼任してる。陛下の信任厚く、周囲の人気もかなり高い方じゃねぇか」

「え。そ、そんなに偉い人だったんですか？」

そうは見えなかったけど、とは言えない。途端に、ダーヴィッドから嘲《あざけ》りの言葉が飛んでくる。

「陛下のお気に入りだよ。そんな御方に平民のドブスがくだらねぇ助言するな、バーカ」

ブスからドブスに格下げされ、カグミはやさぐれた気分で鬼指導官ルケスの帰還を渇《かっ》望《ぼう》した。

それから終業間際になって書庫に戻ったルケスは、皆を集めた。

「進捗《しんちょく》状況は？」

各自が報告する。カグミの分は指導役を頼まれたダーヴィッドが行う。

サザメの乱入はあったものの、目録作成は終わった。ダーヴィッドはカグミが提出した用紙を受け取り、読了済みの本の山と見比べて怪訝《けげん》そうな顔をしていたが、文句は言われなかったのでよしとする。

解散の号令後、カグミはルケスに引き留められた。

「すまないが、残業してくれないか。明日までに急ぎの翻訳を頼まれていたんだが、私はこれから長官の用事で出かける。君に用事がなければ私に代わって引き受けてほしい」

……もしかして、『ヨルフェの色々な民話』を探してる、とか？

ルケスの立場的にあり得そうだ。イシュアンとしては、王太子暗殺計画に関係した詩が載っていると聞いた以上、無視できないのだろう。カグミを指名した理由は他言語が読み書きできて、部屋は書庫内にあるので、公文書類を外に持ち出さずに済ませられるからに違いない。

「わかりました。いい――」

「それ、俺がやります！　新人には荷が重い仕事ですよ。ルケス様、俺にやらせてください」

カグミの返事は、突如割り込んだダーヴィッドの声に遮《さえぎ》られた。

「しかし、公文書類を私室に持ち込むのは法で禁じられている」

「書庫で作業しますから。そうすれば参考資料もあるし、俺にもできます」

ダーヴィッドは熱意をもってルケスを説得し、挑戦的な眼でカグミを睨《にら》んだ。

……なんでそんなに敵視するかなあ。私、ルケスの弟子の座なんて狙ってないのに。

少々迷ったものの、ルケスはダーヴィッドの残業を許可し、「頼む」と肩に手を置いていた。感激したダーヴィッドが涙ぐみ、やたらと明るい声で「俺、頑張ります！」と応じている。

カグミはとっとと一抜けした。混まないうちに食堂へ行き、焼き魚と煮物の夕食をとる。時間的に風呂は諦《あきら》めて売店に立ち寄り、写本用の紙を大量に買い込んだ。

書庫に戻ると、発光石の小さな灯りが見えた。ダーヴィッドの仕事の邪魔はしたくなかったが、「帰るときには声をかけてください。施錠《せじょう》しますんで」と一言伝えておく。

カグミは部屋に戻り、白袍《ほうふく》服を脱いで小卓に広げ、鋳鉄製の塊《アイロン》を用意する。これは発火石を鉄に溶かして楕円形《だえんけい》にし、木の取っ手をつけたもので、服の皺《しわ》を伸ばすのにお手軽な道具だ。

ちなみに発火石は発光石と同じく、ここ十数年で手軽な熱源として普及してきた鉱物で、衝撃を与えると熱くなる。湯を沸かすほか、暖房器具としても使われる便利な石だ。

「官服はこれ一着しか手持ちがないしね、大事に着ないと」

お手入れは面倒だが、身なりは整えておく必要がある。司書見習いとしても、いじめ対策としても。カグミは独り言をブツブツ呟いて、せっせと白袍服《ほうふく》の皺《しわ》を伸ばし、壁掛けに吊るす。

そして室内着に着替えてから、小卓に紙と筆記用具を揃えて、汚れ防止用に手袋を嵌《は》めた。

「さて、と。じゃあ、やるかー」

早速『ヨルフェの色々な民話』の写本に取り掛かる。内容は、一字一句漏《も》らさず頭の中にあった。

ルケスのあの様子からして、イシュアンに入手を要請されたのだと思う。見つかるといいけど、簡単には無理かもしれない。相当古い本なのだ。

そう考えたカグミは、頼まれもしないことをやることにした。一晩で完成を目指し、黙々と筆を走らせ、書き上がった順に紙を重ねていく。時間は刻々《こくこく》と過ぎて、起床時間まで二時間を切ったところでようやく完成した。

「ううう。眼が痛い。手が死んでるぅ」

眠いし、眼は乾いてシパシパするし、酷使した指が攣《つ》りそうだ。ついでにお腹も空《す》いた。

フラフラしながら原稿をまとめたカグミは、そういえばダーヴィッドはどうしたのだろう、と疑問に思った。厠《トイレ》に行くついでに様子を見ようと書庫を覗けば、なんと、机に伏せて寝ている。

「……おいおいおい、翻訳できたのかよー」

不安を感じてこっそり手元の文書を確認すると、五枚中、二枚までしかできてない。三枚目の冒頭で力尽きたのか、涎《よだれ》で汚れている。おまけに熟睡中で、起きる気配がまったくない。

……くそう。私がやるしかないか。

見て見ぬふりをしてもいいが、困るのはルケスで、依頼人にも迷惑がかかる。明日まで――いや、今日と指定されたからには、本当に急ぎなのだろう。

カグミは仮眠を諦《あきら》めて、手近な椅子を引き、残り三枚の翻訳に取り掛かる。早々に気づいたが、これは他国との流通契約に関する書類のようで、専門用語が多く、素人《しろうと》では無理な代物だ。会計士を務める次兄ナリフに鍛《きた》えられたカグミでも苦労して仕上げた。

……二枚とはいえ、こんな面倒なの、よく訳したよ。

ちょっとだけダーヴィッドを見直した。

しかし迷惑をかけられたことは間違いないので、嫌がらせに、ダーヴィッドの筆跡を真似て仕上げてやった。起きたらさぞ不気味がることだろう。

自分がやったと勘違いするなら、真正のアホと認定してやる。

我ながら性格悪いな、と思いつつ外に出ると、既に太陽が昇っていた。徹夜した身に朝日は辛い。眩《まぶ》しくて溶けてしまいそうだ。

カグミは目頭を揉《も》みながら厠《トイレ》に行って、井戸水で顔を洗う。もう仮眠をとる時間などないので、身支度を整えたらダーヴィッドを叩き起こして放り出し、食堂に行くつもりだ。

疲労と空腹と睡眠不足の三拍子が揃ったカグミに怖いものはなかった。重い足を引きずって部屋に戻り、鋳鉄製《アイロン》の塊がけの成果でピシッとした白袍服《ほうふく》を着て、適当に髪を結《ゆ》い直す。

それから上階に上がり、ダーヴィッドを起こした。

「ダーヴィッド様！　起きてください!!」

「うわっ。な、なんだ!?」

寝起きで状況判断ができていないダーヴィッドに、完成した翻訳書類と元々の原稿である公文書類をまとめて押し付け、書庫を追い出し施錠《せじょう》する。曙光《しょこう》を浴びた彼は一気に眼が覚めたのか、転げるように男子寮に走っていった。慌てても遅すぎる。寮長に朝帰りの理由を厳しく追及されるだろう。場合によっては、懲罰《ちょうばつ》もあるかもしれない。

だがこれっぽっちも同情する気のないカグミは食堂に一番乗りし、がっつりと朝ご飯を食べた。

朝礼の挨拶《あいさつ》後、ルケスは皆を見回して言った。

「今日は私とカグミが書院に行く。終業前までには戻るが、もし急ぎの用件があったら知らせに来なさい。仕事だが、アルテアは昨日の続き。マデュカはアルテアにやり方を訊いて読了分の目録作成を。ダーヴィッドは『記入済み』の札が置かれたすべての本を分類別に分け、棚詰めするように。質問がなければ、作業始め。ダーヴィッドとカグミは少し残りなさい」

ダーヴィッドは始業開始時刻ギリギリに出仕したが、顔色と機嫌が悪かった。ルケスを前にしても覇気《はき》がない。後ろ手を組み、黙って床に視線を落としている。

ルケスはそんな彼に眼を向け、感心したように労《ねぎら》いの言葉をかけた。

「ダーヴィッド、昨日は徹夜作業になったそうだな。寮長から朝帰りしたと報告を受けたときは驚いたが、翻訳はよくできていたぞ。非常に助かった。礼を言う、ありがとう」

「い、いえ……その、俺は、気がついたら朝で……途中から記憶がなくて……」

ダーヴィッドが口ごもると、ルケスは僅《わず》かに口角を上げる。

「ああ、疲れてそのまま寝たって？　寮長には、私の都合で頼んだ残業のせいだと説明しておいたから、不問に付されたが、次はないぞ。気をつけなさい。では行ってよし」

ルケスは勝手に勘違いしている様子だ。

カグミは、ダーヴィッドが物言いたげな視線を向けつつ去るのを、敢《あ》えて無視した。下手なことを言って怒りを買うのはごめんだし、変に恩を着せるつもりもない。ただ事実を黙っておくだけだ。

……ああいう、自尊心《プライド》の高そうな男を刺激すると碌《ろく》なことにならないからなー。

カグミの経験則から判断するに、これで向こうからはあまり近づいてこなくなるはず。

そうなればいい、と切に願うカグミの前で、ルケスは疲れた顔で嘆息した。

「君が長官に薦《すす》めた本だが、かなり稀少《きしょう》な物だな。大手の書籍商や古物商を何軒もあたったが見つからない。すまないが、君に写本を依頼したという顧客の名前と住所を教えてもらえないか？」

聞けば、書院に行く前に本を手に入れて、イシュアンに持参したいらしい。

「えーと、その件だったら……ちょっと待っててください」

カグミは部屋から結構な重さの布包みを取ってきて、ルケスに差し出した。

「これは?」

「写本です。正確には、まだ本として綴《と》じてないので原稿ですけど」

「……なんだと? もう一度、私が理解できるように言いなさい」

ルケスの眼が威圧的にギラッと光る。それに射竦《いすく》められながら、カグミは震え声で答えた。

「で、ですから、長官に推薦した本の原稿ですってば。……一晩かけて書いたんですよ」

そもそも密談を盗み聞きしたのも、書付《かきつけ》を見たのも、本を教えたのも自分なので、取れる責任を取っただけだと説明する。

カグミの言い分を聞き終えると、ルケスは布包みを受け取り、中を検《あらた》めて疑問を口にした。

「手元に現物がなくて、どうやって書いた?」

変な眼で見られ、ムッとする。一睡もしていないので、ちょっと気が立っているのだ。

「どうやってもなにも、普通に覚えていた内容を紙に書き出しただけですよ」

カグミがそう答えると、ルケスは頭が痛そうに眉間を指で押さえて、深々と溜め息を吐く。

「……それは普通とは言わない。君は本当に……いや、もういい。とにかく長官のもとに行く」

「はい。あの、持っていく物はありますか」

「なにも必要ない。いいから急ぎなさい。原稿は私が運ぶ」

ルケスはどこか哀愁《あいしゅう》が漂《ただよ》う背中を向けて、先に立って歩き出す。カグミは遅れまいと後を追った。

書院へは、正門である南門からまっすぐ突き当たった管理院を抜け、中央宮殿から続く渡り廊下を通っていく。入り口は一ヶ所のみ。秘匿《ひとく》せねばならない書類や書簡を多々扱い、保管することから、関係者以外の出入りは厳しく制限されているらしい。それだけに、書院に出仕する庶官は身元が明らかで、かつ身分に関係なく有能な者が抜擢《ばってき》されるのだとか。語学に堪能《たんのう》な精鋭が揃っていると、道々ルケスが話してくれた。

……そんなに人材豊富なら、なんでわざわざ私を引っ張ってくるかなあ。

カグミは委嘱状《いしょくじょう》と金を勝手に送りつけられ、強引に出仕を命じられたことを根に持っていた。

……あーもー。し、視線が痛い。針の筵《むしろ》だよ。誰か、たーすーけーてー。

先程から、すれ違う皆が一様に「なんだこいつ」的な冷たい眼を向けてくる。周囲は赤袍服《ほうふく》・青袍服《ほうふく》・緑袍服《ほうふく》ばかりで、カグミを除いて白袍服《ほうふく》を着ている者は一人もいないせいだ。ルケスに「ちゃんと前を向いて歩け」と注意されなければ、俯《うつむ》いていたかった。

「ルケス様」

「なんだ」

「帰りたいです」

「まだ着いてもいないだろう！」

カグミは非常にいたたまれない心地で、豪華絢爛《ごうかけんらん》な調度品で埋《う》め尽くされた部屋を通り抜ける。場違いすぎて感動などない。ひたすら居心地が悪いだけだ。

悪い意味で注目を浴びつつ長い渡り廊下を歩いて、ようやく書院の大扉前に到着した。

長槍と剣で武装した兵士が左右に四人ずつ、扉番として立っている。

兵士の一人に、ルケスが身分証の木札を翳《かざ》すと、顔に傷のある兵士がそれを確認して頷く。

「そちらは？」

「カグミ、木札を見せなさい」

カグミは首から下げていた木札を取り出した。新人研修の試験合格後にもらった身分証だ。

「よし、通れ」

威圧感たっぷりに兵士が言い、扉を開ける。その際に、物珍しげな一瞥《いちべつ》をもらってしまう。

眼が合ったのでなんとなく会釈《えしゃく》してから、カグミはルケスに続き、中に入った。

書院は入って正面が受付と待合室で、受付の奥と待合室の左右に扉があり、それぞれ扉番の兵士が二人ずつ待機している。待合室には大勢の人がいたが、ここでも白袍服《ほうふく》は見当たらない。

……見られてる、見られてる。

まるで珍獣になった気分だ、とカグミはげっそりしながらルケスについていく。

「ルケスだ。次官は書簡課です」

「次官は書簡課です。次官に取次を」

「では長官に取次を」

「畏《かしこ》まりました。少々お待ちください」

ルケスが扉番の兵士とやりとりした後、入室が許される。部屋の中は机と椅子、作業台と書棚、そしてピカピカに磨かれた等身大の鏡があり、紙類が山積みされていた。

……うちの工房より荒れてるなあ。

この部屋の主は相当忙しいか、整頓《せいとん》に無頓着《むとんちゃく》な性格なのだろう。

部屋の奥にまた扉があり、そこを堅守するように二人の兵士が詰めている。

「どうぞお通りを。長官がお待ちです」

扉を潜《くぐ》った先では、イシュアンが背凭《せもた》れの黒い椅子にゆったりと腰かけ、瀟洒《しょうしゃ》な黒曜石の机に肘をついて指を組み微笑んでいた。彼の左右には青袍服《ほうふく》、赤袍服《ほうふく》の側仕え二人が控えている。

……はあ。この顔ぶれを見慣れてきたと思う自分が嫌だ。

ルケスの背後でカグミがそっと視線を外したのを見咎《みとが》めて、イシュアンがすかさず口を開く。

「ほう。朝の挨拶《あいさつ》もなく、私から眼を逸《そ》らすとはいい度胸だね、カグミ」

「ひい!?　お、おはようございます、長官！」

「おはよう。それで？　奇遇にも今日も会えたわけだけど……今回はどんな嬉しい知らせかな」

ルケスに布包みを寄越され、渡しに行け、と手振りされたので、カグミは渋々従った。

「はは。……私の耳の調子がおかしいのか、『嬉しい』が『迷惑』に聞こえますよ」

嫌味と本音を交えながら言い返して、カグミは布の結び目を解き、原稿をドサッと机上に置いた。

一番上にあるのは『ヨルフェの色々な民話　著者クゴ』とだけ書かれた表紙部分だ。

イシュアンは紙面を視界に入れたと同時に、無表情になる。彼の手が近くにあった扇《せん》子《す》を握った。

「説明してもらおうか」

苛立ちを理性で抑えたような重い声に気圧《けお》されて、カグミは思わず口ごもる。

「ちょ、長官が、読みたがっていましたし、探してもたぶんすぐには見つからないと思ったので、一晩かけて写本したんです。……製本する時間はなかったので、原稿そのままですけど」

イシュアンは眼を細め、混乱しているらしき表情で問い詰めてくる。

「……写本？　現物もなく、いったいどうやって写したの」

疑問を投げかけられ、カグミは心外だと言わんばかりに口をへの字に曲げて言った。

「それ、ルケス様にも同じことを訊かれましたけど、普通に覚えていた内容を紙に書き出しただけです。なにも怪しいことはしていませんから」

責任感とほんの少しの正義感から、大事な睡眠時間と体力を削り、お金もかけて作ったのに、なぜ不信感丸出しで脅《おど》されなければいけないのか。

「……別に、いらないならいらないでいいですよ。持ち帰ります。頼まれもしないのに私が勝手にやっただけですし。余計なお時間を頂戴して申し訳ありませんでした」

ギスギスした声で言い、カグミは原稿に手を伸ばした。

「待て」

その手をイシュアンに押さえられる。思わぬ接触と、触れた手の冷たさに、カグミは二重の意味でびっくりして固まった。

「……いる。いるから、持ち帰るな」

静かな声だった。カグミは我に返り、イシュアンの眼から疑惑の色が払拭《ふっしょく》されているのを見て、怒りを呑み込む。

「……失礼しました。どうぞ、差し上げます。お役に立ててください」

イシュアンの手が離れ、カグミは両手を引っ込めて後ろに下がる。

「スタンザを呼べ」

ルケスが扉番の兵士にそう伝える。間もなく現れたのは、年甲斐《としがい》もなく白髪《しらが》を盛った強烈な厚化粧の、どっしりとした体格の老女だった。

「なんだい!?　あたしゃ忙しいんだよ！　用があるなら——おや、見ない面だね。新人かい？」

獲物《えもの》を狙う鷹《たか》のような鋭い眼で、老女がカグミを捕捉し、身なりを検分してニヤリと笑う。

「白袍服《ほうふく》の新人ってこたぁ、あんたがカグミだね。あの変わり者が『物覚えがいい』と珍しく褒《ほ》めていた娘っ子にしちゃあ、どうもパッとしないねぇ。まあいいさ。百聞は一見に如《し》かず。早速働いてもらおうじゃないか。イシュ坊、ちょっくらこの子を借りてくよ！」

いきなり二の腕をむずと掴まれ、カグミは焦ってルケスを見上げた。

イシュアンを「イシュ坊」と呼び捨てる肝の太い、不敬罪で投獄されてもおかしくない厚化粧老女に拉致《らち》されても大丈夫なのか。視線で救助を求めたカグミだが、ルケスは無情にも突き放す。

「その方は次官のお一人でスタンザ様だ。逆らわず、怒鳴られてこい。後で迎えに行く」

……怒鳴られる前提ってひどくない⁉ 全然、穏やかじゃないんですけどー。

カグミは不安に怯《おび》えつつ、泣く泣くスタンザに従う。老女は外見年齢に似合わぬ力強い足取りでズンズン歩く途中、ふとカグミに視線を向けてきた。

ちょうどいいので、カグミは疑問を投げかけてみる。

「変わり者って、どなたのことですか」

「あんたの新人研修の監督官さ。いただろ？　見た目は冷血漢で、中身は熱血漢の中年男」

「……思い出しました」

たった四日前の出来事が、遥《はる》か昔のようだ。思わず遠い眼をしたカグミだったが「ボケッとすんじゃないよ！」とスタンザに一喝《いっかつ》され、慌てて老女の後について部屋に入る。

室内には文机《ふづくえ》が均等に並んでいて、眼を血走らせた多くの庶官が黙々と作業していた。

「ここは書簡課だよ。王宮に届くすべての書簡を検閲して仕分けし、宛名先に届けるのが主な仕事さ。他にも重要書簡の複写や翻訳、返信も請け負う。今日はこの課の人間が体調不良で二人も休んでてさ、手がまったく足りてないんだ。あんた手伝っておくれ」

「はい。えっと、なにをすればいいでしょう？」

すると、スタンザは名指しで課長を呼びつけてカグミを押し付ける。それから皆を見回し、怒鳴り声を浴びせた。

「新人だからって甘やかすんじゃないよ。だが能力も試さず位階なしの新人だと見くびった奴は、ただじゃおかないからね。わかったかい⁉」

その迫力に眠気が吹っ飛んだカグミは眼をキラキラさせて、去っていくスタンザに拍手する。

「うわー。スタンザ次官って、かっこいいー。痺《しび》れるぅー」

カグミが惚《ほ》れ惚《ぼ》れしていると、おっとりと穏やかそうな中年男性の課長にクスクス笑われた。

「初めまして。私が書簡課の課長です。あなたは？」

「司書見習いのカグミです。よろしくお願いします」

「こちらこそ。では仕事を始めましょう。カグミさんは、なにができますか？」

「えーと……なにって、なんでしょう？　と、とりあえず、読んで書けますが」

課長はカグミの返答に一瞬面食らった顔をしたものの、すぐに気を取り直してニコリとした。

「読んで書けるのでしたら、複写と翻訳をお願いしましょう。空《あ》いている席に座ってください」

カグミは一番下座の文机《ふづくえ》の前に正座する。すると近くにいた若い女性庶官が気を利かせ、墨と硯《すずり》、水差しや筆を持ってきてくれたので、礼を言って受け取った。

……いじめられないって、素晴らしいなあ。

感無量のあまりちょっと涙ぐみながら、カグミはカシカシと墨を磨《す》る。

ややあって、課長が三段重ねにした大きな文箱と大量の紙を、カグミの席の傍に置く。

「一つは空箱です。これに複写した書簡を収めてください。二段目が複写してほしい書簡。三段目は翻訳をお願いしたい他国からの書簡です。読めないものは残して結構。もし不明点などあれば、僕は入り口近くの席にいるので声をかけてください」

「わかりました」

カグミは箱の中身を確認すると、要翻訳の書簡の方が断然少なかったので、こちらから取り掛かることにした。書簡を丁寧に広げて左手に持ち、一通ずつ読みながら、右手で墨を磨《す》る。全部を読み終えた頃には、墨はいい感じに色濃く磨《す》り上がっていた。後は訳して自国語を綴《つづ》っていく。量が少なかったので、翻訳は簡単に終わった。

複写も同じ要領で進める。一気に眼を通し、一気に書く。だが思ったより手間取ったせいで時間を食ってしまった。複写が終わったのは、あとほんの少しで昼の休憩時間になる頃だった。

「課長、できました」

文机《ふづくえ》の前に座り書簡を検閲中だった課長は、顔を上げてカグミを見つめると、眼を瞬《しばた》かせる。

「……できた？」

「はい。遅くなってすみま……申し訳ありません。墨が乾くのに結構時間がかかっちゃって」

「………できた？」

「はい。あ、持ってきますか？　まだ向こうに置いたままなんですけど」

課長は訝《いぶか》しそうに首を傾げながら立って、カグミの席へ行くと、文箱の中を検《あらた》めた。

「……カグミさん。どうして複写したものが元の書簡と同じ筆跡なのですか？」

「え。だって複写ですよね？　だから丸ごとそのまま写しましたけど」

「……カグミさん。語学が得意なようですが、いったい何ヶ国語わかるんですか？」

「な、何ヶ国語？　えっと、数えたことがないのでよくわかりません」

課長はカグミをじっと見つめ、ニコリと笑い、仕事が早くて助かると喜んでくれた。

彼だけではなく、仕事を任せてくれた書簡課の庶官は皆親切で、おかげで午後もとても気分よく働けた。

あっという間に終業時刻間際になると、課長がカグミを手招きする。

「僕は次官と話があるので席を外しますが、カグミさんは保管課で待っていてもらえませんか」

「保管課、ですか」

「頑張ったので疲れたでしょう？　鍵のかかる小部屋があるので、そこで少し寛《くつろ》いでいてください」

課長の気配りにカグミは感激した。理想の上官の姿を見た気がして、ホロリとする。

「な、なんて優しい……ありがとうございます。お心遣い嬉しいです」

そのまま彼の後についていこうとした瞬間、無情な声で「カグミ」と呼び止められた。

一気に気分が盛り下がり、嫌々振り返ったところ、鬼指導官ルケスが厳しい面持《おもも》ちで立っている。

カグミは休憩を諦《あきら》め、課長に深々とお辞儀して世話になった礼を言うと、ルケスに駆け寄った。

「戻るぞ」

「はい」

「このバカ者」

「はい。……って、なんで!?」

カグミには、ルケスに睨《にら》まれる理由がとんとわからない。だがむっつりと黙られてはそれ以上訊くに訊けず、おとなしく歩き始めた。その途端、背後で「チッ」と小さな舌打ちが聞こえた気がした。

## イシュアン・報告三

カグミが書院であくせく働いた日の深夜、イシュアンの部屋には側仕えのエストワとリガルディーの他に、顔色の悪いルケスもいた。

男四人で『ヨルフェの色々な民話　著者クゴ』の写本を囲むように、胡坐《あぐら》をかいている。

イシュアンが、カグミに進呈された写本を指でトン、とつついて、口火を切った。

「カグミは何者だ？　いったいどんな環境で育てば、ああなるのか……」

彼は一呼吸置き、報告にあったカグミの特異な資質を指折り数えていく。

「本を読む速さ、文字を書く速さ、記憶力の良さ、膨大な知識。その上、語学に堪能《たんのう》で、他者の筆跡を真似る技術を持つ――本人は『普通』だと言っているが、これのどこが『普通』だ？」

「きっとカグミ嬢の中ではそれで『普通』なんですよ。だから己の能力に無頓着《むとんちゃく》で、驕《おご》らない」

「他にもトウゴマ毒を知っていたり、変死体が平気だったり、殿下に媚《こ》びなかったり。

色々と変で、面白い子ですよね」

リガルディーとエストワがそれぞれ相槌《あいづち》を打ち、イシュアンがムスッと不平を漏《も》らす。

「色々と変、というのは認めるが、面白くはない。私は関わり合いになるつもりはなかった」

するとエストワがくつくつと笑い、茶々を入れる。

「殿下は最初からそうおっしゃっていましたね。それなのに、なぜか毎日顔を突き合わせて」

次に、リガルディーが不満と鬱屈《うっくつ》をぶつけてきた。

「殿下ばかり狡《ずる》いです。あんなに眼がおいしそうな子に翻弄《ほんろう》されて。僕も彼女に振り回されたい！」

「私は好きで振り回されているわけではない。ルケス、おまえはカグミをどう思う」

威圧を受けたルケスは、渋々といった様子で口を開く。

「カグミは『規格外』です。これは私見ですが……書院の中でも特に優秀で、かつ速読ができることを最低条件とする司書見習いの中でも、素質だけならば群を抜いています」

イシュアンには、ルケスを包む膜《オーラ》が青色から灰色、灰色から紫色、また灰色に変化するのが見えた。日頃は冷静なルケスが、本音を告げるべきかごまかそうか迷っているようだ。

　こういう場合は、迷いを断つことで選択の余地をなくせばいい。

「素質とはなんだ？　正直に言え、ルケス。なにを懸念《けねん》している？」

　心中を見抜かれて驚いたのだろう、ルケスはギクリとして眼を泳がせた。なぜ迷っているとわかったのか、と問いたげな顔をしているが、無論、『膜《オーラ》の変化のせいだ』とは教えない。

　やや して観念したルケスが、いかにも気の進まない態度で告げた。

「カグミは一流の陽陰《ヒカゲ》として育てるに相応《ふさわ》しい逸材《いつざい》です」

　イシュアンはハッとして、思わず左右の側仕えに視線を走らせる。リガルディーもエストワもその可能性に気がついていたらしく、特に驚いたそぶりはない。

　……陽陰《ヒカゲ》か。

　イシュアンは内心で唸《うな》る。確かに、何ヶ国語も扱えて、抜群の記憶力があり、見るだけで筆跡を真似られるなど、密偵としてはこの上ない武器だ。他国の人間になりすまして情報収集し、書簡や書類を模写することが可能なのだから。

　カグミの能力は、使い方次第で無限の可能性がある。イシュアンのように政治の暗部を担《にな》う身としては、喉《のど》から手が出るほど欲しい人材だ。

一瞬、そう考えたイシュアンだが、我に返るなり否定の言葉を口にした。

「……いや、待て！　無理だ。どう考えても陽陰《ヒカゲ》など無謀すぎる。あのカグミだぞ⁉」

うっかり屋で粗忽者《そこつもの》。能天気な言動の上、隙がありすぎて、悪い意味で眼が離せない。

イシュアンは織物の敷かれた板の間に、ドンと握り拳《こぶし》を打ち下ろした。

「織細かつ慎重に、極秘裏《ごくひり》の行動が求められる陽陰《ヒカゲ》にカグミを抜擢《ばってき》などしてみろ。要らぬことに勘づいて気がそぞろになり、そちらにばかり注意を向けるあまり役目を忘れ、任務は失敗。更に、得意げな顔をして余計な問題を持ち帰ってくる姿が見えるようだぞ」

しかし、エストワとリガルディーはケラケラ笑う。

「うわあ、カグミ嬢ならやりそうですねぇ」

「それも無自覚で、些細《ささい》な問題を大事にするかもなぁ」

イシュアンは側仕え二人を睨《にら》んでから、ルケスを見て首を横に振った。

「カグミの能力がいかに高くとも、陽陰《ヒカゲ》に推挙はできない」

きっぱり却下すると、ルケスの不安定だった膜《オーラ》の色が元の青色になった。冷静に戻ったらしい。

それだけではなく、表情には明らかにホッとしたような空気が滲《にじ》み出ている。

「……なんだ、ルケス。それほどカグミを手放したくなかったのか？」

「いえ、そういうわけでは。ただ……彼女に暗い世界での生活は似合わないと思っただけです」

カグミのコロコロ変わる表情や、好奇心溢れる後先考えない行動を思い出して、イシュアンはフッと笑う。そして不本意ながら、ヤケクソ気味に言った。

「陽陰《ヒカゲ》への推挙はともかく、カグミは私の物にするぞ」

ルケスがたじろいだ様子で僅《わず》かに身を引いたのを、イシュアンは見逃さなかった。

「今、『自分を巻き込むな』と思っただろう?」

そう指摘してやると、ルケスは無言で視線を外したが、膜《オーラ》の色まではごまかせない。

彼の膜《オーラ》は動揺の色に変わっていた。

なぜか、側仕え二人がはしゃぎ出す。

「素晴らしい判断ですね、殿下! 鍛《きた》え方次第ではかなり面白――有益な側近になるでしょう」

「大賛成ですよ! これで眼取り、じゃない手取り足取り僕が色々教えてあげられる」

エストワとリガルディーは賛同しているが、イシュアンとしてはやむを得ず決めたことである。

「はしゃぐな。私はなにも私利私欲のためにカグミを我が物とするわけじゃない。あれは、放っておけば間違いなく他の者にいいように利用され、自覚のないまま大騒動を起こしかねないからだ」

先程イシュアンが想像を巡らせたように、カグミの使い道など無限にある。

……早急にカグミや彼女の家族、親類縁者にも保護が必要だ。

海千山千《うみせんやません》の政界の重鎮共にとって、親しい間柄の者を人質に取り、脅《おど》して命令に従わせるなど常套《じょうとう》手段である。

ましてやカグミは、仮にも書院の庶官――イシュアンの部下だ。狙われるとわかっていて、みすみす放置はできない。たとえどんなに面倒だと思っても。

「不測の事態を防ぐためにも、私の陣営に取り込んでおきたい。異論はあるか」

反対意見は上がらない。イシュアンは疲れた声で続きを喋《しゃべ》った。

「そこでカグミの現状だが、スタンザに『カグミを書院にお寄こし！』と食ってかかられた。なんでも書簡課の庶官たちから大量の仕事を押し付けられたのに、ウキウキしながら片付けていたらしいな。課長が『引き抜きにご協力を』と直談判《じかだんぱん》にきたぞ。カグミはフェンダムト次官の指名で書庫に配属された者だからと却下しておいたが……諦《あきら》めた様子はまったくなかったな」

フェンダムトは次官の一人だ。もう一人の次官スタンザと共にイシュアンを支えてくれている。

ルケスが深々と溜め息を吐いて言う。

「その書簡課の課長に、危《あや》うく拉致《らち》監禁される寸前で引き戻しました」

本人は気がついていないようでしたが、と聞いて、イシュアンは頭を押さえて嘆息する。

「早急に手を打つぞ。他に奪《うば》われる前にカグミを私の手元に引き入れる。なにかいい案はないか？」

## 不本意な二つ名

昼休憩時、昼食を早く済ませたので写本でもしよう、と思っていたカグミを「おい、ブス」と呼び止めたのはダーヴィッドだ。彼は空《あ》いている椅子にカグミを座らせ、自分は机に寄りかかり、身振り手振りを加えて『平民の知らない規則』を喋《しゃべ》り始めた。

「だからな、こうやって貴族から両手を差し出されても、自分の両手を合わせて中に入れたり、のせたりするなよ。それぞれ『あなたの臣下になりたい』『あなたに従います』って意味だからな。もし相手が手を包んで額《ひたい》に口づけでもしたら『すべてもらい受けた』ってことになっちまうぞ」

「はあ」

「はあ、じゃねぇよ！　聞いてんのか!?　おまえみたいな平民のブスなんて、貴族に臣従を強制されたら逃げられねぇから、そうなる前にこの俺様が親切に忠告してやってんだろうが」

「……どうもありがとうございます？」

「フン、わかりゃいいんだよ。いいか、帯と花簪《かんざし》の交換を要求されたときも要注意だ。男と女でそれをやるとよくて恋仲、悪けりゃ愛人認定だからな。位階なしの平民じゃ遊ばれて終わりだ」

「はは」

……そんな物好き、王宮中探したっていないっての。

ちっとも集中していないカグミは非常に冷めた面持《おもも》ちで、ダーヴィッドの警告を話半分に聞き流していた。

なんでこうなるかな、とカグミは疑問に思う。

彼の態度が変わったのは、三日前からだ。その日、ルケスがダーヴィッドに頼んだ翻訳の仕事を、寝落ちした彼に代わって完了させたのはカグミだが、その件については黙秘を貫《つらぬ》いている。ダーヴィッドはカグミの手出しに気づいている様子なものの、なにも言ってこない。

とんだ藪蛇《やぶへび》にならなきゃいいな、と懸念《けねん》していたカグミにとっては一安心だった。

これで目論《もくろ》み通り、向こうからは近づいてこなくなるはず――と思いきや、なぜかあれからダーヴィッドは頻繁《ひんぱん》に声をかけてくるのだ。「ブス」という呼称はそのままなのに、声質が少し違い、毒が抜けている気がする。あくまでも「気がする」だけかもしれないけど。

そう考えていたら、「カグミちゃーん」と間延びした声が届き、カグミはギクリとして通路を見る。すると、ほぼ連日顔を出すサザメが、またしても誰か連れてやってくるところだった。

相変わらずほのぼのとした空気のサザメは、カグミの前に立って挨拶《あいさつ》する。

「こんにちは、カグミちゃん。それからダーヴィッド君。まったりおしゃべり中に邪魔してごめんね。今日はさ、僕の友達の悩みにいい解決策を見つけてあげてほしくて来たんだ」

立場的に座ったままでは失礼だろうと、カグミは席を立ちお辞儀した。そして、丁寧に訂正する。

「こんにちは、サザメ様。あいにくですが、まったりしてはいないです。それに私は司書見習いのドがつく新人で、ここは書庫。人生相談室ではありませんよ」

カグミとしては、表面上は穏便に、かつ明快に「相談相手も、来る場所も間違ってる」と伝えたつもりだ。けれどもサザメはちょっと笑っただけで、気にした様子もなく言う。

「うん、知ってる。でもカグミちゃん、頼りになるから。どんな相談にも絶対に答えをくれるしね。それにほら、僕たち友達でしょ。友達の友達は友達だし、困ったときは助け合わなきゃね」

カグミは呆気にとられた。あっさり『友達認定』されて思考回路が追いつかない。

……いつ友達になったよ!?　友達の友達は友達って、そんなわけあるかー！

全否定したいのに、身分差が、サザメのほんわかした笑顔がそれを許してくれない。なんといっても、サザメは国王陛下のお気に入り。そんな大物に下っ端が逆らえるわけがない。

カグミは「とほほ」な気分で、サザメの後ろに立つ悲愴《ひそう》な顔をした赤袍服《ほうふく》の人物に眼《め》を遣《や》った。医薬・大学院十一位で、学者肌風のおどおどした男性だ。彼に、カグミは渋々声をかける。

「……どうぞ、私でよければお話を聞かせてください」

「私はツァンと言いまして。その、悩んでいるわけではなく……い、意見、そう、他の人の意見を聞いてみたくて、ですね。これから話すことは、ゆ、友人の話、ですから」

たどたどしい話を繋《つな》ぎ合わせると、こうだった。彼の『友人』が上官から金品を渡され、ヒュウゴ王子を王位に推す派閥に入れとしつこく勧誘されて困っているらしい。角を立てずに断りたいが、なにか妙案がないものかと頭を悩ませているそうだ。

カグミは憔悴《しょうすい》した様子のツァンを眺め、つまり『友人』とは彼本人だとあたりをつける。

彼女は呑気《のんき》な顔で頭の後ろで手を組み、静観しているサザメに一声かけた。

「……あの、私のような平民が貴族間の問題に口を挟んでいいのですか？」

「自分の意見を言うくらいなら、いいんじゃないかなあ」

「そうですか。では、私は派閥のことはよく知りませんが、『勝利の極意』という兵法書にこんな一節があります。勝つために身を引く。一度、職を辞すと申し出てみてはいかがですか？」

ツァンはギョッとした。友人の話、と建前《たてまえ》を掲《かか》げているのに本気で焦っている。

「えっ。辞職!? そ、そ、それは困ります！」

「本当に辞めるわけじゃないですよ？ 私なら王家への忠誠を訴えて、どちらかの王子殿下だけを贔屓《ひいき》するなどできないと言いますけど」

横で会話を立ち聞きしていたダーヴィッドが相槌《あいづち》を打ってくる。

「そうだな。辞職の際には長官に理由を問われるし、そこで暴露《ばくろ》されたくなきゃ引くだろ」

離職の際には必ず長官の許可がいるのだ。また、新人研修時にもらった冊子にも『勤務中に様々な情報を得た者は、退職時に情報の守秘義務に関する誓約《せいやく》をさせる』と明記されている。

「あ。それとも、まさか上官って長官ですか？」

ここで頷かれたら嫌だなと思いつつ、カグミは訊《たず》ねた。院を仕切る長官が、金で部下に無茶ぶりするような腐った性根ということは、彼らを任命した王族に品位や人徳がないことにもなる。いち国民としてはがっかりだ。

だがツァンは首を横に振った。

よかった、と胸を撫《な》で下ろすカグミの前で、彼は覚悟を決めたらしき顔をして口を開く。

「わ、わかりました。やってみま……いえ、ゆ、友人と、け、検討してみます」

「僕はその『勝利の極意』って本を読んでみようっと」

サザメはカグミに朗《ほが》らかに笑いかけて礼を言う。

「今日も貴重な助言をありがとう。カグミちゃんは本当に物知りだよね」

「単なる本の受け売りですから、物知りとは違います」

「でも、前に教えてもらった桃色《ピンク》生活も、試してみたらすごく友達が増えたし」

それはあなたの人徳じゃ、と突っ込みかけたカグミに先んじて、サザメが手を振って言い出す。

「僕、カグミちゃんに会えてよかったな。ね、もしなにか困ったことがあったら僕に言ってね。絶対、力になるから！　じゃあね、また友達を連れてくるよー」

お愛想笑いを返して、カグミは頭を下げつつ念じる。

……気持ちは嬉しいですけど、過大評価なんで！　これ以上の無茶ぶりはしないでもらいたい！

サザメとツァンが書庫から去るのを見届けて、ダーヴィッドが疑問を口にした。

「それにしても、サザメ様もなにがよくて、おまえみたいな平民のブスを構うんだろうな？」

ブス言うな、と心の中で牙を剥《む》く。だがダーヴィッドの言いたいことはわかるので、カグミは無愛想に同意した。

「まったくですね」

大の男がこんな小娘を相談役に選ぶなんて、どうかしてると思う。口には出さないけど。

「……で、おまえ、いつサザメ様と友達になったわけ？」

「知りませんよ。こっちが聞きたいくらいです」

ダーヴィッドが胡散臭《うさんくさ》いものを見る眼を向けてきたので、カグミは冷ややかに一蹴《いっしゅう》してやった。

そうこうするうちに午後の始業時刻になり、昼食から戻ってきたルケスが皆を集める。

「今日は、アルテアにカグミを頼む。カグミは質問などがあれば遠慮せずアルテアに訊きなさい」

ルケスに逆らう意思はないのか、アルテアはにっこり微笑む。その横でカグミは嫌な汗を流した。

……やーめーてー。私、この人に疎《うと》まれてるんですぅー。

しかしカグミの心の悲鳴はルケスに届かず、無情にもアルテアと二人その場に取り残される。

アルテアは色っぽい流し目をカグミにくれて、真っ赤に塗られた唇を開いた。

「わかっているでしょうけど、私の邪魔はなさらないでね？　質問は、してもよくてよ」

「は、はーい」

「お返事は、『はい』」

抵抗が許されなさそうな鋭い声と眼力の強さに圧倒される。カグミは心の中で白旗を振った。

「はい」

「結構。ではお仕事を始めましょう。あなたの席は、あちらよ」

予想はしていたが、アルテアの机から一番遠い椅子を指される。

……どれだけ平民がお嫌いですかぁー。

露骨に遠ざけられてちょっと凹《へこ》んだカグミだが、すぐにこの席でよかったと思い直した。読書を始めて間もなく、どこからともなく赤袍服《ほうふく》の、それもキラキラした美青年連中が、アルテアの周囲に侍《はべ》り始めたのだ。一応『書庫は静粛《せいしゅく》に』を守っているのか、彼らは大きな声を出さない。しかし、とめどなく甘い言葉を囁《ささや》き、口説《くど》き、褒《ほ》めて、アルテアの愛を求めて懇願《こんがん》する。

当のアルテアは全員無視して、優美な手つきで本の頁《ページ》を捲《めく》っているが、正直言って気色悪い。

……こんなん、見てられるかっての！

カグミは未読の本を抱えて机の下に避難する。

関わりたくない気持ちが集中力を加速させ、終業までひたすら本に没頭した。

アルテアの件でどっと気疲れしたせいか、カグミはふと、猛烈にある衝動に駆られる。

そこで終礼を終えるや否《いな》や、食事と風呂を済ませ、楽な格好に着替えて部屋から桶《おけ》を持ち出した。そして、井戸を何往復かして洗濯用の盥《たらい》に水を溜め、発火石を落として水が温まるのを待つ。その間に洗髪用の石鹸《せっけん》や浴布《バスタオル》、櫛《くし》に鏡、染毛剤を用意した。それから服を脱ぎ、髪を解く。

そう、カグミはとにかく洗髪がしたかった。

「もういいかな？」

お湯がちょうどいい温度に沸いたので、桶《おけ》二つ分を汲《く》む。これらは濯《すす》ぎ用だ。準備が整ったところで、早速髪を濡《ぬ》らし、石鹸《せっけん》で洗う。

……くーっ。気持ちいいー。

盥《たらい》に張った湯が、汚れと落ちた染料で黒く染まった。カグミが使用している染毛剤は水濡《ぬ》れには強いが、石鹸《せっけん》を使うと色が落ちる。だから普段は水洗いで、頭が痒《かゆ》くなったら石鹸《せっけん》を使うのだ。

泡を落として髪を濯《すす》ぎながら、鼻歌を口ずさむ。そうして久々にさっぱりした気分を味わっていると、突然、扉が激しく叩かれた。

「カグミ、いるのか？」

ルケスの声に仰天したカグミは、咄嗟《とっさ》に扉を振り返り、施錠《せじょう》を確認する。

……鍵、かけてない！

書庫の扉はきっちり鍵をかけたので油断していた。今、「入るぞ」なんて扉を開けられたら、真っ裸を見られてしまう。さすがにそれは恥ずかしいし、嫁入り前の身としては避《さ》けたい。

カグミは焦って扉向こうのルケスに向かい、大声で叫ぶ。

「い、います！　いますけど、お待ちを！　髪を洗ってるので、絶対に開けないでくださいっ!!」

すると、気を悪くしたのか、ルケスのムッとした声が返ってくる。

「部下とはいえ、勝手に女性の部屋に押し入るような無作法はしない。上で待っているから、準備ができたらすぐに来なさい。あまり長官を待たせるな」

最後の一言に「ひいい」と顔から血の気が引く。

……なんで、こんな時間に殿下が来るの!?

文句は山ほどあるが、ひとまず身なりを整えることに全力を注ぐ。髪と身体を浴布《バスタオル》で拭き、襦袢《じゅばん》を身につけ、室内着の袖に腕を通す。そのまま飛び出そうとして、寸前で止まる。

「髪！」

慌てて放り出してあった浴布《バスタオル》を掴み、適当に頭に巻き付け、落ちないように紐で縛った。

それから発光石を握って階段を駆け上がる。一応扉の鍵がきちんとかかっていることを確認し、庫内を走って、迷惑な夜の訪問者を探す。

「ここだよ」

いた。イシュアンの声だ。彼は書棚が壁となっている場所に、赤袍服《ほうふく》と青袍服《ほうふく》の側仕え二人を連れて佇《たたず》んでいた。その手前には後ろ手を組んだルケスが立っている。彼はカグミの格好を見るなり嫌そうに顔を顰《しか》めた。

「なんだ、その頭は」

「……濡《ぬ》れているので。見苦しくて申し訳ありません」

夜中にいきなり来るな、と文句を言いたい気持ちが声に表れてしまう。

……だいたいどこから入ったわけ？　扉の鍵はちゃんと締まってたけど。

疑問が浮かぶも、すぐに合鍵か、と思いついた。相手は書院の長官、持っていないわけがない。

お世辞にも態度のよくないカグミを、ルケスが叱る。

「終業時に、後で行くと伝えておいただろう。なぜ待機してない」

「え。そ、そんなこと言われましたっけ?」

「……聞いていなかったな?」

そういえば終礼は上の空だった。引き止められたような気もするが、記憶がちょっと曖昧《あいまい》だ。

これは怒られて当然、と覚悟したカグミを、他でもないイシュアンが庇《かば》ってくれた。

「もういい、ルケス。こんな夜分に呼び出す方が非常識なのだし、あまりカグミを責めるな」

……殿下って、たまにいい人!

カグミがちょっぴり感激していると、「図に乗るな」と言わんばかりにルケスに睨《にら》まれる。

やさぐれたい気持ちをなんとか堪《こら》えながら、カグミはイシュアンに訊《たず》ねた。

「それで、こんな夜更《ふ》けに私になんのご用でしょう?」

イシュアンは机上に並べたいくつもの小さな香炉を、視線で示して答える。

「聞香《もんこう》だよ」

「もんこう?」

「道具は空薫《からだき》用の物を使うが、やることは聞香《もんこう》だ。本来、聞香《もんこう》には香木《こうぼく》を使うけれど、今回は私の調合した練香《ねりこう》を聞いてもらう。そこへ座って」

赤袍服《ほうふく》の側仕えの男性が、カグミのために椅子を引く。それだけでも恐縮なのに、やたらと高価そうな青磁《せいじ》の香炉を目の前に並べられて、割ったら大変だと緊張してしまう。

「まだ火屋《ほや》には触れるな。私がいいと言うまで君は動かないように」

「長官」

「なんだ」

「『もんこう』とか『からだき』とか『ほや』とか、全然わかりません。どういう意味ですか？」

カグミが恥を忍んで質問すると、イシュアンは嫌な顔一つせずに説明してくれた。

「聞香《もんこう》は香木《こうぼく》の香りをゆっくりと味わうことが目的。空薫《からだき》は部屋や衣装に香りを焚《た》き染《し》めるために用《もち》いる。火屋《ほや》は香炉の蓋。それと、練香《ねりこう》は香の原料を調合して作った練り物だ。理解できたか？」

「えーと」

「……要は、私が作った香の匂いを順番に嗅《か》いでもらうということだ」

カグミは「なるほど」と納得してすぐ、別の疑問を口にする。

「あのう、それはなんのためにですか？」

悪気はなかったが、思慮は足りなかったかもしれない。イシュアンがカグミを睨《にら》む。

「君が盗み聞きした密談男の『いい匂い』がなにか、突き止めるために決まっている」

カグミはポン、と手を打つ。

「思い出したかな?」

イシュアンが細長い布を持って、寒々しく笑う。黒い双眸《そうぼう》は「なぜ忘れる」と言っているかのようで、カグミは紫色の眼を泳がせた。ごまかす術《すべ》がなにも思いつかない。

「……君は本当に危機感が足りない。頼んだ書庫の見張りも真面目にしているか怪しいものだな」

「してますよ、ちゃんと。できるだけ」

「だといいが。眼を瞑《つぶ》りなさい。――そのままじっとして」

おとなしくイシュアンの声に従うと、彼に布で目隠しをされた。

「今から香炉の火屋《ほや》を外して、香りを聞いてもらう。これだと思う香があったら教えて」

「はい」

早速、一つ目の香が鼻腔《びこう》をくすぐる。甘酸っぱくていい匂いだが、これじゃない。

二つ目、三つ目、四つ目、五つ目、六つ目……

「あ?」

カグミは六つ目の香に覚えがあった。思わず目隠しを毟《むし》り取る。

「これ！　これの匂いに似てました。あ、でも、まったく同じではないですけど」

「黒方《くろぼう》か」

イシュアンが難しい顔で唸《うな》る。

「君に聞いてもらった香は代表格の六種で、梅花《ばいか》、荷葉《かよう》、侍従《じじゅう》、菊花《きっか》、落葉《らくよう》、黒方《くろぼう》だ。中でも黒方は季節を問わず、深く落ち着いた香りが良いと、洗練された者に好まれる」

聞けば、香は原料の分量や匙《さじ》加減一つで香りに差異が出るらしく、まったく同じ物を作るのは至難の業《わざ》だそうだ。

「だが、黒方《くろぼう》と判明したのは君の手柄だな」

「お役に立ててよかったです」

さすがに香りだけで身元特定には至らないだろうが、情報は一つでも多い方がいい。

カグミもこの匂いの男を書庫で見かけたら『長官のお客様』と呼んでやる、と心に決めた。

「しかし君は、トウゴマ毒なんて一般人が知らないようなことを知っていながら、平民でも使う香にまるで無知とは……なぜなんだ？」

イシュアンが「おかしいだろう」と言わんばかりの眼を向けてきたので、カチンときたカグミは言い返す。

「お言葉ですが、生活習慣の違いですよ。うちは家業が印刷工房なんで、常にインク臭いんです。香なんてお上品な物いくら使っても、インク臭には勝てません、使うだけ無駄です」

するとイシュアンは言葉が過ぎたと察したのか、「お詫びに残りの練香《ねりこう》をあげる」と言ってきた。もちろん、カグミは謹《つつし》んで辞退する。

……殿下お手製の高価な香をもらったなんて他の人にばれたら、嫉妬《しっと》で袋叩きにされそうだ。

それに道具もないし、使い道もない。ありがたみは皆無である。

側仕えの二人が黙々と後片付けをしている最中、イシュアンは手で扇子《せんす》を弄《もてあそ》びながら、解散を待つカグミに「そういえば」と話しかけてきた。

「どうして部屋で髪を洗っていたのかな？」

カグミはギクリとした。ルケスから聞いたのだろう、イシュアンの声は好奇心に満ちている。

「髪を風呂場で洗えない理由でもあったの？」

「……答えなきゃいけませんか？」

チラッと横目でイシュアンを見上げると、無駄に優しげな微笑みを向けられた。

「上官には――」

「絶対服従ですよね。そうでした」

下っ端の哀しい宿命である。カグミは抵抗を諦《あきら》め、渋々言った。

「髪を染めているため、風呂場で石鹸《せっけん》を使って洗えないんです。色落ちしてしまうので」

イシュアンは驚いたのか、眼を瞬《しばたた》く。

「……なぜ染めている？」

「地毛が目立つ髪色なんです。……悪目立ちすると、いじめの対象になるので仕方なくですよ」

「何色？」

王宮にいる間は、実際の髪色をあまり人に見られたくない。

カグミは「言いたくない」という意思表示のために黙ったが、それで許してくれるほどイシュアンは甘くない。彼は掌《てのひら》を扇子《せんす》でたしたしと打ちつつ、催促するように「カグミ」と呟く。

「見せなさい」

「きょ、拒否権は」

「ない。見せなさい」

往生際の悪いカグミを、麗《うるわ》しい微笑みのイシュアンが追い詰める。

……この黒魔王！

心の中で罵倒《ばとう》しながら、カグミは紐の結び目を解き、頭にグルグル巻きにしていた浴布《バスタオル》を取る。まだ生乾きの長い髪がパサッと肩に落ちて、背中に流れた。

「どうです。お気が済みましたか」

無理強いされてムカついたカグミは、怒りもあらわにイシュアンを見上げた。

彼は作り笑顔を浮かべるのも忘れて、唇を固く引き結び、息を呑んでいる。

「もういいですか」

「……ああ、すまない」

イシュアンの口からポロリとこぼれた謝罪の言葉に、ささくれ立っていた心が少し和《やわ》らぐ。

カグミは頭に浴布《バスタオル》を巻き直しつつ、身分差を棚上げしてイシュアンを詰《なじ》った。

「こんなこと申し上げるとまた叱られそうですけど、濡《ぬ》れ髪を見られるのって女の恥なんですよ。家族や恋人ならともかく、身内でもなんでもない男性になんて」

そう指摘すると、イシュアンはもとより、ルケスも側仕え二人も露骨《ろこつ》に視線を逸《そ》らした。

「よかったですね。私が『責任を取れ』なんて迫る女じゃなくて」

カグミは溜め息を吐く。イシュアンたちは失念していたみたいだけど、迂闊《うかつ》に女のしどけない姿など見るものじゃない。男にとっても責任問題に発展する危険性がある。

イシュアンは空《あ》いている方の手で口元を押さえ、やや頬を赤くして言った。

「本当にすまない。私は君の髪色が知りたかっただけで、他意はなかったんだ」

カグミは頷いた。そのまま水に流そうと思ったのに、当のイシュアンが引いてくれない。

「君に恥をかかせた詫びをしたい。私にできることはないか？　なにか欲しいものは？」

「家に帰してください」

サクッと要求してみたが、イシュアンは眼を丸くして首を大きく横に振る。

「それは駄目だ」

「だったら、なにもいりません。もう用済みであれば部屋に戻りたいのですが」

カグミが椅子から立ってそう告げると、イシュアンに「待ちなさい」と引き留められた。

「まだなにか？」

面倒くさい気持ちが前面に出ていたのだろう、ルケスに「非礼が過ぎる」と睨《にら》まれる。

逆らっても小言が増えるだけだと思い、殊勝なふりをして俯《うつむ》く。すると、イシュアンが顔を上げるよう言う。

「髪色に気を取られたが、うやむやにはしない。君、密談男の匂いについて忘れていたな？」

この指摘に、カグミは眼を逸《そ》らす。続くイシュアンの声には非難がこもっていた。

「……その危機感のなさ。君は、自分が今どんなに危ない立場にいるかわかっている？」

唐突にそんな言葉をかけられ、カグミはキョトンとした。

「は？　危ない？」

「そう。自覚があろうがあるまいが、君は危ない。このままだと欲に駆られた魑魅魍魎《ちみもうりょう》共が群がって、拉致《らち》監禁または強制隷属《れいぞく》。或《ある》いは薬漬けで洗脳されて一生こき使われる」

イシュアンの恐ろしい言葉の数々を聞き、カグミは震え上がって呻《うめ》く。

「な、な、なんで私がそんな惨《むご》い目に……魑魅魍魎《ちみもうりょう》ってなんですか」

「王宮に巣食う老獪《ろうかい》な連中のことだよ。君は遅かれ早かれ彼らに狙われる。然《しか》るべき手を打たなければ、君だけでなくご家族も危ない」

「ええっ。狙われるって、どうして。家族まで……」

カグミは呆然としたが、心当たりがないわけではない。身分不相応な上院への配属で反感や疑念、嫉妬《しっと》を買ってるし、もし王太子暗殺の盗み聞きの一件が首謀者側にばれていたら、どうなる？

すると、イシュアンがあっさりと言った。

「ただでは済まない。それに事後の騒動を視野に入れれば、家族も口封じに遭《あ》う危険がある」

「い、嫌です。だ、駄目です、絶対。家族だけは巻き込みたくありません」

そもそも王宮に出仕したのは、カグミのうっかりが原因で家族が暴走し、罪に問われることを回避するためだ。もし家族の身になにかあれば、なんのためにここへ来たのかわからない。

カグミは必死の形相で跪《ひざまず》いて、イシュアンに縋《すが》りつく。

「あの、然《しか》るべき手って、なんでしょう。どうしたら私も家族も無事でいられますか?」

「最も効果的な手段は、身分と権力を持つ人間の庇護下に入ることだ」

そう聞いて、カグミは最初にパッと頭に浮かんだ人物の名を呟く。

「……サザメ様にお願いしてみようかな?」

「ふふ。君の上官であるこの私を差し置いてサザメを選ぶとは、いい度胸だね、カグミ?」

イシュアンに冷たく見下ろされ、カグミはのけ反る。

「ひい。だ、だって、もしなにか困ったことがあれば力になってくれるって言われたんですよ」

「だからって上官を無視していいと思うの? 第一、いつの間にサザメと親しくなった

えた。

カグミがサザメと知り合った経緯を打ち明けると、イシュアンは扇子《せんす》で眉間を押さ

「……友達、ね。サザメだったらさもありなん。とはいえ、君も安易に人を信用するな」

「うう、すみません」

「それで？　本気でサザメに庇護を頼むの？」

ここまで言われて「はい、そうです」と答えられるほど、カグミの神経は図太くない。

カグミは冷ややかなイシュアンの顔色を窺《うかが》いながら、おずおずと言った。

「あの……長官は王子殿下ですので、とても偉すぎて、平民の私がお願いなどできませんよ」

「ほう。それはつまり、君は私を、部下の嘆願を無下に断る冷血漢と言ってるのかな？」

カグミがじりじりと後退《あとずさ》りすると、イシュアンは凄《すご》みつつじわじわと迫ってくる。

もう後がない。カグミは本棚に背中を押し付ける格好でイシュアンを見上げた。

「……お、お願いします？」

「もう一度。きちんと、はっきり言いなさい」

「わ、私と、私の家族を守ってください。どうかお願いします、イシュアン長官」

「いいだろう。君と君のご家族は私が守る。ただし、私の庇護下に入る以上、君には私のために働いてもらう。それは了承するか？」

カグミは内心、今もどうせ下っ端だし、とぼやき、少し考えて答えた。

「王宮にいる間だけなら」

イシュアンは不敵に微笑む。

「いつもそのくらい慎重であってほしいものだな」

カグミが適当に愛想笑いを返すと、イシュアンは「フン」と鼻で嗤《わら》って身を屈め、無防備な彼女の額《ひたい》を指で弾《はじ》いて宣言した。

「よし。では王宮にいる間、君は私の所有物だ。カグミ」

カグミがイシュアンに「所有物」宣言されてから、日々は目まぐるしく過ぎ、気がつけば、初出仕から六十日が経った。

書庫で司書見習いとして働き、四日に一度の割合で書院の庶官として働く。更に、イシュアンの用事で頻繁《ひんぱん》に呼びつけられては、書類仕事や使い走り。

ごく初期の頃は「長官に贔屓《ひいき》されている生意気な新人め！」と風当たりがものすごく強かったのに、最近では、可哀想なものを見る眼で見られることも多い。中には依然として「平民がこき使われるのは当然」とも言う人々もいたけれど。

それでもカグミは根性で超過労働に耐えた。休暇のない生活も、慣れればどうってことはない。

今日も朝礼後、ルケスに仕事を振り分けられ、カグミは指定された書棚に向かう。このように、書院に行かない日は書庫に詰めて、読書か目録作りか棚詰め作業を黙々とやるのだ。

カグミは本を分類別に分けながら、額《ひたい》に汗して、ブツブツ言う。

「忙しいのは実家で慣れてるし、理不尽なやっかみも理解できるからまだいい。鬼指導官と黒魔王の組み合わせ《コンボ》でしごかれるのも、嫌だけど踏ん張れる。だけど、だけど……っ」

愚痴《ぐち》ったことで罰《ばち》が当たったのかもしれない。いきなり、庫内に野太い男の声が響いた。

「王宮書庫のご意見番はいるかあー!?」

咄嗟《とっさ》に机の下に身を隠そうとしたカグミの袍服《ほうふく》をむずと掴んで、ダーヴィッドが言う。

「なに隠れようとしてんだよ。呼ばれてんだろうが。とっとと行ってこい、ブス」

「よ、呼ばれてないですよ?」

無駄な抵抗とわかってはいたが、あんな大それた二つ名は返上したいカグミはすっとぼける。

しかし、白袍服《ほうふく》は目立つためすぐに見つかった。

「おう、そこにいたか、ご意見番。ちょっと顔貸せや」

先程の声の主である中年男に指でちょいちょい、と呼ばれたカグミは、仏頂面《ぶっちょうづら》で抗議してみた。

「……その呼び名、やめてもらえませんかね」

「ああ？　なんでだよ。皆そう呼んでるじゃねぇか」

「余計に恥ずかしいんですけど。あと、偉そうで嫌です。普通にカグミと呼んでください」

「わかった、わかった。カグミな。おう、ところでご意見番、これ見てくれや」

「わかってないし！」

こんな不毛なやりとりは、今日が初めてではない。カグミは嘆きつつ、これまでのことを思い出した。

以前、上官に第二王子への肩入れを強要されたツァンがカグミの案を実行したところ、「辞職は思い止まるように」とぱったり金品懐柔《かいじゅう》されなくなったらしい。助かったと厚く礼を言われた。またツァンは、同じことで困っている同僚に耳打ちしてこの打開策を教えたのだとか。

同僚たちから感謝されたと、わざわざカグミに報告に来たのだ。

同じ頃、いじめに遭《あ》っていると相談してきたチズリが、見違えるほど明るく綺麗になって「いじめが減りました！」と知らせに顔を出した。彼女は助言のお礼にと刺繍《ししゅう》入りの可愛い巾着袋をくれた。色は当然、桃色《ピンク》だ。

ここまでならよかった。

ところが、ツァンからツァンの同僚へ、チズリからチズリの同僚へ、そのまた知人や友人へとカグミの話が伝播《でんぱ》する。更にサザメが王宮書庫へ頻繁《ひんぱん》に足を運ぶという事実もあって、「困ったら王宮書庫にいる白袍服《ほうふく》の司書見習いに意見を訊くといい」と、ちょっとした噂《うわさ》になってしまったのだ。

人付き合いが皆無に等しいカグミは、そんな噂《うわさ》が流れていることなど知らなかった。ただ、サザメがちょこちょこ連れてくる『お友達』の話を聞いて、その都度、参考になりそうな本を薦《すす》めていただけである。

それがいつの間にか、『王宮書庫のご意見番』などという二つ名がついていた。

慌ててルケスに相談してみれば、あっさり「そうか」と頷かれる。

「書庫の利用者が増え、本の需要が高まることは大変結構。十ヶ月後の書庫の正式公開に向けてその調子で頑張りなさい。ただし、あまりうるさくしないように」

助けてくれる気配がまったくないルケスの態度に、カグミは頭を抱えて訴えた。

「まさかの放置！　でででででも、『王宮書庫のご意見番』ですよ。まずくないですか⁉」

「別に」

「私は嫌です！」

「嫌なら返事をしなければいい」

不思議そうに言うルケスは、平民の心情などちっともわかっていないようだ。

……それができたら苦労しないんだよ！

同じ白袍服《ほうふく》の庶官だったらまだしも、偉い貴族に平民でド新人のカグミが口応えするのは難しい。

カグミは苦し紛れに、精一杯の警告を突きつけてみた。

「もし、なにか問題が起きたら？」

しかしルケスは動じない。淡々とした声でカグミを論破する。

「君は自分の意見を述べるだけだろう？　それをどう扱うかは個人の問題だ。君の責任ではない」

ルケスの言葉を聞いて心の負担が減ったとはいえ、まだ一番の問題が残っていた。

『王宮書庫のご意見番』

この呼称をどうするか。

良案が浮かばないままズルズルと時が経ち、不本意にもこの呼び名が定着しつつある。

カグミは鬱《うつ》な回想から立ち直り、手招かれるまま書棚の陰に向かった。

中年男は緑袍服《ほうふく》で、食膳院従二位。平民としてはたいした出世だ。

「俺はヨウハ。食膳院で料理長補佐をしている。で、早速だが、この絵を見てくれ」

ヨウハは袍服《ほうふく》の袖から丸めた紙を出し、広げた。そこには拙《つたな》い絵が描かれている。

「こいつが載っている本ってあるか？　おそらく植物か鉱物だと思うんだが」

カグミは絵を見て驚いた。楕円形《だえんけい》に特徴的な黒い縞《しま》、トウゴマの種の図だ。

「どこでこれを？」

緊張した気配を読んだのか、ヨウハが声を潜《ひそ》めて答える。

「今朝、下院の男子寮に近い林の中で男の変死体が見つかってな、その口の中に入ってた物を走り書きしたんだ」

カグミの脳裏に、出仕初日に面通しされた若い女性の変死体が過《よ》ぎる。

「変死体って……どんな死に様《ざま》でした？　犯人は捕まったんですか？」

ヨウハの説明によると、彼は周囲の騒ぎで事件を知り、事件現場に足を運んで変死体を目撃したそうだ。絞殺《こうさつ》体で犯人は不明。その際、縄の痕《あと》と死体の口中の異物が妙に気になったのだという。

「なんかよう、嫌ぁな感じがしたんだよな。禍々《まがまが》しいっていうか、ぞわっと怖気《おぞけ》が立ってさ、こう、悪意ってやつ？　で、もしやばい物なら知っとかないとって思ったわけよ」

曰《いわ》く、宮廷料理人なので、毒物なら把握しておかなければと急いでやってきたらしい。

「それ、トウゴマという植物の種です。ヒマシ油としても使われますけど、おっしゃる通り、ものすごくやばい代物《しろもの》ですよ。詳しくは『毒草百科』という本に載ってます」

深刻な顔で言ったカグミに、ヨウハは顔色を変えた。

「わかった。トウゴマと『毒草百科』だな。調べてみるわ」

助かった、と短く礼を述べて、ヨウハはおっさんながら身軽に書庫を飛び出していく。

カグミもじっとしてはいられなかった。すぐにルケスを探すが、庫内に見当たらない。

「ダーヴィッド様、ルケス様を知りませんか？」

「ルケス様なら長官の呼び出しで書院に行っている」

やきもきしたが、よく考えれば、カグミはイシュアンに女性の変死体の件について深入りしないよう釘を刺されている。

……連続殺人かな。王太子暗殺計画に関係ある？　どうなんだろ？

妙に気になった。トウゴマの種という共通点のせいだ。

気もそぞろのままのカグミだが、仕事を再開することにした。頭の中は事件の考察と変死体でいっぱいなものの、手を素早く動かして読了分の本の目録を作成していく。横でダーヴィッドが「俺より早く俺の分まで片付けるな！」とかなんとか喚《わめ》いているけど、気にしない。

そこへルケスが戻ってきた。一見普通の様子だが、よく見ると表情がいつもより硬い。

「カグミ、来なさい。長官がお呼びだ」

「だとよ、後は俺がやる。もしサザメ様や他の奴が来ても不在だって説明しておく」

相変わらず、ルケスの前だとダーヴィッドは親切な猫かぶり男に変貌する。

「ありがとうございます、ダーヴィッド様」

するとダーヴィッドは嫌な顔をして、拗《す》ねた口調で文句をぶつけてきた。

「これぐらいのことでいちいち礼を言うな。俺が心の狭い男みたいじゃねぇか」

違うのか、と突っ込みたい衝動をグッと堪《こら》えて愛想笑いを返し、カグミはルケスの後を追う。

てっきり書院へ行くと思っていたのに、方向が違った。東門に向かっている。

ルケスは東門の門番に二人分の通行証である木札を見せると、カグミを連れてどんどん歩く。

まさかと思いつつ到着した先は、先程聞いた事件の現場だった。現場保全と証拠収集のため、兵士が大勢いる。そんな中、イシュアンと青袍服《ほうふく》の側仕えが筵《むしろ》で覆《おお》われた物の傍に立っていた。彼らの横には、初日に書庫へ案内してくれた女性監督官が、緊張で今にも倒れそうな感じで俯《うつむ》いている。

イシュアンがトン、と扇子《せんす》で掌《てのひら》を一つ打ち、ルケスを一瞥《いちべつ》して言う。

「来たか」

ルケスに促《うなが》され、カグミは前に進み出る。自然とイシュアンの足元に眼がいく。

「……なんとなく、呼ばれた理由が想像つきました」

イシュアンが「結構」と答え、指を動かして女性監督官に合図する。

「それなら話が早い。君たちに変死体の面通しを頼みたいんだ。心の準備は？」

カグミは、いかにも嫌々肩を並べた女性監督官に会釈《えしゃく》して、声をかけた。

「お久しぶりです。あのう、すごく顔色が悪いですけど……大丈夫ですか？」

「いいえ、大丈夫じゃないわ。死体は苦手なの、特に変死体はね。あなたは？」

「私は平気です。それに二度目ですし。あの、よろしければ掴まってください」

カグミは腕を差し出したが、彼女は断った。恐怖より、監督官としての矜持《きょうじ》が勝ったのだろう。

イシュアンの指示でルケスが筵《むしろ》を捲《めく》る。

「見覚えは？」

カグミは血の気が失せた若い男の死に顔をじっくりと眺めて、首を横に振った。

「ありません」

女性監督官もカグミに同調し、コクコクと頷いている。もはや唇まで蒼白だ。

「そうか。前回の変死体と一部共通点があったから、もしやと思い、君たちに確認を頼んでみたが空《から》振りのようだな。一応訊くが、なにか気づいた点はないかね？」

カグミは膝を折り、やや開いた口の中を覗く。ヨウハが目撃したトウゴマの種は見当たらない。

……殿下が回収したんだろうか？

次いで変死体の首筋、手や爪の中などに視線を落とす。

「首に絞首の痕《あと》……はありますけど、死亡理由じゃなさそうですね」

「そう思う根拠は？」

イシュアンの声が頭上から響く。変死体に気を取られたカグミは、無意識のうちに答えた。

「絞められた痕跡《こんせき》は残っていますけど、苦しんで引っ掻《か》いたりと抵抗した様子がないですし、眼玉や舌も飛び出ていません。手や爪も綺麗だし……わあっ」

いきなり女性監督官がぶっ倒れた。意識を喪失した彼女を、兵士が二人がかりで運んでいく。

「だから腕を貸すと言ったのに、無理するから……お気の毒に」

同情して呟くカグミへ、イシュアンが胡散臭《うさんくさ》そうなものを見る眼を向けて言う。

「あれが普通の女性の反応だよ。平然としている君の方がおかしい」

「私の三兄が自警団に所属していて、『どんな揉《も》め事に巻き込まれてもすぐに動けるように、死体や怪我人を見慣れておけ』って、むりやり見せられたんですよ。……正直、あまり気持ちのいいものでもありませんけど」

「なるほど。君の図太い神経は兄君に鍛《きた》えられたのか」

イシュアンは感心したように言うが、成人女性に対する褒《ほ》め言葉では決してない。

……くそう。図太くてすみませんねぇ。

カグミが胸中で悪態を吐いていると、イシュアンが扇子《せんす》を口元に運び、低い声で言った。

「あまり人目に触れさせたくなかったので回収させたが、今回の変死体の口にも前回同様、トウゴマの種が押し込まれていた。君はこれをどう思う？」

カグミは遺体に手を合わせ、冥福《めいふく》を祈ってから考えた。出血も打撲痕《だぼくあと》もなく、絞殺《こうさつ》に見せかけた変死。ただの勘ではあるけれど、毒殺を疑う。

　確たる証拠もないまま推察を口にするのは不本意だったが、横目でチラッとイシュアンを窺《うかが》うと、彼の眼が「さっさと言え」とばかりに剣呑《けんのん》に光っていた。カグミはやむを得ず、ボソッと漏《も》らす。

「……もしトウゴマ毒の利用を本気で考えている輩《やから》がいれば、実験するでしょうね」

　イシュアンはカグミの意見を聞いて眼を瞠《みは》り、呆れた声で呟いた。

「……まったく。君は時々、私の予想を超えた答えを出してくるな」

　カグミは、なら訊くな、と言い返したい衝動を堪《こら》えて、懸念《けねん》を言葉にする。

「犯人側の立場になって考えてみただけですよ。毒は試してなんぼです。致死量や症状、死亡するまでの時間、ある程度は予測できても実際どうなるかは、使用してみなければわかりませんし」

　そして実験体は、標的に近い背格好、年齢の者が選ばれるはず。

　……どうか王太子殿下に似ていませんように。

　カグミの言わんとするところを察したのだろう、イシュアンはいっそう深刻な表情になった。

「わかった。君の意見を考慮しよう」

そう言って、イシュアンは手振りで「仕事に戻っていい」と合図してから、言葉を付け足した。

「そうそう、物騒だから『夜の戸締りは気をつけるように』。いいね」

イシュアンが扇子《せんす》を片手に微笑み、カグミは思わず「うげ」と呻《うめ》いた。

「なにかな?」

「はは。な、なんでもないです。『わかりました、気をつけますぅ』」

ちょいと間延びした返事になったことでイシュアンにジロリと睨《にら》まれ、慌てて踵《きびす》を返す。

……『今夜行く』だとぉ。来なくていいわ!

以前、合言葉を決めていたのだ。先程のやりとりは、「今夜訪れるので待っていろ」「了解しました」という意味である。

イシュアンと夜も顔を突き合わせるのは面倒だが、事件には興味があった。貴重な自由時間を潰されたくない気持ちと、好奇心がせめぎ合う。しかし結局のところ、カグミに選択の余地はない。哀しい身分差である。

ルケスはまだ残ると言うので、カグミは一人で先に戻ることになった。方々《ほうぼう》に立つ兵士の鋭い視線が痛い。なんとなく居心地の悪さを感じて、カグミは身を縮めながら東門に向かう。

その途中、遠巻きに現場の様子を窺《うかが》う野次馬の中を抜けようとして、誰かと肩がぶつかった。

「あ、すみ――申し訳ありません」

顔を上げて即座に謝ったカグミは、相手を見て驚いた。やたらと線の細い白皙《はくせき》の美青年で、混血が普通の首都アシュカでも珍しい銀色の髪と銀色の眼をしていた。支給品ではない薄い青色の袍服《ほうふく》を着て、銀灰色《ぎんかいしょく》の帯を締《し》めている。

……うわ、氷みたい。

美形だけど眼に感情がなくて、人を寄せ付けない雰囲気を纏《まと》っていた。

一見した限り、格好からでは身分の判断がつかない。困ってしまい、跪《ひざまず》いて許しを乞うべきか迷っていたカグミは、不意に手を握られた。

「君の名は」

声も冷たいな、と呑気《のんき》に思うカグミの手を押さえ、彼が顔をグッと近づける。

「君の名前が知りたい」

「カ、カグミです。あのう、すみませんけど、手を離してもらえませんか。あと顔も」

迷惑そうにお伺《うかが》いを立ててみたものの、完全に無視された。

氷の瞳がカグミの眼を覗き込む。次いで、彼はカグミの髪に視線を流し、眼を細めて言う。

「綺麗な髪だね。触りたい。撫《な》でていい？」

「嫌です」

「残念。じゃあ攫《さら》っていい？　君ともっと話がしたいんだ。私の部屋へ行こう」

この時点で、カグミも若干身の危険を覚えた。彼の眼は笑っているけど真剣で、背筋が震える。

「いえ、行きません。まだ仕事が途中でして」

「ふうん。じゃあ仕事が終わったら迎えに行くよ。職場はどこ？」

迂闊《うかつ》に答えたら、本当にお持ち帰りされそうだ。カグミが返答に窮《きゅう》し、どうやってこの場を凌《しの》ごうかと考えていると、背後から思わぬ天の助けが入った。

「彼女は私の主《あるじ》の部下ですよ。とても貴方様のお相手をできる身分ではありません」

カグミが振り返ると、真後ろにいたのはイシュアンの赤袍服《ほうふく》の側仕えだった。

「この場は私が預かります。君は下がりなさい」

「はい。失礼します」

カグミは素早く一礼し、一目散に逃げる。まさか肩がぶつかったくらいで一夜の慰《なぐさ》み者《もの》にされそうになるとは思わなかった。

前方不注意は禁物だ、と心の覚書帳に書いたカグミは、冷や汗を拭《ぬぐ》って書庫に戻る。

そこからは遅れを取り戻すべくせっせと仕事に集中し、終業時刻を迎えた。

終礼後、カグミは食事と風呂を済ませて部屋に戻り、部屋着に着替えて白袍服《ほうふく》に鋳鉄製《アイロン》の塊をかけ、壁掛けに吊るす。それから盥《たらい》に水を汲《く》み、発火石でお湯を沸かして下着類を洗濯する。後始末をして洗濯物を干し、茶碗で白湯《さゆ》を飲み一息つく頃には、部屋もいい感じに暖まり始めた。

「あー……そろそろ時間か。今日はなんの話だろ。面倒くさいのは嫌だなー」

カグミは発光石を持ってブツブツ言いながら階段を上がり、書棚で囲まれた空間で待った。

ほどなく書棚の一部がキィ、と軋《きし》み、滑《なめ》らかに横に動く。その奥の隠し扉から、筒状の物を抱えたルケスと二人の側仕え、イシュアンが現れた。

「こんばんは、カグミ」

最後に登場したイシュアンが、礼儀正しく、無駄に美しい澄《す》まし顔で声をかけてくる。

「こんばんは、長官」

カグミは一礼して挨拶《あいさつ》した後、赤袍服《ほうふく》の側仕えに眼を遣《や》ると、深々とお辞儀して言った。

「今日は危ないところを助けていただきまして、ありがとうございました。えっと」

……そういえば、名前知らないよ。教えてもらってないじゃん。

戸惑うカグミを見て、仕方なさそうに嘆息したイシュアンは側仕えに目配せして直答《じきとう》を許す。

「エストワと申しまして、文官で情報収集を担当しております。以後、お見知りおきを」

赤袍服《ほうふく》の側仕えに続き、ちゃっかりと、青袍服《ほうふく》の側仕えも名乗る。

「リガルディーです。武官で護衛、これでも魔法士なんですよ。困ったことがあればぜひこの僕に声をかけてください。タダではありませんけど、相談にのりますよ。ふふふ」

意味深な含み笑いに悪寒《おかん》が走る。カグミは、困っても絶対に頼るまい、と思ってから、耳慣れない単語に気づいた。

「『魔法士』？」

リガルディーは話しかけられたことが嬉しくて堪《たま》らない、という顔で生き生きと答える。

「はい。『聖遺物《せいいぶつ》』を扱える程度の魔力を有しています。こう見えても僕は優秀ですよ！」

どうやらカグミのちょっと苦手な、自分に自信のある人種らしい。

「ちなみに『聖遺物《せいいぶつ》』というのは、大陸のどこかにあるとされる伝説の宝物で——」

ここで、喧《やかま》しいと言わんばかりの口調で、イシュアンが話を遮《さえぎ》った。

「そこまでにしろ。私はそんな無駄話をしに来たわけじゃない」

彼が手を一振りして不服そうなリガルディーを下がらせると、代わりにルケスが前に出る。

彼は抱えていた紙筒を広げ、机上に四枚の紙面を並べて、隅に文鎮《ぶんちん》を置く。イシュアンが扇子《せんす》でその紙面を指して訊いてきた。

「早速だが、これを見てどう思う？」

カグミは発光石を手元に翳《かざ》してやや前屈みになり、しばらく紙面を注視した。

「……建築設計図の平面図ですね。この×印のある三枚はまったく同じ物のようですから、一枚は原版で二枚が写しだと思いますけど……あれ？」

視線が一点に吸い寄せられる。間取りや扉の配置に見覚えがあり、ハッと顔を上げた。

「あのう、これ、もしかして、王宮の……？」

恐ろしくて最後まで言えない。カグミは引《ひ》き攣《つ》った顔でイシュアンに確認を取る。

「王宮平面図だ」

イシュアンがあっさりと言う。

嫌な予感が的中したことに、遅きに失したがカグミは眼を両手で覆《おお》って身悶《みもだ》える。

「なななな、なんでそんな、最重要機密を私に見せるんですかあー!?　そそそそ、それもっ、ご丁寧に隠し通路を記載した図面まで！　罠ですか!?　それとも拷問《ごうもん》!?　執《しっ》行猶予《こうゆうよ》は!?」

涙目で取り乱すカグミの額《ひたい》を、イシュアンがうるさげにペチンとはたく。

「あいた」

「少し落ち着くように」

「女の顔をぶつなんて最低ですよ、長官！」

「君が喧《やかま》しいからだ。それにぶってない。軽く小突いただけだろう。いちいち喚《わめ》くな」

眼を開けたカグミの斜め横では、ルケスが細長い布を引っ張った状態で待機している。いつでも問答無用で黙らせられるという威嚇《いかく》に違いない。カグミは不承不承《ふしょうぶしょう》、折れることにした。

「……わかりましたよ。静かにしますけど、説明してもらえますか」

ぶすっとして言うと、イシュアンは「いい子だ」とニコリと笑い、続ける。

「詳細を話せば長くなるので割愛《かつあい》する。実は、君が例の密談を盗み聞きしたのとちょうど同じ頃、一年前に鎮静化したはずの王位継承問題が再燃し、王太子派と第二王子派が揉《も》めていた。第二王子派は金品をばら撒《ま》き味方を増やして、現王太子を廃嫡《はいちゃく》し、王太子交代を訴えようと動いている。まあ、この目論《もくろ》みは早くに露見したため、悪徒は片っ端から捕縛《ほばく》しているので大事には至っていない」

「はあ」

「そこへ新たに浮上した王太子暗殺計画だ。君の聞いた密談の内容と照らし合わせても、第二王子派の派手な動きは囮《おとり》で、暗殺計画が本命だろう。それを裏付ける情報もある。また君の見た書付《かきつけ》を暗号解析し、黒方《くろぼう》を基調にした香を使用する上位貴族のここ数ヶ月の行動を洗ったところ、首謀者らしき者が複数名浮上した。今は物的証拠を押さえるため内偵中で、対象の屋敷に陽陰《ヒカゲ》が潜入している。この平面図の内、二枚は潜入先で発見された」

「はあ。そうですか」

「君の指摘通り、×印のある平面図の一枚が原版で、後の二枚が写しだ。つまり複写された物がまだ他にもある可能性が高いため、すべて回収して破棄したい。ああ、陽陰《ヒカゲ》は密偵のことだ。どこにでもいるから、あまり隙は見せるな。こら、私の話を聞いているのか」

　突然、イシュアンに冷たい怒気を浴びせられ、カグミは思わず飛び退いた。途中、落ち着きなく視線をさまよわせていたせいだろう。

「ひい!?　き、聞いてます。聞いてますけど、でもぉ、これって、私が聞く話でしょうか……?」

むしろ聞いちゃ駄目な気がする。もっと正直に言えば、聞きたくない話だ。

カグミがおずおずと疑問を投げたところ、イシュアンは口角を上げる。

「『聞きたくない』って顔だね。でも手遅れだから。おとなしく続きを聞こうか?」

「うう……こんな怖い裏事情知りたくなかった。説明してもらうんじゃなかったわ」

悔《く》やんでも後の祭りである。

カグミはシクシク嘆きながら、諦《あきら》めの境地で「どうぞ」とイシュアンに続きを促《うなが》した。

「君に現状を打ち明けた理由は三つ。一つ、暗殺計画を知る君は無関係ではないこと。一つ、君に協力を仰《あお》ぎたい。一つ、君の身を保護するため。念を押すまでもないと思うけど、今夜私が話したことは他言無用だ。もし君の口から話が漏《も》れたら、物理的に首が飛ぶよ?　覚悟してね」

「ひいいい」

イシュアンの笑顔の脅《おど》しに、カグミはちびりそうになりつつルケスの背中に隠れた。

しかしルケスはつれなく、肩越しにカグミを見下ろして淡々と告げる。

「あいにくだが、情報漏《も》れに関しての口封じは基本だ。その場合、私も君を庇《かば》えない」

カグミはルケスからも距離を取って本棚にへばりつき、悲鳴を上げた。

「そんな基本は嫌すぎるー！　わかりました、わかりましたよっ。誰にも絶対漏《も》らしません！」

「いい子だね、カグミ。おいで、続きを話そう」

イシュアンに手招かれるまま、カグミが渋々元の位置に戻ると、彼は歌うように諳《そら》んじた。

「『天の御使《みつか》いは豊穣《ほうじょう》の月輝くとき歌い舞う　奉納されし食物は不味《まず》く酒は美味《うま》し　一陣の風乱れ迅速なる矢が飛べば　一は斃《たお》れ二が立ち万《よろず》の祈り届く』」

黒魔王のくせにいい声だなー。とひそかに感心しつつ、カグミは言った。

「……それ、私が密談現場で眼にした他国語の書付《かきつけ》を自国語に翻訳したものですね」

「そう。君から献上された『ヨルフェの色々な民話』。解析に随分役立ったようだ」

「まあ、民話や詩文は比喩《ひゆ》表現が多いし、お国柄で翻訳の仕方も変わってきますので、参考文献は必須でしょう。あれがお役に立ったようでよかったです」

たとえば『天の御使《みつか》い』はヨルフェ国では『竜』だが、ローラン国では『王』を意味する。

ただ、暗号化されていた場合は普通に翻訳しても無意味だ。暗号解析の技術を持ち合わせないカグミでは役に立たなかっただろうし、事実、声をかけられなかった。

イシュアンは扇子《せんす》を手の中で弄《もてあそ》びながら、カグミをじっと見つつ言う。

「この詩文を暗号解析すると、こうなる。天の御使《みつか》いは、即《すなわ》ち王。豊穣《ほうじょう》の月は、春到来の日」

カグミは、国王が春の始まりを告げる日に歌って舞う場面を想像し、閃《ひらめ》いた。

「春季祭《しゅんきさい》！」

春季祭《しゅんきさい》は、春の種蒔《ま》きがうまくいき、豊穣《ほうじょう》になるように王が願うお祭りで、太陽が真東から昇って真西に沈み、昼と夜の長さがほぼ同じになる日に行われる。その日は祈《き》祷《とう》院の神官によって発表されるのだ。

イシュアンは、「ご名答」とわざとらしく手を叩き、穏やかな声で物騒な一言を告げた。

「その日が暗殺決行日」

「うげっ」

ついバカ正直に反応してしまい、カグミは慌てて口を押さえた。イシュアンは聞き流して続ける。

「料理に毒が混入されるみたいだけど、酒は飲んでも平気。風が乱れるような変事が起きて、暗殺者が暗躍するらしいね。王太子殿下は凶刃《きょうじん》に斃《たお》れ、ヒュウゴ殿下が立太子されて万民が喜ぶ――なんてことにならないようにしないと。協力してくれるね、カグミ？」

イシュアンの凄《すご》みを帯びた笑顔の前に、カグミは一も二もなく頷いた。

「ぜ、ぜひ」

「よかった」

ふ、と空気が和《やわ》らぐ。カグミは息を吐いて緊張を解くと、ちょっと不満をぶちまけた。

「……別に脅迫《きょうはく》されなくても、お手伝いしますよ」

「そうなの？」

イシュアンにいかにも不思議そうに訊き返されて、カグミはムッとする。

「そうですよ。いち国民として、王太子殿下が暗殺されるなんて嫌です。……そりゃ本音を言えば、怖いし、聞きたくも知りたくもなかったですけど、見て見ぬふりはできません」

無愛想にそう伝えると、イシュアンが相好《そうごう》を崩した。カグミは作り物ではない彼の笑顔を間近で見て、黒魔王でもこんな顔をするんだ、と意外に思い、なんだかやる気が湧いてきた。

「それで、私はなにをどう協力すればいいんですか？」

イシュアンの長い指が、トン、と×印のついた平面図を打つ。

「これを持つ者すべてを炙《あぶ》り出し、図面を回収する。もちろん暗殺計画も事前に潰して、黒幕を捕らえ、気持ちよく春季祭《しゅんきさい》を迎えたい。そのために、君には陰ながら仕事を頼む」

「陰ながら？」

カグミが首を傾げると、イシュアンに目配せされたルケスが口を開く。

「残業だ」

その途端、思いっきり嫌な顔をしたカグミに、イシュアンが甘い声をかける。

「その代わり、ご褒美《ほうび》を用意してあるから」

「ご褒美《ほうび》？」

「先に言っておくけど、家には帰せない。そうではなくて、この一件が片付いたら、君には書庫にある隠し部屋の『門外不出の禁書の閲覧』を許可しよう」

「やります！　残業、頑張ります!!」

カグミは迷わず挙手して宣言した。ルケスが眉間を指で押さえて、「現金すぎる」と顰《しか》め面《つら》をしているが、気にしない。

……だって、王家の『門外不出の禁書の閲覧』だよ!?　すごくない!?

愛書家なら垂涎《すいぜん》ものの本がたくさんあるに違いない。残業くらい、どんと来いである。

指を組んでうっとりと妄想に耽《ふけ》るカグミを、イシュアンが現実に呼び戻す。

「今日はもう遅いし、作業は明日からにしよう」

「それはそうと、カグミ」

「はい？」

イシュアンの雰囲気がピリッとしたものに変化した。カグミは警戒心を抱いて、一歩下がる。

「ヨルフェの大使に言い寄られたそうだね」

カグミの脳裏に、氷のような容貌の美形が浮かぶ。びっくりして、声が上擦《うわず》った。

「え!? あの寒々しい見た目の方、隣国の大使様だったんですか!?」

ちょっと形容が不適切だったかもしれない。イシュアンが苦々しい顔で言う。

「寒々しい見た目かどうかはともかく、君に絡んだ相手はヨルフェの大使ユーベルミーシャ殿だ。あの方は少し厄介《やっかい》な気質があるから、怪我をしたくなければ極力近づくな」

「わ、わかりました。怪我は嫌なので近づきません。ご忠告ありがとうございます」

カグミが神妙な態度で礼を言うと、イシュアンは頷き、隠し通路に向かって歩き出す。

彼は最後に振り返り、カグミを見つめて、フッと笑って言った。

「では、おやすみ。王宮書庫のご意見番」

　翌朝、カグミの寝覚めは悪かった。眠気が残っていて、頭はボーッとするし、瞼《まぶた》が重くて眼は半眼、身体も重い。それでもむりやり起きて着替え、櫛《くし》で髪を梳《す》き、簪《かんざし》を挿《さ》して、浴布《タオル》を持つ。

「ふああ」

　カグミは大きな欠伸《あくび》を噛《か》み殺しながら、地下から上がり、扉を開錠して外に出た。寒い。昨夜は雪が降ったのか、辺り一面うっすらと雪化粧だ。どうりで冷えると思った。いつもなら日課の屈伸運動《スクワット》でひと汗流すところだが、眠気覚ましにまず顔を洗おうと思い、井戸へ向かう。

　途中、常緑樹の楠《くすのき》の下を通ったとき、頭上になにかの気配を感じた。カグミは大きく後退し、同時に顔の前で腕を交差する。そこへ、樹上から音もなく降って現れた黒ずくめの人影が着地し、予備動作もなく距離を詰めて迫ってきた。

「へ？」

　咄嗟《とっさ》に伸びてきた腕を払い、身体を捩《よ》じって黒ずくめの人物を避《さ》ける。そのままもう半回転して足払いをかけたものの、あっさり躱《かわ》され、背後を取られた。

　……うわ、まずい！

　襲われたら背中を見せるな、は自衛の鉄則である。

そのとき、こちらも黒ずくめの第三者が地面を蹴って、低い姿勢で横から突っ込んできた。カグミが狙いかと思いきや、その人物は最初の人影に襲いかかる。

二人はカグミの動体視力では追いつかないほど、素早く巧みな体術の攻防を繰り広げた。やがて一人が逃げ、一人がそれを追う。

取り残されたカグミは呆然としつつ、揉《も》み合った際に落とした浴布《タオル》を拾って、呟く。

「今の、なんだったんだろ……」

寝起き直後の半ボケ状態だったため、余計に理解できない。考えても答えの出ない問題に頭を悩ませるほど辛抱強くないカグミは、一旦保留し、とりあえず身支度を整えることに決める。

部屋に戻ったカグミは、鏡を覗いて眼を瞬《しばたた》かせた。左側の横髪が、少し短い。

「あれ？」

気づかなかったが、髪をひと房切られていたようだ。

……あの体勢なら喉《のど》を斬ることだってできたのに。殺す気はなかったってこと？

カグミは、「そういえば、怖くはなかったなあ」と些《いささ》か呑気《のんき》に構えて、食堂へ行き、朝食を済ませる。それから七の鐘が鳴る前に書庫へ戻り、扉番の兵士に元気よく挨拶《あいさつ》をして開錠した。

間もなく出勤してきたルケスが司書見習い全員を集め、連絡事項を申し渡す。どうやら今日は午後に清掃院の庶官たちによる、年に一度の一斉清掃が入るらしい。基本的にすべてお任せで、カグミたちは貴重な本や書見台が雑に扱われないか監視しながら、通常業務にあたるのだとか。

「清掃が行われている間は、関係者以外は入庫禁止となる。各自心得ておくように。今日は私とマデュカが書院へ行く。私は午後に戻るが、それまでカグミはアルテアについていなさい」

アルテアは相変わらずの美女っぷりで、艶《つや》やかな赤い唇に笑みをのせて、おっとり頷く。一方のカグミは平常心を装《よそお》った顔で「はい」と返事したものの、心の中で叫んでいた。

……また、あの眼に痛い桃色《ピンク》な光景を見せられるわけですかぁー。

泣く泣く指示に従おうとしたカグミを、ルケスが気遣わしげな声で呼び止める。

「今朝、襲われたそうだな？」

「どうしてご存じなんですか」

驚くカグミを、ルケスはじっとりした眼で見下ろし、小声で教えてくれた。

「長官は君を守ると約束しただろう。君は昼も夜も陰から警護されている。知らなかったのか？」

さも当然のように告げられ、仰天したカグミはフルフルと首を横に振って言う。

「全然知りませんでした」

「君は危機感が足りないと、何度注意されればわかるんだ？　もっと真剣に警戒するように」

「も、申し訳ありません。あの、でも、大事には至りませんでしたよ？　怪我もないですし」

朝の出来事を思い出す。後から現れた人物——あれが護衛だったのかとわかれば、感慨深い。

「バカ者。怪我してからでは遅いだろう。長官も心配しておられたぞ。無論、私もだ」

カグミが反省して「これからは周囲に気を配る」と誓うと、ルケスは眉間の皺《しわ》を緩めてくれた。

「それで、襲ってきた者に心当たりは？」

「ありません」

ここでカグミは髪を少し切られたことを報告しておく。するとルケスに痛ましそうな視線を向けられたが、カグミとしては「髪の毛などすぐ伸びる」という認識で、あまり気にしていない。

「とにかく、しばらく単独行動を控えるように」

ルケスはそう言い残し、凛《りん》とした足取りで書庫を出ていく。カグミも気を取り直して仕事を始めるために踵《きびす》を返したところ、真後ろにアルテアが立っていた。

「あなた、襲われたの？」

カグミは、なんて答えようと迷った末に、小さく頷くことにした。

「そう。それは大変だったわね。お怪我は？」

「髪を切られただけで、怪我はないので平気です」

そう説明したところ、アルテアが甘い声で物騒な言葉を口にする。

「まあ。女の髪を切るなんて、外道は許せませんわね。見つけたら、足の裏を火で炙《あぶ》りましょう」

カグミはどっと冷や汗をかく。わかってはいたが、アルテアは怒らせたらいけない人種だ。

……貴族のお嬢様、怖っ。

できるだけ逆らわないでおこう、と改めて肝に銘じた直後、アルテアが細い指でカグミを招く。

「いらっしゃい。お仕事を始めましょう。あなたの席は、私の隣よ」

「ひい!?」

悲鳴を返答と聞き違えたのか、アルテアが悩ましくもきつい一瞥《いちべつ》を投げて、窘《たしな》める。

「お返事は、『はい』」

「は、はぁい」

カグミは抵抗を諦《あきら》めてアルテアの隣に座る。すると着席を待っていたかのように、わらわらと美形軍団が集まって、二人を囲む状態に陣取った。後はお決まりの、ベッタベタな愛の告白が続く。

……とてもじゃないが、集中できない。

横を見れば、アルテアは背筋を伸ばした美しい姿勢で本を広げている。美女の白い指先が頁《ページ》を捲《めく》る様《さま》は、溜め息が漏《も》れるほど絵になる。ただし、ごちゃごちゃうるさい連中がいなければの話だ。

「あのう、アルテア様。私、やっぱり向こうの席に移動していいですか？」

「あら、駄目よ。あなた、ルケス様にも単独行動を控えるように言われたばかりでしょ」

「でも、仕事にならないんですけど。そのう、ええと、皆様が、ま、眩《まぶ》しくて？」

カグミがお世辞を言って離れることを画策したものの、アルテアはよしとしない。

彼女が一人だけ本に没頭しようとしたので、カグミは思わず言った。

「あの、黙らせても——じゃなくて、皆様に静かにしていただいてもいいでしょうか？」

すると、アルテアは初めて興味を惹《ひ》かれた様子で、眠たげな瞳に生気を宿らせた。

「よろしくてよ」

「ありがとうございます」

ここで礼を言うのもなにか違う、とは思ったが、心情的に感謝である。

カグミは手元の本を脇に退《ど》け、仕事中は常に携帯している筆に墨、硯《すずり》、水差し、そして紙を用意した。アルテアに注目される中、墨を磨《す》り、筆を握る。紙に枠線を引いて升《ます》目《め》を作り、中に数字と文字を書き込み、墨が乾けば完成だ。

「できました。判じ物《パズル》です。どなたか解ける方、いらっしゃいますか？」

だが、アルテアに傾倒する美青年たちの誰一人として歯牙にもかけない。皆、カグミの声など聞こえていないふりをして、アルテアに夢中の態度を崩さないでいる。

カグミは残念そうに溜め息を吐き、独り言のようにボソッと漏《も》らした。

「……ま、難しいですしね。恥をかきたくないなら、最初からやらない方がいいか」

用紙を折り畳《たた》んで袖にしまおうとしたところ、横からひったくられた。

「貸したまえ」

「なにが難しいだ。位階もない新人が偉そうに。解けるに決まっているだろう」

方々《ほうぼう》から怒りと痛烈な睨《にら》みをぶつけられたカグミだったが、そんなものは屁でもない。

……ほんと、お偉い人って、無駄に矜持《プライド》高いよなぁ。

こんなちゃちな挑発によく引っかかるよ、と半ば感心し、半ば呆れる。これで落ち着いて読書ができる、と気が楽になったカグミは、筆記用具を片付けて本を手に持った。

それまで黙っていたアルテアが、カグミをじっと見つめて、クスッと笑って言う。

「あなた、面白い子ね」

「はは。……あの、今更ですけど、皆様のおしゃべりがなくても大丈夫ですか」

「静かで嬉しいわ」

やはり、と思う。アルテアはいつも外野を遮断するように読書に専念していたので、実は好き好《この》んで男連中に囲まれているわけじゃないのでは？　と疑っていたのだ。でも、それならなぜ放置しておくのか問い質《ただ》したい。だが身分差が邪魔をして訊くに訊けなかった。

……いいや。なんだかちょっと友好的な雰囲気だし、余計なことは言わないでおこう。

本を開けば、カグミはあっという間に読書に没頭し始めた。

手元に積んだ未読の本が尽きたところで、集中力が途切れる。そこでふと視線を感じたので顔を上げ、仰天した。

目の前に、頬杖をついて愉快そうにこちらを眺めるユーベルミーシャが座っている。

「やあ、カグミ。また会えたね」

予想外の展開に、カグミは大混乱だ。驚きすぎて声も出ず、無意味に口を開閉する。

ユーベルミーシャは悪戯《いたずら》が成功した子供のように笑い、恐ろしいことを言ってきた。

「昨日はうまく逃げられたけど、今日こそ捕まえようと思って。ねえ、私と遊ばない？」

イシュアンに「極力近づくな」と警告された相手だ。カグミは間髪容《かんはつい》れず、首を左右に振った。

「あ、遊ばない――」

「そう言わず、付き合ってよ。私は君に興味があるんだ。ぜひ、仲良くしてほしいな」

ここで対応を間違えると、寝所に引きずり込まれるだろう。そう判断したカグミは、グッと奥歯を噛《か》みしめる。彼を難儀な客だと思って、実家で培《つちか》った接客術で対処することに決めた。

「……恐れ入りますが、私はご覧の通り平民で、庶官の中でも下っ端です。どうぞご容赦を」

暗に、「あなたのような偉い人とは身分が釣《つ》り合わないから、仲良くできない」と言ってやったのだ。しかしユーベルミーシャはしつこく、諦《あきら》めてくれない。

「身分、ね。私は身分など気にしないよ。第一、私はこの国の貴族じゃないし――ああ、そういえば自己紹介がまだだった。私は隣国ヨルフェの大使、ユーベルミーシャ。ミーシャって呼んで」

呼びません、と内心で突っ込みつつ、カグミは椅子から立って深く一礼した。

「大使様、大変申し訳ございませんが、私では器量が足りず退屈されることと存じます。もっと御身に相応《ふさわ》しい素敵な方とお付き合いされてみてはいかがでしょうか」

遠回しに、「私にちょっかいかけないで、偉い人同士で交際しなよ」と伝えてみる。

だが、これでもユーベルミーシャは引いてくれない。

「他の人ではなく、君が気に入ったんだ。君の話が聞きたい。君のことが知りたい。君が欲しい」

最後の一言を聞いて、カグミは逃走したくなった。直感が、彼は危険だと告げている。

……誰か助けて！

頭に浮かんだのは、強くて優しくて頼もしい、養父と三人の義兄だ。

でも、残念なことに彼らは傍にいない。こういうときにいてほしい鬼指導官も不在。

立場的に一番頼りになりそうなのはイシュアンだが、平民が王子殿下の名を盾にしていいのか、わからない。

カグミは進退窮《きわ》まり、脂汗《あぶらあせ》を流して硬直してしまう。

そこへ突然、背後から救いの声が響く。

「あいにくですが、それは諦《あきら》めてもらわないと。カグミは私の物で、特にお気に入りなのですよ」

首がもげる勢いで振り返ったカグミは、すぐ後ろに悠然《ゆうぜん》と立つイシュアンを見つけた。彼の後ろには、いつもの側仕え二人とルケスもいる。

「長官」

なんてちょうどいいところに！　と感激するカグミを背に庇《かば》うように、イシュアンが前に出る。

ユーベルミーシャは機嫌を損ねた声で、不満と要望を一度にぶつけてきた。

「カグミは私と話していたんだよ。横入りするなんて野暮《やぼ》じゃないか。でもまあ、カグミがイシュアン殿下の物だと言うなら、話は早い。カグミが欲しいんだ。私に譲《ゆず》ってよ」

すると、イシュアンからたしたし、という音が聞こえてきた。微妙に肘が揺れているので、おそらく扇子《せんす》で掌《てのひら》を打っているのだろう。彼は怪訝《けげん》そうに訊き返す。

「わかりませんね。彼女とは面識が浅いと思うのですが、なぜカグミをお望みなのです？」

それはカグミも大いに疑問だったので、緊張して耳を澄《す》ませる。

ユーベルミーシャの答えは、単純かつバカバカしいものだった。

「見た目がいい。カグミの眼の色と……髪色が私の心を掻《か》き立てる」

「容貌ですか。それは……失礼だが、少々変わったご趣味でいらっしゃいますね」

カグミはムッとして、どういう意味だよ、と心の中で突っ込む。

「そう？　私にとってはとても好ましいけれど」

「……まあ納得はいきませんが、理由はわかりました。しかしそういうことでしたら、やはりカグミのことは諦《あきら》めていただきたい。私は彼女を手放すつもりはありません」

「どうしても？」

「ええ」

イシュアンがこれ以上にないほど簡潔に拒《こば》むと、ユーベルミーシャの溜め息が聞こえた。

「仕方ない。諦《あきら》めるよ」

渋々といった感じの声に、カグミは内心で快哉《かいさい》を叫ぶ。

……さすが殿下。できる人！

イシュアンは軽く会釈《えしゃく》した後、ユーベルミーシャにさりげなく書庫からの退出を誘導した。

「ご理解いただけてなによりです。このようなつまらないことで、貴国との関係に不和は招きたくありません。お詫びのしるしに昼食をご一緒にいかがですか？」

「宮中料理は飽きた」

贅沢言うな、と思ったのはカグミだけらしく、イシュアンは「そう聞き及んでおります」と相槌《あいづち》を打ちながら、淀《よど》みなく続ける。

「本日は趣向を凝《こ》らして、ローランの伝統的な郷土料理をご用意しました。試されてみませんか」

「それはいいな」

ユーベルミーシャの声が弾む。うまくイシュアンの誘導にのった彼は、席を立った。

それからイシュアンとユーベルミーシャはカグミを一顧《いっこ》だにすることなく、和《なご》やかに会話しつつ書庫を出ていく。彼らの後に、空気だったエストワとリガルディー、ルケスも続いた。

静かになった途端に気が抜け、どっと疲れたカグミはその場にしゃがんだ。

そこで、カグミの隣にいたのに、いないもののように扱われていたアルテアが口を開く。

「ユーベルミーシャ様は気まぐれなところがおありだから、気をつけた方がよろしくてよ」

アルテアの言葉には実感がこもっている。カグミがそれを指摘すると、両家の親同士で交友があり、以前、ユーベルミーシャが家に逗留《とうりゅう》し、アルテアももてなしに一役買ったことを教えられた。

「他国の大使と個人的にお付き合いがあるなんて、すごいですね」

知らなかったが、アルテアは貴族の中でも特に古い血筋で、名家のお嬢様だったらしい。

「私は煩《わずら》わしかったわ。ユーベルミーシャ様も退屈そうでしたし」

アルテアの歯に衣着せぬ物言いは、いっそ清々《すがすが》しい。カグミはこっそり感心しつつ訊く。

「あの、気まぐれって、どんなところが？」

カグミの質問に、アルテアはちょっと間を置いて、恐ろしくも有益な情報を口にした。

「人の好き嫌いが、はっきりしていらっしゃるわ。言動を束縛されるのにも、渋い顔をなさるわね。それにおべっかや賄賂《わいろ》がお嫌で、何人も媚《こ》びを売ろうとした人の首を絞めたそうよ」

これを聞いたカグミは青くなって、心の覚書帳に『怒らせてはいけない人』を追加する。

更にアルテアは、彼を名前で呼ぶように許された人間はごく限られていると教えてくれた。彼は通常『大使』という肩書きで呼ばれ、愛称で呼ぶ者は一人もいないのだとか。

カグミは恐れ戦《おのの》き、絶対に「ミーシャ」と呼ばないでおこう、と固く心に誓う。

……自主的に警告してくれるなんて、アルテアも、実はいい人？

ちょっぴり彼女を見直したカグミはきっちり頭を下げて、心から礼を言った。

その後は昼休憩の時間になったので、「単独行動を控えるように」というルケスの忠告をすっかり忘れて一人で食堂に行き、小豆餡《あずきあん》のまんじゅうと熱々の生姜《しょうが》の汁物をいただいた。

午後は通達通りの時刻に、掃除用具を持った清掃院の庶官たちが大勢やってきて、清掃に取り掛かる。

この頃にはルケスも戻り、眼つきの鋭い年嵩《としかさ》の判官になにか指示しつつ共に動いていた。カグミはアルテアにくっついて場所を移動しながら読書する。ダーヴィッドは細かいことが気になる性分だったようで、あちこちに眼を光らせ、手抜きがないか見張っていた。

その道の本職《プロ》によって隅々まで磨かれた書庫で終礼が済むと、カグミはルケスに引き止められた。

アルテア、ダーヴィッド、マデュカが退出したのを見届けて、ルケスが言う。

「残業を頼む」

「長官のお達しですか」

「そうだ。今から君を食堂に送る。食べ終えたら女子寮の玄関付近で待つように。迎えに行く」

「わかりました」

カグミは頷いた。部屋から支給品の防寒具を取ってきて着込み、書庫を施錠《せじょう》して早速食堂へ向かう。赤袍服《ほうふく》が大多数を占める女子寮の食堂で、カグミはいつも通り隅の席に座り、食べることに専念する。聞こえよがしの嫌味や悪口は気にしない。気にしたら負けだ。

それから、ルケスと合流する。てっきり書庫に戻るかと思えば、方向が違う。日中よりも寒さが増す中、彼はカグミを引き連れて広場を斜めに横断し、管理院を目指した。

……書院でお仕事か。

終業後に書院へ行くのは初めてだ。書庫所属の司書見習いは基本的に定時で働くが、書院各課の庶官たちは当番制らしく、夜間業務もあるのだとか。

カグミは夜の書院を見たことがなかったので、どんな風だろう、と少しワクワクしていた。

しかし管理院から中央宮殿に入り、書院とは逆方向に曲がる。カグミは思わず前を歩くルケスの外套《がいとう》の裾を引っ張り、声を抑えて言う。

「ルケス様、書院は逆です」

「知っている。いいから、黙ってついてくるように」

嫌な予感がした。

俯《うつむ》いて歩くと注意されるため、必然的に顔を上げて歩くことになり、周りがよく見える。奥に進むにつれて内装はより洗練されたものになり、柱や壁、床、置物に絵画、天井まで格調高い。

警備の兵士の数も増えた上に、見るからに装備が違う。

その兵士たちに後をつけられつつ進むので、あまりいい気持ちはしない。彼らについて訊くより先に、ルケスが言った。

「間もなく王族の居住区に入る。不審な者と判断されれば、許可があっても人物確認が済むまでその先へは通してもらえない。だからキョロキョロするな」

カグミは耳を疑った。行き先が王族居住区だなんて聞いてない。嫌な予感が的中したようだ。

「ルケス様」

「なんだ」

「行きたくないです」

「言うと思った。だが認めない。長官が部屋でお待ちだ、早く来なさい」

厳重な見張りの中、王家の紋章が金で彫刻された黒塗りの大扉前に着く。扉番は十人いて、各々首から警笛《けいてき》を下げ、腰に捕縛《ほばく》用の縄の束《たば》や投擲《とうてき》武器らしき物まで装備している。

扉の傍にエストワがいた。彼はカグミたちを見つけると軽く手を上げる。

「イシュアン殿下のご指示で、カグミ嬢を迎えに来ましたよ。立ち入り許可は出しているけど、おそらくここで足止めされるだろうからって。言わば、身元引受人ですね」

「ご足労いただきましてありがとうございます。すんなり通してもらえないと思っていたので、助かりました」

ルケスが頭を下げる。彼曰《いわ》く、白袍服《ほうふく》の庶官が王族の居住区に入ることはとても稀《まれ》なため、取り調べられることを予想していたのだとか。

……か、帰りたい。逃げちゃ駄目かな。

すっかり怖気《おじけ》づいたカグミは、ルケスへ訴えてみる。

「新人庶官の私が長官の部屋の敷居を跨《また》いでは、おかしな噂《うわさ》になりませんか？」

「長官は貴賤結婚《きせんけっこん》が認められない身分だ。大体、平民の君では相手になりようもないので、妙な心配はいらない」

身分証の木札を出すよう要求されたが、カグミは渡さずに土壇場《どたんば》の抵抗を試《こころ》みた。

「あの、やっぱり、ものすごく場違いですし、畏《おそ》れ多いですし、遠慮させていただきます」

だが逃げられなかった。逃亡の恐れあり、と見做《みな》されたカグミは身元確認を終えると、両脇を兵士二人に挟まれた状態でイシュアンのもとに連行された。

## イシュアン・報告四

発光石が蛍《ほたる》のように淡く光り、赤い寒椿《かんつばき》が咲く中庭を、緩く後ろ手を組んだイシュアンが黙考に耽《ふけ》りつつ眺めていた。

そこへ、カグミが刑場に拘引《こういん》される罪人みたいな扱いで連れてこられ、彼は眉を顰《ひそ》める。

「……私は、君が不審者扱いされないために、エストワを迎えにやったはずだけど？」

先頭を歩いてきた案内役のエストワが脇に控え、微苦笑して答える。

「殿下の部屋を訪ねることに気後《きおく》れされたようですよ。帰ろうとしましたので、引き止めました」

つまり、無駄な抵抗を試《こころ》みたのだろう。イシュアンは嘆息して、ふてくされているカグミに言った。

「私の気遣いは無駄だったな。最初から連れてこいと命じた方が早かったか」

そう皮肉りながら、イシュアンは手振りで兵士たちに持ち場へ戻るよう合図し、カグミの身柄を解放させる。同時に部屋付きの陽陰《ヒカゲ》も一時的に下がらせた。

「おいで。座って、まずは一服しよう。リガルディー、茶を頼む」

イシュアンはカグミを手招いて、座って隣を示す。ルケスは黙って一番下座についた。カグミは靴を脱いで、板の間に敷かれた織物の上におとなしく正座しつつ、部屋を見回す。

「とても物が少ないんですね」

イシュアンの部屋は、居間、寝室、古物蒐集室《こぶつしゅうしゅう》と三部屋あるが、主に執務に使う居間には長椅子と小卓、小さな箪笥《たんす》、文机《ふづくえ》、発光石と発火石を収めた釣《つ》り灯籠《どうろう》しかない。

「不要な物は置かない主義だ。殺風景なぐらいでちょうどいい」

素っ気なく答えたイシュアンを、カグミが物珍しげに見つめて言う。

「それと、黒一色じゃない長官って初めて見ました。ちょっとお若く見えますね」

今夜のイシュアンは、白地に緑色の刺繍《ししゅう》を施《ほどこ》した袍《ほう》を着用していた。

「ふふ。若造に見えると言いたいのかな？」

嘘でも否定すればいいものを、正直者のカグミはギョッとして眼を泳がせる。

……『色』が見えなくとも、これだけわかりやすければ見えているも同然だな。

イシュアンは相変わらずなカグミの警戒心の薄さに内心溜め息を吐く。誰にでもこうなのかと思うと頭が痛い。ややして、エストワから差し出された菓子を載せた朱塗りの高坏《たかつき》を彼女に勧めた。

「松の実、干し棗《なつめ》、栗の甘露煮《かんろに》。それと、あぶり餅《もち》。好きなだけどうぞ」

途端に、カグミの表情が輝く。たかが菓子で機嫌がよくなるなんて子供か、と突っ込みたい衝動を堪《こら》えて、イシュアンは彼女がおいしそうにあぶり餅《もち》を食べる様子を眺めた。

「たれが甘辛くて絶妙で、すごくおいしいです」

「それはよかった。だけど夕食を食べたばかりで、よくお腹に入るね」

「甘いものは別腹ですよ」

ポン、と得意そうに腹を叩くカグミがおかしくて、イシュアンは思わずクッと笑った。

そこへリガルディーが盆に載せた茶器を運んでくる。それを手に取り、イシュアンが言う。

「はい、お茶」

「ありがとうございます」

手渡された白磁の茶器を受け取り、カグミは真っ黒な茶を啜《すす》る。すぐに咽《むせ》るかと思いきや、彼女は普通に飲み、「おかわりをください」と言い出したので、愕然《がくぜん》とした。

「その茶を吐き出さず、追加を頼んだ人間は君が初めてだよ。まずくないのか」

「いえ別に。だって普通の、毒消し用の薬膳茶ですよね。私は飲み慣れているので平気ですよ」

あっけらかんと答えたカグミを、イシュアンは睨《にら》むようにして問い詰める。

「このクソまずい茶を普通と言う基準がわからんが……印刷工房で働いていた君が、毒消し用の茶を常飲する理由がどこにある？」

「次兄の趣味なんです。健康茶や美容茶、花茶に民俗茶。茶葉や実、香辛料、毒、砂糖、そういった色々な物を混合して作った独自のお茶を、人に飲ませたがるんですよ」

「ちょっと待ちなさい。今、明らかにおかしい素材があったぞ」

イシュアンの鋭い突っ込みに、カグミは口をへの字に曲げ肩を竦《すく》める。

「次兄曰《いわ》く、毒も薬だそうで。毒に慣れておけば胃も身体も鍛《きた》えられるからって、うちでは皆、毒入り茶も毒消し茶も飲んでいます。まあ元々は虚弱《きょじゃく》だった私の体質を改善するために生薬《しょうやく》を学んだり、茶葉を煎《せん》じたりしたことがきっかけみたいですけど」

イシュアンは意外な告白を耳にして、訊き返す。

「虚弱《きょじゃく》？　君が？」

「『どこが』って顔ですね。小さい頃はそうだったんです。咳がひどくて、季節の変わり目や夜間になると満足に呼吸もできないくらいでした。食が細かったから身体も小さいし、体力もなくて、近所の子と遊んでいても途中で具合が悪くなって倒れるような子供だったんです」

そして、そういう子供は仲間外れにされやすく、いじめの対象になりやすい。隣近所の女の子に爪弾《つまはじ》きにされ、男の子には泣かされて、すごく悔しくて悲しい思いをしたと、カグミは喋《しゃべ》る。

「私が泣いていると義兄たちの誰かが助けに来て、相手を懲《こ》らしめてくれました。でも、いつも守られてばかりじゃ駄目だからと、売られた喧嘩《けんか》の買い方や逃げ隠れするコツ、身の守り方なども教えてくれたんです。身体を鍛《きた》えるようにしごかれ始めたのもこの頃ですね」

机の下や物陰など、発見されにくい場所へ潜《もぐ》る癖は、いじめられた経験からなのだとか。

イシュアンは、机の下にこもって本を読むカグミの悪癖の原因がようやくわかり、納得した。

……心に負った傷のせいだったのか。

カグミは物怖《ものお》じしない性格だが、一方で我慢強く諦《あきら》めが早くて、人と揉《も》めたり争ったりすることを避《さ》ける節がある。また、自己評価は低く、警戒心は薄いのに誰とも親しくならない。

……おそらくカグミは、本能的に信頼できる人間か否か、見極めている。人に害された記憶を持つ者は、どんなに人当たりがよく見えても、心を許す相手を選別しているものだ。

「私と同じか」

イシュアンは思わず呟く。人の内面が『色』として見える異能を持って生まれたせいで、彼は人間の嫌な面ばかりを見せつけられて育った。

それでも長ずるにつれ、この異能を逆手《さかて》に取り、国の暗部を担《にな》うことで自分らしく生きる道を歩んでいた。主な理解者は家族と二人の腹心、それに少数の知人だけだが、心を許せる相手が身近にいるといないとでは精神的負担がまるで違う。

……王宮には、カグミが信頼できる人間がまだいないのかもしれない。

イシュアンはふと、彼女の一助になれれば、と考えた。

カグミは先程イシュアンが漏《も》らした独り言を拾ったようで、キョトンとして訊《たず》ねてくる。

「なにが同じなんです？　あ、もしや長官もいじめられっ子でしたか？」

「私ならば、やられる前にやるが？　敵と見做《みな》せば容赦はしない」

サラッと涼しい顔で告げたイシュアンに、カグミはドン引きした。空《から》になった茶器をリガルディーに戻して、イシュアンは口を開く。

「話を戻すが、君が体術を習得しているのは、体力強化や護身のためか？」

話の風向きが変わったことに気づいたのか、カグミが干し棗《なつめ》を摘《つ》まむ手を止める。

「君、樹上からの襲撃を躱《かわ》したそうだね。それも足払いをかけて反撃したらしいじゃないか」

「すぐに背後を取られたので、反撃になってないです」

またもや危険な真似をした彼女に対し、言葉の端々に怒りがこもる。

「そういう問題じゃない。普通の女性は襲われても碌《ろく》に抵抗できないよ。君のように咄《とっ》嗟《さ》に動ける女性は滅多にいない」

今朝、カグミの護衛につけていた陽陰《ヒカゲ》から彼女が襲撃されたと聞いたとき、直後に詳細を知って、脱力させられた。

釈明の必要性を感じた様子で、カグミは懸命《けんめい》に言い訳する。

「わ、私の場合は、いじめっ子から身を護るためというか、筋肉を鍛《きた》える手段として習わされたというか、体術は屈伸運動《スクワット》と一緒で健康体操みたいなものです、はい」

「今回は無事だったからいいものの、相手によっては余計な抵抗が危険を招く場合もある。軽はずみな行動は控え、力はここぞというときだけ行使しなさい」

「はい。あの、護衛をつけてくださって助かりました。ありがとうございます」

どうやら反省しているらしく、カグミは頭を下げた。イシュアンは怒りを和《やわ》らげて訊く。

「君を襲った者だが、報告によると宝物殿の近くで姿を見失ったらしい。顔は見えなかったけれど、動きや体形からして中肉中背の男のようだ。なにか気づいたことや思い出したことはないか？」

「……命を狙われたわけではないと思います。こう、背後を取られたのですが、喉《のど》を斬り裂かれず、髪の毛をひと房切られただけなので。あとは、そうですね。あまり怖いと感じませんでした」

他人事みたいに言うカグミは呑気《のんき》すぎる。イシュアンは凄《すご》みを帯びた笑顔を向けて言った。

「そこは怖いと感じておこうか？」

「……今、猛烈に怖いんですけど」

「おや、どうして？　私が怖いなんておかしなことを言うね」

イシュアンは、緊張感を欠くカグミに、もっと身の安全に気を配るように改めて注意した。

「警護は強化したが、君自身に危機感がなければ命などいくつあっても足りない。いいか、君は襲われた。その自覚を持ちなさい」

「はい」

「返事が軽い。まだわかってないな。君が態度を改める気がないのなら、アルテアのように眼に見える形で護衛を手配しようか？」

ところが、カグミはなんのことかわからないという顔で首を傾げる。その様子にイシュアンが訝《いぶか》しげな表情をすると、見かねたルケスがカグミに声をかけた。

「アルテアの周りに常時五、六名の男たちがいるだろう。彼らのことだ」

「え⁉　あのうざい——もとい口数の多い取り巻きって、護衛だったんですか⁉」

素《す》っ頓狂《とんきょう》な声を上げるカグミをうるさげに一瞥《いちべつ》し、イシュアンは頷く。

「そうだ。アルテアは私の上の兄の妃候補に名が挙がっている。選定中だが、正式に発表されるまで万一のことがあっては困るため、護衛を配し、王家の名で保護しているんだ」

「ただの色ボケじゃなかったんだ……でも、護衛にしてはずいぶんと熱烈に口説《くど》いていましたよ？」

「あの程度の誘惑に靡《なび》くようでは王子妃など務まらない。選定中は人品骨柄《じんぴんこつがら》を含め、謀略への対処や情報の扱い方、有力貴族との駆け引きなど様々な力量が試される。それは本人も了承済みだ」

「はあ、なるほど。アルテア様も大変ですねぇ。って、これ私が聞いても大丈夫なんですか!?」

内部情報なのでは、と慌てふためくカグミを、イシュアンは手振りで宥《なだ》めた。

「貴族内では周知の事実だ。問題ない。それより、私の忠告はわかったのか？」

もはや脅《おど》しに近い形で迫ると、カグミは気圧《けお》されたように引《ひ》き攣《つ》った顔でコクコクと頷く。

「よろしい。今度また私の眼に余る問題が起きた場合は、監視役として書庫の君の部屋の隣にルケスを住まわせるからな」

「え!?」

「は!?」

カグミとルケスはほぼ同時に声を上げ、眼を丸くし、拒絶もあらわに首を左右に振る。

イシュアンは蒼褪《あおざ》める二人の抗議に取り合わず、「私は本気だ」と止《とど》めを刺しておく。

認めるのも癪《しゃく》だが、イシュアンはカグミを心配していた。

……隙だらけで、無防備で、危《あや》うすぎる。

イシュアンは、カグミにそうと気づかれないよう、また衆目《しゅうもく》を浴びすぎないよう、ひそかに彼女の囲い込みを図り、防御を固めてきた。書院の各課長には「カグミをこき使う分にはいいが、個人情報の流出は認めない」と通知し、庶官にも徹底《てってい》させたのだ。また『フェンダムト次官の指名で出仕した新人を鍛《きた》える』という名目でイシュアンの使い走りを命じ、彼女は彼の保護下にあると見せつけ、同時に手練《てだ》れの陽陰《ヒカゲ》を随所に潜伏させた。

想定外だったのは、ヨルフェの大使ユーベルミーシャがカグミに興味を持ったことだ。

彼の肩書きは大使だが、血筋は臣籍降嫁したヨルフェの王女の息子である。エストワの調査によると、母親である王女は既に病死していた。国王は若くして逝去《せいきょ》した娘を不憫《びん》に思い、せめて王族として弔《とむら》ってやりたいと、勅令により娘の籍を王籍に戻し、王家の墓地に埋葬した。この時点で王家の血を引くユーベルミーシャも王籍に移され、王族の一員となった。しかし王位継承権はなく、王子の身分と敬称は与えられていない。

要は、取り扱いがとても面倒な貴人である。

そんなユーベルミーシャが、どういうわけかカグミに異様な執着心を抱いていた。

エストワからその報告を受けた際に、ユーベルミーシャがカグミに接触を図ろうとしたら知らせるよう、陽陰《ヒカゲ》には通達済みである。

イシュアンは次から次へと面倒事を引き寄せるカグミをジロリと睨《にら》んで言った。

「それとユーベルミーシャ殿のことだが、君、完全に眼をつけられたな」

カグミはユーベルミーシャの名前を耳にした瞬間、とても嫌そうな顔になった。

「長官が追っ払って……じゃなくて、遠ざけてくださったと思っていましたけど、違うんですか？」

「今日はうまく引き離せたが、いつも私が君の傍にいるわけではないからな」

「そういえば、まだ助けてもらったお礼を言っていませんでしたね。ありがとうございました」

カグミは「あの場に長官が居合わせてくれてよかったです」と付け足して、へらっと笑う。

少し離れたところにいるエストワが、偶然だと勘違いしていますけど訂正しましょうか、と言わんばかりの視線をイシュアンに振ってきた。イシュアンはこれを無視して、カグミに言い放つ。

「礼より、次の対処をどうするか君も真剣に考えろ」

「え。でも大使様、『仕方ない。諦《あきら》めるよ』って、はっきりおっしゃってましたよ」

「ほう。まさかと思うが、あんな上辺《うわべ》だけの嘘を信じているわけじゃないだろうな？」

イシュアンはユーベルミーシャとの会話中、彼を覆《おお》う膜《オーラ》の『色』の変化に注意していた。彼がカグミを諦《あきら》めると言った直後の膜《オーラ》は紫色で、『この言葉は嘘だ』とわかった。

そうでなくても、ユーベルミーシャは危険だ。常の彼が纏《まと》う『色』は黒。負の感情が強く、暴力性を秘めている。それは初対面のときから変わっていない。

イシュアンは読みの甘いカグミに警告を与えるため、続けて口を開く。

「あの手合いは簡単には退かない。諦《あきら》めると言っても口だけだ。私の保護下にある君をいきなり拉致《らち》することはないと思うが、十分注意し、誘われても不用意についていかないように」

「行きませんよ。子供じゃないんですから」

「どうだか。珍しい異国の菓子があるとお茶に誘われたら、君は簡単に靡《なび》きそうだ」

「うっ……わ、わかりました。甘い誘惑に気をつけます」

しょんぼりと凹《へこ》むカグミに、イシュアンはキラキラした笑顔を向けて雑談を打ち切った。

「さて、おしゃべりが過ぎたな。そろそろ仕事しようか」

「はあ。やっぱり、お茶に招待されたわけじゃないですよねー」

カグミは「わかってましたよ」と呟き、やる気に満ちた顔でおもむろに袖を捲《まく》り上げた。

「食べた分は働きます。なにをしましょうか」

「王太子暗殺計画に関与する者を、摘発する」

イシュアンの合図で、ルケスは黙って外の見張りに立ち、エストワは書簡の詰まった文箱を運び、リガルディーは文机《ふづくえ》の上に道具類を並べる。

書簡は調査の結果、今回の件に加担している疑惑のある貴族たちが、業務上で作成した物だ。

イシュアンは家格が上位の順にカグミへ書簡を手渡し、読ませ、筆跡を記憶してもらう。

次に、王宮平面図の写しを所持していた家の当主の名を使い、暗殺計画に関わっていると思われる家宛《あ》ての書簡を二種類、作成する。

一通は、内通者がいる疑いあり、というもの。

一通は、内通者を暴《あば》くため『王宮平面図』を所持して秘密の会合に出席せよ、というもの。

「結びの文は『証拠隠滅のため、その場で焼却』にして。最後に差出人の名前。そう、それでいい」

イシュアンの指示で、カグミは宛名だけを変え、同じ文面の偽書簡を何通も作った。

「こんなもので本当に首謀者が釣《つ》れるんですか?」

最後の一通を仕上げたカグミが、疑わしそうに訊いてくる。

イシュアンは偽書簡の出来栄えに感心し、フッと笑って答えた。

「首謀者はどうかな。でも計画に賛同した者は無視できないと思うよ。少し考えれば怪しいと気づくだろうけど、もし本当に内通者がいた場合、炙《あぶ》り出さなければ計画に支障が出る。それに、出席しなければ真っ先に自分に疑いの眼が向けられるから」

カグミがおずおずと手を上げて質問をぶつけてきた。

「あのう、この書簡を受け取った人の中に、もし無実の人がいたら？」

「身に覚えのない人間は、不審に思ったら焼却などしないで軍事院に届け出るよ」

その場合には、イシュアンのもとに軍事院から連絡が入る。

カグミはイシュアンの返答に掌《てのひら》を拳《こぶし》で打ち、納得した様子だ。

「では、これで本日の作業を終わりとしよう。お疲れさま、カグミ」

イシュアンはエストワとリガルディーに目配せし、用意した品物をカグミに差し出した。

「なんですか？」

「残業のお礼と、いつかのお詫び」

「お詫びって……なにかありましたっけ？」

真顔で訊き返してくるカグミを直視できず、イシュアンは眼を逸《そ》らして咳払いした。

「その、以前、私が君の髪色に興味を持ったせいで、むりやり濡《ぬ》れ髪を見せてもらったから。さすがに申し訳なく思ってね、遅ればせながらお詫びの品を用意した。受け取ってもらえないか」

「お気持ちはありがたいですけど、あんまり高価な物は困ります」

「一つはエストワが調合した香りのよい茶葉で、一つはリガルディーが作った染毛剤だ」

ここでイシュアンはリガルディーを一瞥《いちべつ》して、発言を許可した。

「石鹸《せっけん》を使っても一ヶ月は色落ちしませんよ」

「え。本当ですか!?」

「本当ですとも。艶《つや》といい、色持ちといい、匂いも含めて、この僕の自信作です」

素材の吟味《ぎんみ》や質の向上にやたら手間と金をかけたせいで、開発までに二ヶ月を要した代物《しろもの》だ。そうとは知らないカグミは単純に喜び、弾《はじ》けるように笑って品物を受け取る。

「ありがとうございます。染毛剤は必需品なので嬉しいです。後で早速、試してみようかな。この茶葉も大事に飲みますね」

イシュアンはルケスに、カグミの荷物持ちと書庫まで送り届けることを命じ、二人を見送った。

途端に部屋がシンと静かになり、カグミ一人でどれだけ騒々《そうぞう》しかったのか、と呆れてしまう。

「まるで火が消えたようですね」

エストワがしんみりと言えば、恍惚《こうこつ》としていたリガルディーがはしゃぐ。

「ああ、今日のカグミ嬢の眼は硝子《ガラス》容器に保存して眺めたいくらい、美しく輝いていましたねぇ」

「……盗《と》るなよ？」

イシュアンが釘を刺すと、「嫌だなあ、冗談ですって」と笑いながら「チッ」と舌打ちするリガルディーは、本当に油断も隙もない。陽陰《ヒカゲ》を呼び戻すため、彼は外へ出ていった。

エストワは散らかった部屋を片付けながら、イシュアンに話しかけてきた。

「嘘などつかなくとも、本当のことをおっしゃればよかったのに」

主語がなくとも、なにを指すのかわかる。

イシュアンはカグミの作成した偽書簡を丁寧な手つきで検《あらた》めつつ、平然と答えた。

「私が調合した茶葉だと言ったら、カグミは遠慮して受け取るまい」

「それはまあ、その可能性は否定できませんが……」

「カグミは喜んでいた。私はそれでよい」

実際、イシュアンは満足だった。エストワもイシュアンの気持ちを的確に汲《く》んだのだろう。聞き分けよく「わかりました」と引いてくれる。

それから深夜、待機していた陽陰《ヒカゲ》に偽書簡を託す。

「さて、この餌《えさ》でどんな大物が釣《つ》れるのか楽しみだ」

イシュアンは悪い顔でくつくつと嗤《わら》いながら寝台に横になり、浅い眠りについた。

## 長官のお客様

翌日。ルケスは七の鐘が鳴る少し前に朝礼を始め、司書見習い全員を見回して言う。

「今日はダーヴィッドに書院へ行ってもらう。私は午後に長官の用事で席を外す。終礼まで戻れるかわからないため、もし私が戻らない場合はアルテアに任せる。カグミは午前は私、午後はアルテアと共に行動するように。各自、一冊でも多く読了できるよう努めなさい。では、始め」

最近ではもっぱら単独読書に励んでいたカグミだが、今日は違うらしい。

ルケスが傍に付きっきりで、次々と手渡される本をひたすら読む、詰め込み作業だ。

やっていることは普段と変わらないはずなのに、未読本の量が減るごとに本が足されていくため、ちっとも達成感がなく、常に急《せ》かされている感がある。

「て、手加減は？」

「君には必要ない」

カグミがちょっぴり温情を要求したところ、ルケスにばっさり切って捨てられた。わざと失速すれば楽になるのはわかっていたが、それができないのがカグミだ。

それにしても、二ヶ月前は「手加減してる」だったのが、今は「必要ない」である。

……ふ。私、ちょっとは進歩したんじゃない？

カグミが心の中で自画自賛し、にやけた瞬間、ルケスの冷徹《れいてつ》な活が入る。

「まだ余裕だな。もっと速く手を動かしなさい」

そう言いながら、さりげなく未読本を増量した彼に、カグミは思わず、「うひっ」と呻《うめ》いた。

「お、鬼指導官……」

「なにか言ったか？」

こんな調子であっという間に午前が終わり、カグミは文字酔いの状態で食堂に向かう。昼食と厠《トイレ》を済ませて書庫に戻ると、料理長補佐のヨウハがカグミを待っていた。

「よう、ご意見番。この間はトウゴマ毒のこと教えてくれてありがとな。助かったぜ」

「……どうも。こんにちは、ヨウハ様。お役に立ててよかったです。今日はなんのご用で？」

「まあ座れ。俺のことはヨウハと呼べよ。あのさ、またちょいとあんたの知恵を借りたくてな」

ヨウハはちょいちょいと指を動かして、カグミに耳を貸せ、と合図する。

「……口外してくれるなよ。でかい声では訊けねぇんだけど、宮廷料理の相談なんだよ」

まったく縁のない話に、カグミは自分の耳を疑い、次いで相手の正気を疑った。それが表に出ていたのか、ヨウハが言う。

「勘違いするな。献立《こんだて》の内容じゃねぇよ。その、なんつうの？　毒の投入を諦《あきら》めざるを得ない方法があれば知りたいんだよ。俺、あんたに薦《すす》められた本を読んでさ、トウゴマ毒がすげぇ恐ろしい毒だってことを料理長の耳に入れたんだ。そしたら、ちょうど料理長も近侍院《きんじいん》のお偉いさんから『春季祭《しゅんきさい》にトウゴマ毒が使用される可能性あり』と示唆《しさ》されたんだとよ。で、なんとかしろと」

カグミの脳裏に、例の暗号詩文が思い浮かぶ。

……殿下が先手を打って警告したんだな。

ヨウハは心底まいったという顔でぼやく。

「トウゴマ毒って解毒薬がないんだろ？　おまけに味がなくて、摂取してから数時間経たないと症状が現れないんじゃ、毒味役が食ってもわからないかもしれねぇよな。それたり、給仕の合間だったり、あの手この手が考えられんだよ。なあ、なんとかならねぇかな」
「だろ？　毒を盛るなら、調理の最中じゃなくても、食材に仕込んだり、運ぶ途中だっ
「……まあ、それは困りますよね」
じゃ困るんだよ」

祭典に出席する者には、振る舞われる料理を食べないという選択肢はないらしい。

「参考になりそうな本なら、昔の宮廷料理人が残した手記がありますけど」

ヨウハが椅子を倒す勢いで立ち上がり、すごい剣幕で食いついてくる。

「なにっ。本当か!?　ぜひ見せてくれ！」

「『毒殺を回避するための十の方法』という本です。待っててください、持ってきます」

カグミは席を立った。ちょうど午前中、ルケスに読まされた本の一冊がそれである。

挿絵《さしえ》も装飾もない簡素な薄い本だが、持論や実践とその結果を記録した興味深い内容だった。

待てと言ったのに、我慢できないのかヨウハがついてくる。追い立てられるように歩いていたカグミは、ふと記憶に残る薫《かお》りを嗅《か》いだ。その匂いに密談現場を思い出した瞬間、反射的にダッと駆け出して、匂いの痕跡《こんせき》を辿る。後ろから「おい！」とヨウハの怒

鳴り声が聞こえた。

通路を走り、飛び込んだ先は、午前中にカグミとルケスが作業していた場所だった。黒方《くろぼう》によく似た残り香が漂《ただよ》っている。周囲に人影はない。だが直前まで誰かがここにいたことは確かだ。

カグミは瞬時に思考を巡らせた。探すか、追うか、留まるか。迷う時間を惜しみ、決断する。

「長官のお客様です！」

隠喩《いんゆ》で、「怪しい奴がいるぞ」というカグミの叫び声は、書庫全体に響いた。

……探して追っても、相手が貴族じゃ捕まえられないし、顔を見られたら報復が怖すぎる。

なにより昨夜イシュアンに「軽はずみな行動は控えろ」と注意されたばかりだ。姿かたちは見えないけど、ここは自分にもつけられているという陽陰《ヒカゲ》に任せる。彼らが追ってくれると信じよう。

「おいこら、いきなり叫んでどうしたよ？」

不審そうな顔でヨウハが寄ってくる。ハッとしたカグミは目当ての本を探してバラバラと頁《ページ》を捲《めく》り、なにも挟まっていないことを確認すると、それをずいとヨウハの手に押し付けた。

「その本の三十一頁《ページ》が該当箇所です。貸し出しはできませんので、庫内で読んでください」

「お、おお。そうか。ありがとうな。読ませてもら……向こうで読むわ」

早速本を開こうとしたヨウハは、時間差で現れたキラキラ集団に気圧《けお》されて逃げた。

集団の中心にいたアルテアは、五人の美青年の囲いから出て、カグミに眠たげな眼を向ける。

「書庫で騒ぐのは、よくなくてよ」

「はい、すみません」

緊急事態だったので、とは知らせない。余計なことは言わず、ここはすっとぼける。

「あの、私、長官の言いつけで急ぎの仕事が入りまして、ここから動けません」

喋《しゃべ》る間も、カグミは油断なく周囲の動きに眼を配った。密会は見過ごしたが、もし密書の類《たぐい》をどこかに隠したのだったら、発見の余地は残ってる。

……誰かに見つかる前に、見つけないと。

そのためにはアルテアも、彼女の護衛も邪魔だったが、遠ざけるより前に先手を打たれてしまう。

「そう。では午後のお仕事は、こちらでしましょう」

それじゃ不都合があるんだよ、と言って追っ払いたくても身分差があるため、口にできない。

「私はここにおりますけど、あなたはお好きにどうぞ」

アルテアは空《から》の本棚の前に椅子を用意させて、そこに座る。彼女が護衛の一人に流し目をくれただけで彼らは散開し、誰もこの場に近づけない態勢を取ってくれた。全員がカグミに背を向けていることからして、邪魔はしない、という意思表示だろう。

「アルテア様、ありがとうございます」

「別に、よろしくてよ。長官のお仕事は大事ですもの。どうぞ、やるべきことをなさって」

カグミは頷き、午前に眼を通した本のすべてを再度捲《めく》った。なにもない。念のため、机の下や椅子の陰、柱回り、発光石の下なども見るが、書付《かきつけ》や怪しい物はなに一つ発見できなかった。

……残念だけど、また密談だったのかも。

後は陽陰《ヒカゲ》の尾行の成功を祈るしかない。そう諦《あきら》め、正規の仕事へ頭を切り替えようとしたとき、庫内がざわついた。なんだろう、と怪訝《けげん》に思って通路に出たカグミは、回れ右をする。

だが、遅かった。

「こんにちは、カグミちゃん。それと、アルテアちゃん。お仕事中にごめんね」

相変わらず人畜無害な空気のサザメが、親しげに喋《しゃべ》りかけてくる。

「今日はユーベルミーシャ様のお伴で来たんだ。カグミちゃんとお友達になりたいんだって」

カグミはひくりと頬を引《ひ》き攣《つ》らせた。サザメと共に現れたのは、ユーベルミーシャと もう一人、銀色の髪に銀色の眼をした、無表情を絵に描いたような顔つきの男だ。彼は ユーベルミーシャの左側に影みたいに付き添っている。

薄紫に濃い紫を重ねた上品な袍《ほう》を纏《まと》ったユーベルミーシャは、カグミを見てニコリと 微笑む。

「そんな嫌そうな顔をしないで、カグミ。昨日は少し強引に近づきすぎたと、私も反省したんだ」

返答しかねて、カグミの眼がウロウロと宙をさまよう。下手なことは言えない。

ユーベルミーシャは固まるカグミの前で、喋《しゃべ》り続ける。

「仲良くしたい子がいるんだってサザメに相談したら、君たちが友達だと聞いてね。ぜひ私とも友達になってもらいたくて、彼に紹介してくれるよう頼んだんだよ」

促《うなが》されて、サザメが一歩前に出る。そして嬉しそうに仲立ちを始めた。

「僕が側仕えをしている、ヨルフェの大使ユーベルミーシャ様とその側近で文官のコウジン様だよ。ヨルフェとローラン両国の親善を深めるために滞在していらっしゃるんだ。仲良くしてね」

他国の大使とその側近、そして自国の青袍服《ほうふく》の貴族を前に、平民の身ではなす術《すべ》もない。

カグミは遠い眼をして笑顔を作り、腰の引けたお辞儀をして言った。

「は、はは。は。よ、よろしくお願いしますぅ……」

ユーベルミーシャは我が意を得たり、とばかりに顔を輝かせ、サザメに感謝する。

「こちらこそよろしくね。ありがとう、サザメ。君のおかげでカグミと友達になれたよ」

「どういたしまして。友達の友達は友達だから、三人共すぐに仲良くなれると思うなあ」

サザメはごく自然に『ユーベルミーシャもコウジンも友達』枠に入れていると口にした。

二人共、否定も肯定もしていないので、サザメの勝手な思い込みなのではないだろうか。

……は、傍迷惑《はためいわく》な人。

悪意がないだけに、今更「それ友達違う」とも言えず、カグミは反論を呑み込む。

「ところで、今時間はある？　私と少しおしゃべりできないかな」

「仕事中の私語は厳禁なんです」

ユーベルミーシャの誘いをせっかくうまく躱《かわ》したのに、サザメが余計な入れ知恵をしてくる。

「でもカグミちゃんは王宮書庫のご意見番だから、相談事だったら受け付けてくれるよ」

「え。君が……王宮書庫のご意見番？」

驚きつつも、ちょっと面白そうに言うユーベルミーシャをキッと睨《にら》んで、カグミは否定する。

「違います。勝手にそう呼ぶ人がいるだけで、私はただの新人司書見習いです」

この会話を打ち切りたかったのに、折悪《おりあ》しく、ヨウハが声をかけてきた。

「おうい、ご意見番！　時間だし俺戻るわ。この本全部読めなかったから、また見せてくれや」

ヨウハは言いたいことだけ言うと、近くの本の山にひょいと件《くだん》の本を重ねて帰っていく。

カグミは間の悪さに閉口した。サザメは「ほらね？」と得意そうに胸を張り、ユーベルミーシャはクスッと口元に手をあてて笑う。

「なるほど。確かにそう呼ばれているみたいだ」

「真似しないでくださいよ」

カグミが思わず素で釘を刺すと、なにが嬉しいのか、ユーベルミーシャは人懐こい笑顔で応じた。

「うん。私はカグミと呼ぶよ。だから君も私のことをミーシャと呼んで」

「呼びません。……ユーベルミーシャ様で勘弁してください」

大使様、と肩書きで呼ばないだけでも叱られ案件だ。彼には十分注意しろと念を押されたばかりなのに、どうしてこうなったと頭を抱えたい。

「そう、わかった。ひとまず名前で呼んでくれるならそれでいいや。じゃあ、今日のところはこれで帰るよ。明日、なにか相談事を考えてまた来るから。お仕事頑張って、カグミ」

来なくていい、とは言えずにカグミは乾いた愛想笑いを返す。上機嫌で優雅に踵《きびす》を返したユーベルミーシャを、物静かなコウジンが浮遊霊のように追う。その後に、手を振るサザメが続く。

……まずい。これはまずい。接近危険物件がお友達になっちゃったよー。

報告して相談しなきゃいけないけど、イシュアンが笑顔で怒る様《さま》が眼に浮かぶ。

カグミが鬼指導官と黒魔王の説教からどうやって逃げるか必死に考えていると、「おい、新人」と声をかけられた。振り返ると、アルテアの近く、空《から》の書棚に寄りかかるように立つ護衛の一人がいた。短髪、吊り眼でキリッとした顔の美形が、紙を突き出して言う。

「解いたぞ」

一瞬、なんのことか本気でわからず、胡乱《うろん》な眼と声で訊き返す。

「なにをでしょう？」

「なにって、昨日おまえが寄こした判じ物《パズル》だよ。こんなもの、楽勝だったぞ」

カグミはフン、と鼻で嗤《わら》う男の手から解答が記入された紙を受け取り、頭の中で採点する。

「すごい。満点です」

「当然だな」

カグミは演技ではなく、本当に感心した。一問だけ難問が混じっていたのに、正解だったのだ。

これで会話は終わりのはずだが、男は手を引く気配がない。しばし沈黙が流れる。

「ええと、あの、まだなにか？」

問い質《ただ》すと、男は気難しそうな顰《しか》め面《つら》でそっぽを向いたまま、「次だ」とボソッと呟く。

カグミは袖を探り、問題を仕込んだ四つ折りの紙を黙って男に手渡した。もし一枚目がすぐに解かれた場合を考え、念のため作成しておいた分だ。

「でもそれ、前のより難しいですよ」

そう言うと、男の眼が挑戦的に光る。彼はそのまま本棚に背中から凭《もた》れて、早速問題の書かれた紙を広げた。すると会話を耳にしていたのか、他の四人もそわそわしだす。今にも男に駆け寄りたそうだが、護衛の立場上、持ち場を離れられないのだろう。

カグミはカグミで、ふと男が凭《もた》れかかった本棚に違和感を覚えた。だがなにに対しての違和感なのか正体が掴めず、モヤモヤした気持ちで通路を行ったり来たりする。

そうこうしている間に終業時刻となり、ルケス不在のまま、アルテアの号令で解散となった。

カグミはその場から動けなかったので、アルテアに頭を下げて協力を頼み、護衛三人に書庫の見回りをしてもらう。隅から隅まで歩き、不審人物がいないと確証を得た上で、彼らには退出してもらい、カグミは書庫の扉を閉め、最低限の灯りを残して発光石を消していく。

それから棚を調べ始めた。判じ物に夢中の護衛が身体を預けていた例の空《から》の本棚だ。

「……やっぱり違う」

「なにが違うのかな」

不意を突かれ、咄嗟《とっさ》に身構えたカグミの眼に映ったのは、扇子《せんす》を手にしたイシュアンだ。左右にリガルディーとエストワが控え、背後にはルケスの姿も見える。

見慣れた顔に安堵してカグミが緊張を解くと、イシュアンがゆっくりとこちらに歩んできた。

「こんばんは、カグミ。ずいぶん熱心に棚を触っていたけど、なにか見つけたの？」

カグミは一応「こんばんは、長官」と挨拶《あいさつ》したものの、意識は棚に向いたままだ。

「まだ見つけたわけじゃ……ただ、なにか仕掛けのような物があるんじゃないかと思って」

「仕掛け？」

「はい。通路に沿う形でズラッと本棚が並んでいますけど、この本棚だけ寸法がやや大きいんです。パッと見ると同じですが、ほんの少し、私の人差し指の長さ分くらい違います。そしてご覧の通り両面棚で左右から本を収める造りですけど、奥行きを測ると、左側は同じなのに、右側の面のこの列だけが、指関節二つ分くらい浅いから……なにかありそうで……ないですね」

カグミは棚の奥を押したり、叩いたり、横にずれないかと試してみたが、びくともしない。

そんな悪戦苦闘を眺めていたイシュアンが、後ろのルケスに命じる。

「ふむ。ルケス、代われ」

くる。

強制的に交代させられ、カグミは下がった。間を置かず、イシュアンが説明を求めて

「はい」

「それで？　なぜ空《から》の棚に眼をつけたのか、私にわかるように話してくれるかな」

カグミは頭の中を整理して、できるだけ順を追って説明を始めた。

「午後、密談現場で嗅《か》いだ匂いがしたので、『長官のお客様です』と大声で叫びました。不審者を追うのは他の方に任せて、私は残り香を辿りここに着いたんです。もしかしたら密書や書付《かきつけ》の類《たぐい》が隠されているかもしれないと考えて本の中身を全部見ましたが、なにも発見できませんでした」

「続けて」

「机の下とか家具周りも探ったんですけど、怪しい物はなく、怪しいそぶりを見せる人もいませんでした。この棚が変だと気づいたのは偶然です。調べ始めたのは閉庫した後で、今に至ります」

話し終えた直後、ルケスの報告が入る。

「隠し戸が開きました。中に、これが」

「あっさり!?」

ルケスがイシュアンに紙片を手渡す横をすり抜けて、カグミは本棚に駆け寄り、へばりつくみたいに棚の奥を覗き込む。だが隠し戸など開いてない。怪訝《けげん》に思い、ルケスを見遣《や》る。

「背面ではない。上だ」

「上？　あっ」

上部の天板が引き戸のように横にずれていて、僅《わず》かな隙間ができていた。

「こんなの狡《ずる》い……見つかるわけありませんよ」

悔しさのあまりカグミがぼやくと、ルケスは「考察が足りない」と一刀両断する。

「君の指摘通り、仕掛けは確かに奥だろう。だが、その仕掛けを動かす装置は一段下の棚にあり、隠し戸そのものは一番人目につき難《にく》い場所に設《もう》けられていただけだ」

カグミが天板を元に戻し、教えられた場所を指でグッと押すと、底板が凹《へこ》み、上段の天板に隙間ができた。わかってみれば単純な仕掛けだが、見抜くには相当の洞察力が必要だろう。

「参りました。ルケス様、すごいです。長官、お役に立てず申し訳ありません」

己の注意力不足に落ち込む一方で、頭の出来が違うんだな、とつくづく感心する。この若さで書庫を仕切り、イシュアンの手足となって動いているのも納得の優秀さだ。

……そういえばルケスって何歳なんだろ。若く見えるけど、実際に若いの？　それとも若作り？

ふと疑問が脳裏を過《よ》ぎり、カグミが率直に訊《たず》ねると、頭にゴンと拳骨《げんこつ》が落ちてきた。

「誰が若作りだ、バカ者。私はまだ二十二だ」

「な、なにも本気でぶたなくったっていいのに。瘤《こぶ》ができたらどうするんです」

痛さのあまり涙目でカグミが訴えると、ルケスに冷めた声で流された。

「知るか。いい機会だから言っておく。万が一、スタンザ次官に年齢に関する質問をしたら、君は釜茹《かまゆ》でにされて、真っ裸のまままいかがわしい界隈に放置されるぞ。口には気をつけなさい」

書院の次官であり、イシュアンを「イシュ坊」と呼ぶ豪傑《ごうけつ》老女スタンザに年齢を問うのは危険らしい。ルケスが真顔で言うのだ、誇張ではないだろう。カグミは警告を強く肝に銘じて頷いた。

そこへ、フッと悪い笑みを浮かべたイシュアンが、広げた紙片を披露しながら呟く。

「早速動いたな。見ろ、カグミ。君の昨夜の残業の成果だ」

どうやら本当に偽書簡に釣《つ》られたようだ。

発見された紙片には『内通者あり。図面の所持が露見。指示を乞う』とある。結びには見たことのない符号があった。

この符号はなにかと疑問をイシュアンにぶつけたところ、簡潔に教えてくれる。

「個人を特定する目印だろう。おそらく『長官のお客様』とやらの、ね」

カグミはハッとし、午後の一件を思い出した。「黒方《くろぼう》に似た香を纏《まと》う不審者の追跡がどうなったのか」と訊けば、イシュアンは不敵な微笑みを浮かべて答える。

「もちろん、身元は判明したとも。まだ捕縛《ほばく》はしていないが。君の見張りが功を奏《そう》したね。現場確保の機転といい、隠し戸を発見した功績を含めて——お手柄だよ、カグミ」

イシュアンは褒《ほ》めるが、カグミは素っ気なく首を左右に振った。

「現場確保はアルテア様のご協力があってのことですし、隠し戸を見つけたのはルケス様です」

手柄と言ってもらえるほどたいしたことはしてない、とカグミが説明すれば、イシュアンは眼を細めて「謙虚なことだ」と呟いた。彼は視線をエストワに移して呼びかける。

「エストワ、この紙と墨だが、同じ物を用意できるか」

「お任せください」

会釈《えしゃく》したエストワがスッと傍を離れた。

イシュアンは扇子《せんす》を一振りしてカグミに合図すると、いつもの書棚で囲まれた空間へ移動した。

リガルディーがきびきび動き、まずイシュアンを着席させ、次に対面の椅子を引きカグミを座らせる。布包みを抱えたルケスは、その結び目を解くと、中の物を取り出し始めた。

カグミの前に、笹ちまきが盛られた白磁の皿と箸が置かれる。

今晩は夕食抜きと風呂なしを覚悟して調査にあたっていたカグミは、びっくりした。

そんな彼女に、イシュアンが促《うなが》す。

「陽陰《ヒカゲ》から、君が夕食をとってないと報告を聞いて用意させた。どうぞ、召し上がれ」

……殿下って、いい人！

カグミは思わぬ差し入れに感激し、ありがたく頂戴することにした。笹ちまきはもち米に人参《にんじん》や干《ほ》し椎茸《しいたけ》、筍《たけのこ》を混ぜて蒸《む》した物で、醤油《しょうゆ》や酒、煮汁の旨味《うまみ》がたっぷりでとてもおいしい。

茶器一式も持参していたリガルディーが、慣れた手つきでお茶を淹《い》れてくれる。

「お待たせしました。僕特製の薬膳茶ですよ」

カグミは慎《つつ》ましく礼を言って、真っ黒な毒消し茶を啜《すす》る。温かなお茶が胃に沁《し》みていく。

「大変おいしかったです。ごちそうさまでした」

「満足した？」

イシュアンの優しい声の問いかけに、カグミは心の底から「大満足です」と答える。

「そう、よかった。ところで気分はどうかな。落ち込みから復帰できそう？　話はできる？」

「はい。立ち直りは早い方なのでもう大丈夫です。お話とはなんでしょう？」

次の瞬間、窓も開いてないのに凍りついてしまいそうなほどの冷気がカグミを襲う。

「君、ユーベルミーシャ殿と友達になったそうじゃないか」

イシュアンは怒り心頭という眼でカグミを見据え、薄ら寒い笑みを浮かべて詰問した。

「確か私は、彼には極力近づくなと、十分注意しろと、君によく言い聞かせておいたはずだが？」

地を這《は》うような声が怖すぎる。カグミは重苦しい威圧に怯《おび》え、どもりながら答えた。

「わ、わ、私から近づいたわけじゃないですよ。サザメ様のご紹介で引き合わされたんです」

好きで友達になったんじゃないし！　という心の叫びが通じたのか、イシュアンは、頭が痛いと言わんばかりに綺麗な顔を歪《ゆが》めた。

「またサザメか……悪気も二心《にしん》もないだけに、困った奴だ」

「まったくです。じゃなくて、ええと、私はどうしたらいいですか?」

「その問いに答える前に、上位の者に理不尽な要求をされた場合の対処の仕方について、正解を教えておこう。ルケス」

イシュアンに指名されたルケスは、控えめに会釈《えしゃく》してから口を開いた。

「『私の立場では、この場でお返事することができません。上官に相談して、改めてお返事させてください』と、こんなところでしょうか」

もっと上品で丁寧な言い回しができれば、尚《なお》結構だそうだ。

「な、なるほど……長官の名前を盾にするんじゃなくて、上の者に指示を仰《あお》ぐという身の程を弁《わきま》えた姿勢を見せればよかったんですね」

弱い立場を利用しろというわけだ。カグミは眼から鱗《うろこ》が落ちた思いがした。

イシュアンはカグミの間が抜けた顔に気勢《きせい》を削《そ》がれたのか、嘆息し、噛《か》んで含めるように言う。

「次からはそうしなさい。できるか?」

「はい」

「……君は返事だけは素直でいいが、どうも不安が拭《ぬぐ》えんな。いいか、私はこう言っているんだぞ。君の手に余ると思ったら、私の名前を出して丸投げしてもよい。責任は私が取る」

「長官……！」

今夜二度目の大感激だ。責任を取るなんて誰もが簡単に言えることじゃない。少なくともカグミには言えない。カグミの心中で、イシュアンの株が大いに上がった。

黒魔王なんて呼んでごめんなさい。そう反省しかけたカグミの前で、イシュアンが続けて言う。

「だから一人で暴走してくれるな。後始末が大変だ」

イシュアン曰《いわ》く、予想のつかない行動を取られると揉《も》み消しに苦労するらしい。ユーベルミーシャとの接触などその最たるもので、人の好き嫌いが激しい彼が興味を持ったというだけで、カグミに関心と注目が集まるのだという。

……冗談じゃない。これ以上、誹謗中傷《ひぼうちゅうしょう》や嫉妬《しっと》の嵐に巻き込まれるなんて真《ま》っ平《ぴら》だ。

カグミが助けを求めて縋《すが》るようにイシュアンを見ると、彼はわかっている、という様子で頷いた。

「とにかく、君はユーベルミーシャ殿と二人きりになるな。会うときはできるだけ人目の多い場所で会うこと。食事や茶会に招かれたら、『長官に呼ばれておりますので』と断りなさい」

「嘘がばれたら？」

「嘘をつく必要はない。書院へ来て仕事をしなさい。私が不在でもスタンザに話を通しておく」

「えっと、つまり、書院を緊急避難所にしてもいい、ということですか？」

イシュアンは「その分、こき使うので覚悟するように」と言うが、怖い目に遭《あ》うよりましである。

「ありがとうございます、長官」

カグミはホッと胸を撫《な》で下ろす。これで明日以降、ユーベルミーシャに突撃されても逃げ道ができた。書院なら、通行証のないユーベルミーシャは追ってこられない。一安心だ。

そこへ、布で包んだ荷物を抱えたエストワが「お待たせしました」と戻ってきた。

「紙と墨を用意して参りました」

「準備を」

「すぐに」

イシュアンの意を汲《く》み、エストワが阿吽《あうん》の呼吸で動く。理想的な主従関係に惚《ほ》れ惚《ぼ》れする一方で、カグミはこっそりルケスを盗み見て、優秀な指導官と比較して至らない自分にがっかりした。

「こら、なにを凹《へこ》んでいるの。君の出番だよ、カグミ」

いつの間にかすぐ傍にイシュアンが立ち、机をコツコツと指で叩いている。気がつけば食器は片付けられ、代わりに上質な紙と筆記用具が揃っていた。

「この紙片を模写しなさい」

イシュアンに差し出されたのは、隠し戸から見つかった書付《かきつけ》だ。

「あ、はい」

やるべきことがわかれば、この後の流れは想像がつく。本物は証拠として押収し、偽の書付《かきつけ》を代わりに残して、取りに現れた容疑者の身柄を拘束、または尾行するという目論《もくろ》みなのだろう。

カグミは墨を磨《す》り、試し書きで見慣れぬ符号を練習してから、完璧な模写を作成した。

「これでいいですか」

初めにイシュアンが、次にエストワとリガルディー、最後にルケスがそれを見る。

「これほど見事に他者の筆跡を真似られるとは、君は本当に得難《えがた》い人材だな」

イシュアンが感心したように褒《ほ》めてくれたので、カグミは嬉しくなった。

しばし偽書付《かきつけ》の墨が乾くのを待って、元の書付《かきつけ》と同じように四つ折りにし、隠し戸に潜《ひそ》ませる。

「さて、誰が現れるやら」

イシュアンの声がいかにも楽しげだったので、彼の顔をチラッと見たカグミはすぐに後悔した。

「……うわ、長官が悪いこと考えてるよ」

「なにか言った？」

いかにも黙れと言わんばかりの作り笑顔で、イシュアンがカグミの口を封じる。

恐怖心を煽《あお》られたカグミは、やっぱり黒魔王でいいや、とまだ見ぬ容疑者の末路を思い同情した。

次の日、カグミは少し早起きした。ゆっくりと動いて身体をほぐし、ここ数日サボってしまった屈伸運動《スクワット》に励む。身体が温まったら次は、子供のときから叩き込まれた体術の型を一通りさらう。

……久しぶりだから、ちょっと鈍《なま》ってるなあ。

先日、謎の襲撃に遭《あ》った際、イシュアンには「軽はずみな行動を控えろ」と注意された。だが、反撃はできるならばするのが鉄則だ。機を逃してはやられる。そう教えられてきたカグミとしては、不測の暴力に対し、いつでも自衛できるだけの筋力と体力は維持しておきたい。

そうして朝っぱらからひと汗流したカグミは、冷たい井戸水で顔を洗い、身なりを整えて食堂へ急ぐ。普段より少し出遅れたせいで、一番乗りではなく、既に四分の一ほどの席が埋《う》まっている。

だが、最近ではほぼカグミの指定席のようになっている隅の席は空《あ》いていた。そこに座り、無心で朝粥《あさがゆ》を啜《すす》っていたら、いきなり粥《かゆ》と汁物と、野菜の炒め物が頭上からぶちまけられた。

「まあ！　私ったらぁ、ごめんなさぁい。手が滑《すべ》っちゃったわ。お怪我はなくて？」

空々《そらぞら》しく謝るのは、忘れもしない、女子寮へのカグミの入寮を拒《こば》んだ女子寮長様だ。

……くそう、やられた。

彼女とは接触しないよう、気をつけてきたのにこのざまだ。ちょっと油断していた。

カグミは平常心を保ったまま、眼を伏せ、あくまでも下手《したて》に出て言う。

「大丈夫です。お嬢様こそ、お召し物が汚れませんでしたか？」

「胸元に汁が飛んだわ、すぐに着替えないと。あなた、悪いけどここのお片付けして頂戴ね」

女子寮長はちっとも悪いとは思っていない調子で一方的に掃除を命じると、悠然《ゆうぜん》と去っていく。

散らかしたのはそっちだろ、と文句を言えば、勝てない喧嘩《けんか》を吹っかけられる羽目になる。おとなしく従うのは癪《しゃく》だが、ここで反論するといじめが悪化し、食堂や風呂が利用しにくくなるため、それは避《さ》けたい。そう考えたカグミは「はい」と返事し、雑巾《ぞうきん》を借りて後始末をした。

食堂を出る間際、クスクス笑いと共に聞こえたのは、「平民がイシュアン殿下のお部屋に招かれるなんて、生意気よ」という嫉妬《しっと》のこもった非難と、それに賛同するいくつもの声。

……あれが原因か。そりゃ羨《うらや》まれるわけだよ。

さすがに情報通のお貴族様は耳が早い、とカグミは内心舌を巻く。この件については、腹立たしいが彼女たちの気持ちもわかる。自分たちを差し置いて何様だ、と怒っているのだろう。

しかし、心情的に理解できても、報復の手段は選んでほしかった。

「はあ……まいったな。どうしよ、これ」

カグミは汚れた白袍服《ほうふく》を見下ろして溜め息を吐く。洗えば汚れは落ちるだろうが、替えがない。そして官服なしでは出仕が認められず、洗って乾かすだけの時間もない。まさに八方塞《ふさ》がりだ。

「困ったなあ」

「お助けします」

突如、声をかけられたと同時に腕を掴まれ、カグミは力ずくでどこかの部屋に引っ張り込まれた。内装がすべて桃色《ピンク》で統一された、明るく可愛らしい部屋だ。腕を掴んでいるのは見知らぬ若い女性。

「初めまして、王宮書庫のご意見番様。私は『桃色《ピンク》生活友の会』会員のメレジィと申します」

赤袍服《ほうふく》を上品に着こなす、管理院十一位の立派なお嬢様に丁寧なお辞儀をされ、カグミは焦った。慌てて距離を置き、跪《ひざまず》いて礼を返す。

「は、初めまして。書院所属司書見習いのカグミと申します」

「存じ上げております。もっとお話をしたいところですが、始業開始時刻まで猶予《ゆうよ》がありません。まずは身なりを整えましょう。お手伝い致します。今、他の会員にも救援要請を出しましたので、少々お待ちくださいませ」

メレジィは早速カグミを脱がしにかかった。状況が理解できないカグミは置いてけぼりのまま、あっという間に襦袢《じゅばん》姿にされる。そこへ青袍服《ほうふく》の小柄な女性が小さな盥《たらい》を抱えて現れた。

「お湯をお持ちしました！」

「ありがとう。さ、ご意見番様、髪を洗いますよ。椅子に座ってくださいまし」

「は？　え？」

カグミは問答無用で桃色《ピンク》の椅子に座らされ、花簪《かんざし》を引き抜かれて髪を解かれた。

「応援に参りました！」

「お湯の追加です！」

あれよあれよという間に四人の貴族のお嬢様方の手で、甲斐甲斐《かいがい》しく世話を焼かれる。いい香りの桃色《ピンク》石鹸《せっけん》で髪を洗われ、濯《すす》がれ、桃色《ピンク》の浴布《タオル》で拭《ぬぐ》われる。どこから調達したのか白袍服《ほうふく》が用意してあり、テキパキと着付けされ、自力では無理な髪型に髪を結われて、最後に花簪《かんざし》を挿《さ》された。

「どうにか間に合いましたわね。汚れたお召し物は洗濯して、後程書庫にお届けしますわ」

カグミは身綺麗になった自分を見下ろし、信じられない思いで貴族のお嬢様たちを見つめた。

「あ、ありがとう、ございい、ます」

戸惑いを拭《ぬぐ》えないまま礼を言うと、メレジィや他のお嬢様たちがコロコロと笑う。

「あら、お礼なんてよろしいのよ。私たち、ご意見番様のおかげで人生が変わりましたの」

「そうですとも。桃色《ピンク》生活の素晴らしいこと。ご意見番様とチズリ様に心から感謝致しますわ」

「本当に。私、『桃色《ピンク》生活友の会』の一員になってから、美肌効果と若返り効果でモテモテですの」

話を聞けば、『桃色《ピンク》生活友の会』とは、チズリが発足した、桃色《ピンク》を推奨する女性たちの集まりらしい。会ではチズリが声高にカグミを信奉し、支援するよう会員たちに呼びかけているという。

どれも初耳だ。カグミは恐縮し、おずおずと申し立てた。

「あの、お世話になっておいて今更ですが、私、たいしたことを言っていませんけど」

カグミはチズリに本を薦《すす》めただけだと説明すれば、メレジィは「何事もきっかけが大事ですのよ」と窘《たしな》めるように言う。

「情報や助言をいかに有効に使うか、それが個人の資質の見せどころです。ご意見番様の助言をチズリ様は最大限に活用して、よりよい結果を得ました。この成果を周囲に示し、支持を得ることで人脈も広がり、楽しみも増えたのです。素晴らしいことではありませんか」

「今は一人でも多くの女性に、桃色《ピンク》生活のもたらす幸せと感動をお伝えしたいですわね」

メレジィがうっとりと語れば、会員のお嬢様たちも熱を帯びた声で口々に相槌《あいづち》を打つ。

「ご意見番様。またなにかお困りの際は、ご遠慮なく私共にお声をかけてくださいましね」

「お助け致しますわ」

カグミの胸になんとも言えぬ温かい感情が広がって、目頭が熱くなる。

「……貴族のお嬢様方が平民の私を助けてくれるなんて、思いもしませんでした」

カグミは涙ぐみながら深くお辞儀して、もう一度、今度は心から礼を言った。

「ありがとう、ございます」

メレジィは軽やかに微笑み、「どうぞお使いになって」と桃色《ピンク》の手拭きをカグミの手に握らせる。

……いい人。

優しさで余計に泣けてくる。カグミは、今度会ったらチズリにお礼を言おう、と心に決め、とても晴れやかな気分で寮を出て、書庫に走った。

「今日はアルテアに書院へ行ってもらう。他の者は目録作成と棚詰めだ。本の取り扱いには注意するように。ダーヴィッド、カグミを頼む。マデュカは私についてきなさい。

では、始め」

どうにか七の鐘までにカグミが書庫に辿り着いた後、朝礼でルケスが指示を出し、解散と同時に動く。いつもの流れだ。

そうするように、昨夜イシュアンから指令を受けていた。日常を演出することで油断を誘い、隠し戸を開けさせて、偽書付《かきつけ》を入手させるのだ。その後は書庫に潜入している陽陰《ヒカゲ》にお任せである。

カグミの仕事は普段通りに振る舞うこと。くれぐれも余計な真似はするなとのお達しだ。

そこでせっせと目録作成に勤《いそ》しんでいると、横にいたダーヴィッドが不審そうに声をかけてきた。

「おい、ブス。おまえ、なんだかやけに機嫌いいな。なにかあったのかよ？」

相変わらず失礼な男だが、今日は腹が立たない。カグミは愛想よく答える。

「はい。食堂で朝の膳《ぜん》をぶっかけられました」

「なにっ。朝飯をぶっかけられただと⁉　怪我は⁉」

なぜかダーヴィッドがいきり立ち、作業の手を止めてカグミへ詰め寄る。

「怪我はありません。居合わせた貴族のお嬢様方に助けてもらいました」

「それは……よかったな。だけど、なんでそんな目に遭《あ》うんだよ。おまえいじめられてんの？」

人をブス呼ばわりする男がなにを言うか、とは突っ込まず、カグミは肩を竦《すく》めて認める。

「ええ、まあ。位階なしの平民が上院へ抜擢《ばってき》されれば、恨みの一つや二つ買いますよ。風当たりはきついですが大事には至っていませんし、長官やルケス様が守ってくださるので、大丈夫です」

「……俺は？」

なにか聞こえた気がしたが、声が小さすぎて聞き取れなかった。

「今なんて？」

カグミが訊き返すと、ダーヴィッドはムッとした様子で「別に」とそっぽを向いてしまう。不機嫌そうに「俺は無視かよ」とかブツブツ言っているけど、意味不明だ。

放っておいても問題なさそうなので、カグミは分類別にした本の書名と作者名を〇《ゼロ》から九の区分まで別々の目録用紙に書き込む。気持ちが高揚しているためか、いつもより速く手が動く。

絶好調なカグミは、記入が終わった本の山の上に『記入済み』の札紐を括《くく》って言う。

「ダーヴィッド様、終わりました」

同じ作業を少し離れた席で進めていたダーヴィッドが、カグミの申告に驚いた顔をした。

「は？　もう？　……じゃ、俺と代われ。おまえが記入して、俺が本を棚詰めする」

「わかりました。まだ記入が終わっていないのは、奥と手前の机のどちらですか？」

すると「両方だ」と返ってきた。カグミは、ならば手前から、と席を立ち、色紙ごとに本の情報を記憶し、区分ごとの用紙に一気に記載していく。ついでに、この時点で書名の頭文字順になるよう並べる。こうすれば清書して目録台帳を作成する際にひと手間省《はぶ》けて楽だろう。

本を腕に抱えて陳列作業中のダーヴィッドの背中に向け、カグミは告げる。

「ダーヴィッド様、終わりました」

「だから早いっての！　おまえは人外かよ!?」

ほんと口の悪い男だな、とカグミが気分を害したとき、食膳院のヨウハがひょっこり現れた。左腕に緑色の布包みを抱え、右手に竹細工の籠《かご》を下げている。

「よ、ご意見番。忙しそうだな。ちと邪魔するぜ」

そう言ったヨウハはカグミの斜め向かいの席に陣取り、手荷物を広げる。

布包みの中は紙、籠《かご》から出された物は、筆、墨、硯《すずり》、水差し、手拭きだ。

「こんにちは、ヨウハ様。今日は写本ですか？」

「おう。昨日あんたに見せてもらった本のことを料理長に教えたら、料理長も他の奴らも読みたがってさ。けど、図書室で借りようと探してもねぇのよ。伝手《つて》を辿って市井《しせい》の書籍商に問い合わせてもないってんで、仕方ねぇから腹を括《くく》って写そうかと思ってな。俺、筆記は苦手なんだよなあ」

ヨウハはぶつくさ言いつつ、目当ての本を取ってきて椅子に座った。早速、墨を磨《す》り始める。

「ってわけで、汚さねぇように気をつけるから写本させてくれ」

カグミは頷いた。貸し出しは駄目だが、写本は許可されている。だが『毒殺を回避するための十の方法』は一昔前の本なので、字体が古くて読み辛く、写すのも難しいだろう。

案の定、ヨウハは悪戦苦闘しているのか、しょっちゅう綴《つづ》りを間違えては、「クソッ」と呻《うめ》く。

カグミは作業をしながら、ヨウハが喋《しゃべ》りかけてくるのに耳を傾けた。

「俺は地元の小さな料理屋で働いていたんだよ。それが二十年ぐらい前に今の料理長が突然店に訪ねてきてさ、『王宮に来てくれないか』って俺に声をかけてきたんだ」

ヨウハの打ち明け話によると、二人は同郷で料理人として共に修業した仲らしい。

「最初は断ったんだ。王宮勤めなんて俺には荷が重いってな。そうしたら奴がポツリと言うんだよ。『今の王宮の厨房《ちゅうぼう》には信用できる料理人がいない。隙あらば毒を仕込もうとする』って。俺は耳を疑ったよ。話を聞けば、王位争いがひどくて、料理人がすぐ買収されるっていうじゃねぇか」

そんな賄賂《わいろ》や金に靡《なび》く奴らは料理人の風上にも置けねぇ、とヨウハは憤《いきどお》る。

「だから俺は、国王陛下や王妃陛下に安心して飯を食ってもらうために王宮に来たんだ。料理長と信用のおける仲間と試行錯誤して、技術も味も磨いてさ、なんとかここまでやってきたわけよ」

苦労した、とは語らない。ヨウハは夢見るように明るい調子で続ける。

「両陛下やその御子が美味《うま》い物食って元気になりゃ、皆が幸せに暮らせる世の中にしてくれるんじゃねぇかなって。僅《わず》かでもその手助けができればいいって、今もずっとそう思ってる」

だけど現実は厳しく、毒物混入の危険はなくならないとヨウハは険《けわ》しい顔でぼやく。

いつの間にか仕事の手を止めてヨウハの身の上話に聞き入っていたカグミは、気づけば、彼の手元に積まれていた未使用の紙束《たば》を引き寄せていた。

「代わります」

一言だけ告げて、カグミは猛然と筆を走らせる。一文字も間違えず、書き損じもなく、一頁《ページ》、また一頁《ページ》と書き上げた順に横に流す。はじめ呆気に取られて身動きのできなかったヨウハは、慌てて補助についた。頁《ページ》の順番が狂わないよう、墨が乾くのを待ち、下へ下へと重ねていく。

「できました。これが最後の一頁《ページ》です」

カグミは書き上げたばかりの用紙を差し出しながら、ヨウハを見上げて言った。

「古語だと読みにくいと思ったので、現代語に訳しています。ただ原文そのままの方が微妙な意味合いも感じられそうな箇所は残して、その横に現代語訳を添えました。お役立てください」

ヨウハは黙っていた。彼はなんと言えばいいのか迷っているみたいで、口を開けては閉める。やがて思考を放棄したらしく、吹っ切った表情でカグミの手から最後の一枚を受け取った。

「その、なんだ、うまいこと言えねぇけど、あ、ありがとうよ。あんただって暇じゃねぇのに、自分の仕事そっちのけで……手ぇ煩《わずら》わせて迷惑かけちまった。すまん」

おもむろに頭を下げようとしたヨウハを、カグミは慌てて止める。

「いいえ、迷惑とは違いますよ。私が勝手をしただけです」

ヨウハの話に感動して思わず手が出たんだよ、とは気恥ずかしくて言えない。

すっかり彼を見直したカグミは激励《げきれい》のつもりで笑う。

礼も謝罪も不要というカグミの態度に、ヨウハも屈託ない笑顔を見せた。

「正直、助かった。俺じゃ全部写すのに何日かかったかわかりゃしねぇ。これでなんとか活路が開ければもっといいけどな」

ヨウハは「春季祭《しゅんきさい》での毒殺回避のために役立てたい」と言って、原稿を大事そうに布に包んだ。

足取り軽く去るヨウハを見送って、カグミはサボりを見逃してくれたダーヴィッドに向き合う。

「すみません。写本にかけた時間は残業しますから」

嫌味の一つでも飛んでくるかと思いきや、ダーヴィッドは唖然《あぜん》とカグミを見ていた。

「おまえ……今、なにやった……？」

「なにって、写本ですよ」

「いや、本見てねぇだろ」

「中身を覚えていますから」

カグミが平然と返すと、ダーヴィッドは脳天に稲妻《いなずま》を食らったかのように呆けた。彼が腕に抱えていた本がすべて床に落ちる。司書見習いとしてあり得ない失態だ。

「うわ、なにやってるんですか！　本が傷《いた》みますよ」

ルケスに「本の取り扱いに注意しろ」と念を押されたばかりなのに、迂闊《うかつ》すぎる。カグミは突っ立ったまま動かないダーヴィッドに代わり、身を屈めて一冊ずつ拾い集めた。

カグミが本を心配し、折れや破れがないか調べていると、不意に腕を掴まれる。

「ダーヴィッド様、痛いです」

「覚えてるって、全部か？　今まで読んだ本を全部、覚えてるのか？」

抗議は無視かよ、と突っ込めなかったのはダーヴィッドの眼がやけに真剣だったからだ。

「はい」

カグミが肯定すると、ダーヴィッドは一瞬息を詰めて、おもむろに問い質《ただ》してきた。

「このこと、ルケス様はご存じなのか？」

「……ルケス様も長官もご存じですよ。もう放してください。本当に痛いですって」

むりやり振り解いてやろうか、と怒りを込めて睨《にら》むと、なぜかダーヴィッドに睨《にら》み返された。彼の眼は、今までに見たことがないくらい思いやり深く、それでいて鋭い。

「おまえ、気をつけろ。無防備すぎる。今回はともかく、命が惜しければ人前で写本はよせ」

「は？　命？」

カグミはキョトンとした。危機感のないカグミに、ダーヴィッドは苛ついたみたいに言う。

「そうだよ。ほんと、おまえってバカ。なんでそんな危なっかしいんだよ」

どこがだよ、と言い返そうとしたカグミの口を塞《ふさ》ぐように、ダーヴィッドが言葉を被せてくる。

「前に言ったろ。『おまえみたいな平民のブスなんて、貴族に臣従を強制されたら逃げられねぇ』って。おまえ、その力がばれたら確実に隷属《れいぞく》させられる。それも血みどろの奪《うば》い合いになる」

カグミはギョッとした。思わず肩が跳ねる。

「ま、まさかそんな大袈裟《おおげさ》ですよ。脅《おど》かさないでください」

「脅《おど》しじゃねぇよ。ルケス様や長官だって、たぶん似たような忠告をしたはずだ」

心当たりのあるカグミは押し黙って考えた。イシュアンに「危ない立場にいる」と告げられ、労働と引き換えに彼の庇護下に入ったことは記憶に新しい。口調は乱暴だが、あのダーヴィッドも本気で心配してくれている様子だ。平気で人をブス呼ばわりする、あのダーヴィッドが、だ。

疑念は残るものの、カグミは彼の忠告を真摯《しんし》に受け止めることにした。

「……わかりました。もう人前で写本はしません。お気遣い、ありがとうございます」

カグミの言葉が本気か、口先だけか、見極めるみたいにダーヴィッドが眼を覗き込んでくる。少し距離感が近い気がしたが、怯《ひる》まずに眼を見返すと、真面目に答えたと信じてくれたようだ。

ようやく掴まれていた腕が解放される。

「痛かったか」

「それなりに」

「謝らねぇけど、残業は付き合ってやる」

なんでだよ、と突っ込みたい。だがそれができない身分差だ。辛い。

……だいたい、微妙に親切なダーヴィッドなんて不気味だし。

折よく十二の鐘が鳴るのを聞いて、カグミはこれ幸いとばかりに一礼し、とっとと逃げた。

雪がちらつく中、それとなく怪しい奴がいないか見回しつつ、食堂に向かう。朝は嫌がらせに遭《あ》ったので警戒していたが、昼食は何事もなく済んだ。女子寮長も、メレジィたちも見かけない。緊張して身構えていた分、ちょっと拍子抜けしてしまう。

カグミが書庫に戻ると、側近のコウジンを連れたユーベルミーシャが待っていた。

「やあ、カグミ。約束通り来たよ」

繊細《せんさい》な色合いの白緑の袍服《ほうふく》と白銀の帯は、美しいユーベルミーシャによく似合っている。

……なに着ても似合うなんて、顔がいいって得だな。

突撃も三度目ともなれば免疫ができるらしい。カグミはあまり驚かず、諦《あきら》めと共に挨《あい》拶《さつ》した。

「こんにちは、ユーベルミーシャ様。お待たせしましたか」

「いいよ、待つ時間も楽しい」

背筋がぞわっとした。聞き慣れない甘い台詞《せりふ》にカグミはびくつく。やはりユーベルミーシャは油断ならない。十分気を引き締めて手招かれるまま距離を詰め、彼の前に立つ。

「ご用はなんでしょうか」

「そんなに硬くならないで。今日は探している本があって、その相談に来たんだ」

本、と聞いてカグミは俄《にわ》かに興味を持つ。つい警戒心を抜きに訊《たず》ねてしまった。

「お探しの本とは？」

「『聖遺物《せいいぶつ》』に関する本ならなんでも。心当たりある？」

「『聖遺物《せいいぶつ》』……？」

「そう。知ってる？」

ユーベルミーシャの銀色の眼が探るように鈍《にぶ》く光る。カグミは短く「いえ」と答えた。『聖遺物《せいいぶつ》』については、新人研修の折に配られた冊子の建国に関して語られた部分で少し触れていた。後は、以前リガルディーから「大陸のどこかにあるとされる伝説の宝物」だと聞き齧《かじ》った程度の知識しかない。それがどういった物なのか、関連本があるかどうかも、まったく知らなかった。

カグミがそう説明すると、ユーベルミーシャは明らかに落胆し、顔を曇《くも》らせた。

「あの、私は知りませんけど、私の上官なら知っているかもしれません。問い合わせてきます」

「待って」

カグミが庫内のどこかにいるルケスを探すため、ユーベルミーシャから離れようとすると、不意に手を掴まれる。無造作に触れられたことにも驚いたが、その手の冷たさにびっくりした。

……殿下の手も冷たかったけど、それ以上だよ。なに、偉い人って手が冷たいの？

そんなわけがない。しかし、そう疑いたくなるくらい、ユーベルミーシャの手は冷え切っている。

ユーベルミーシャはカグミを仰《あお》ぎ、必死な眼をして、縋《すが》りつくように引き留めた。

「行かないで。ここにいてほしい。他の人は呼ばなくていいから、お願い」

カグミは困ってしまう。手を握って離さないユーベルミーシャは、眼尻や薄い唇、無防備な喉仏《のどぼとけ》から色気ダダ漏《も》れなのに、小さな子供みたいに頼りない眼をしている。

「えっと、本があるかどうか訊いてくるだけですよ？　すぐ戻りますから」

「戻る？　本当？　私を置き去りにしない？」

「しません。なんでそんなに疑うんですか」

「だってカグミ、すぐ逃げるから。私のこと嫌いなのかと思って」

ズバズバと痛いところを突かれて、カグミは「うっ」と呻《うめ》く。まずい、見透かされている。

嘘が下手だという自覚はあるので、不承不承《ふしょうぶしょう》、当たり障《さわ》りのない範囲で本音を打ち明けた。

「そりゃ初対面で部屋に誘う軟派《なんぱ》男からは、普通逃げますよ。その後も、付け回されたら怖いですって。あと嫌いか好きかは訊かないでください。答えに困るんで」

ユーベルミーシャが泣きそうな顔になる。カグミは慌てて言葉を続けた。

「でも一般的な社交の範囲なら、お付き合いしますよ。ユーベルミーシャ様が身分差を気にせず、平民の私でも構わないとおっしゃるなら、ですが」

「身分なんて気にしないよ。むしろ、素顔の君が見たい。見せてくれる？」

「……いいですけど。無礼だからって、怒ったり殴ったりは勘弁してくださいよ」

カグミだって考えたのだ。どうしたってつきまとわれるなら、こちらから一線を画《かく》して、けじめをつけてもらおうと。ただ逃げるより、なんぼかましじゃないかと思う。

……どうせ、そのうち飽きる。

そう高を括《くく》っていた。ユーベルミーシャがカグミを気に入った理由は「見た目」で、アルテアは彼のことを「気まぐれ」だと言っている。それにカグミ自身も、彼に執着される筋合いがあるとは思っていなかったから。

カグミは握られている手とは逆の袖の中から、片手で器用に人肌になっている発火石を掴み出す。

「これ、お貸しします」

「え？」

「手が冷たすぎです。温まるまで握っていてください」

冷えは体調不良の原因になる。他国の大使が王宮で病気になり寝込む羽目になったら、目も当てられない。そう懸念《けねん》したカグミは、ユーベルミーシャの手に発火石を持たせ、軽く衝撃を与えて石の温度を上げる。それから少し待つように言って、ルケスを探した。

おそらく隠し戸がある棚を監視できて、向こうからは見えにくい場所にいるはず。

カグミが呼びかける前に彼女の存在に気づいたルケスは、露骨《ろこつ》に嫌な顔をした。

「早く隠れなさい」

用件を言う前に机の下を指さされ、カグミはルケスが座って作業する机の下に潜《もぐ》る。

「なんの用だ」

「『聖遺物《せいいぶつ》』について書かれている本をご存じですか」

彼に合わせ、囁《ささや》き声で返すと、ルケスが息を呑んだ気配がした。

「……君はまた、いきなりなにを言い出すかと思えば、それは今すぐ返事が必要なのか？」

「ユーベルミーシャ様がいらっしゃって、そうお訊《たず》ねなんですよ。私は知らないと答えましたけど、話の流れ的に上官に確認を取らないと変かな、と思ったので。どうしましょう？」

決してルケスの邪魔をしたかったわけじゃない、と伝えておく。なにも教えられなくても、ルケスがなんらかの役目を割り振られていることは簡単に想像できた。とはいえ、他国の大使を粗末に扱えるわけもない。カグミとしても苦渋の選択だ。

ルケスもカグミの判断をやむなしと認めたのか、叱ることなく、慎重に言葉を選んで答える。

「『蔵書の整理が途中なのでわからない』とお答えしておきなさい。『後程、長官に確認して改めてお返事を致します』と。もしそれで大使様が納得しないようであれば、もう一度呼びに来なさい」

「はい」

「よく知らせたな」

珍しくルケスが褒《ほ》めてくれたことに驚きながら、カグミはこっそりと机の下を這《は》い出て、ユーベルミーシャのもとへと急ぐ。少々時間を食ったので、機嫌を損ねていないか心配したのだが、彼は戻ってきたカグミを見ると、非常に嬉しそうな顔をした。

「遅くなりまして申し訳ありません」

「いいんだ。こうして戻ってきてくれて嬉しい。それにほら、手も温かくなった」

ユーベルミーシャは無邪気に笑って、カグミの手の甲にペタと掌《てのひら》をくっつける。

「ね？」

いくら美形でも、男が可愛く笑ったところでちっとも心に響かない。

カグミは「よかったですね」と相槌《あいづち》を打って、さりげなく手を後ろに回す。

「上官に訊いてきました。蔵書の整理が途中のため、わからないそうです。後程、長官に確認して改めてお返事をするとのことでした」

要は責任者の了解がなければ話せない、と伝えると、ユーベルミーシャは訊き返してきた。

「君の言う長官って、イシュアン殿下のことだよね」

「あ、はい。そうです」

「そうか。じゃあたとえ本があったとしても、私が読むのは難しいね」

既に諦《あきら》めたような口ぶりなので、カグミは訝《いぶか》しがりつつ、率直に質問してみる。

「どうしてですか？」

はぐらかされるかと思いきや、ユーベルミーシャはあっさりと答えてくれた。

「『聖遺物《せいいぶつ》』に関する情報は入手しにくいんだ。知っていても教えてもらえないし、教えてもらっても誤りだったりするしね。この国は建国に『聖遺物《せいいぶつ》』が深く関わってるから、なんらかの形で記録が残っているはずだけど、イシュアン殿下の管理下にあるなら国ぐるみで隠してるんだよ」

国が秘匿《ひとく》している情報を他国の人間に渡すわけがない、とユーベルミーシャは残念そうに言う。

彼の話に好奇心が疼《うず》いて、カグミは眼の色を変えて食いついた。

「ちなみに、その建国に関わった『聖遺物《せいいぶつ》』ってなんですか」

「『破壊の指輪』。なんでも壊す力を持った指輪なんだって」

答えを聞いて、カグミの柔《やわ》な心臓は縮み上がった。

「怖っ。タダでくれるったって要りませんよ、そんな指輪」

「そう？　私は欲しいけど。あったら便利だと思うけどな」

「ご冗談を。便利と言うのは逆でしょう。なんでも作れる指輪なら、私も欲しいですけど」

カグミの意見を聞くと、ユーベルミーシャの眼がスッと細められた。彼は低い声で問い質《ただ》す。

「それがあったら、カグミはなにを造るの？」

「超高性能印刷機です」

カグミがサクッと答えると、ユーベルミーシャの眼が点になった。

実家が印刷工房で、小さい頃から本が身近にあったため、カグミは本が大好きだ。色々な本をもっと大勢の人に読んでもらいたいと、心からそう思ってる。

そうして本の普及を願って働き続け、年々本の需要は高まり市場も拡大しているのに、供給が思うように追いついていない。現状の印刷機では、一度に大量の印刷物を作るのは難しいのだ。

「だからより多くの本を世に出すためにも、印刷機の性能向上は最優先課題なんです！」

カグミが身振り手振りを交えて力説すると、なぜかユーベルミーシャは噴き出した。

二人分の外套《がいとう》を腕に抱えて隣に控えるコウジンも、微妙な表情でカグミを注視している。

「あのう、私、なにか面白いこと言いました？」

ユーベルミーシャが笑う理由がわからず、カグミは真顔で訊いた。

「言ったよ。なんでも造れるのに印刷機が欲しいなんて、君は面白すぎる」

「そうですか？　ユーベルミーシャ様の笑いのツボって、変わってますね」

「変わってるのはカグミの方だと思うけど」

ユーベルミーシャは、クスクス笑いながら発火石を握っていない方の腕をごく自然に伸ばしてきて、カグミの腰に回す。そして引き寄せた直後、彼女を熱を帯びた眼で見つめ、口を開く。

「……まいったな。君に本気になりそうだ。ねぇ、どうしたらいいと思う？」

「ど、どうもこうも、本気にならないでください。私たちの関係は『友達』ですから！」

カグミがユーベルミーシャの甘い誘惑を突っ撥《ぱ》ねたそのとき、異様な音が響いた。

時刻を告げる鐘が不規則に鳴り、異常事態を告げている。割れた音色に庫内はざわつく。一人が様子見に外へ飛び出せば、後を追うように扉口に人が殺到する。

カグミも転げるみたいにして外へ出て、南東——大鐘楼《だいしょうろう》のある祈祷院《きとういん》の方角を凝視《ぎょうし》した。

「なにかあったのかな?」

「わかりません」

横に並んだユーベルミーシャの問いに、カグミは無愛想に答える。彼の長い指が伸びて、カグミの横髪に触れた。襲撃者に切られた短い部分だ。なんとなく癇《かん》に障《さわ》り彼の指を払おうとして、気づく。周囲には不安そうな表情で空を見上げる来庫者が多くいた。その中にはダーヴィッドの姿もある。

ふと、書庫は空《から》だな、と思った瞬間、全身に戦慄《せんりつ》が走った。

……偽書付《かきつけ》!

衝動的に、カグミは書庫に取って返す。庫内へ駆け込むと、険《けわ》しい顔のルケスと悄然《しょうぜん》とした様子のマデュカが通路を歩いてきた。

「ルケス様」

それだけでカグミがなにを言いたいのか察したのだろう。

ルケスは端的に「やられた」と言い、カグミにマデュカの傍から離れず書庫に残るよう命じる。

「私は長官のもとへ行ってくる。君たちは仕事を続けるように」

……鐘騒動のどさくさに紛れて、持ち出したんだ。

偽書付《かきつけ》が取られるのはいい。だけど、取った人間を見逃した。差出人は判明していても、本物の書付《かきつけ》が誰に宛《あ》てた物だったのか、相手先の容疑者の身元はわからずじまい。もしかしたら暗殺計画の首謀者に繋《つな》がっていたかもしれないのに、と考えるとすごく残念だ。

その後、「またね」と言ってユーベルミーシャは帰った。ダーヴィッドが彼との関係を詮索《せんさく》してきたが、「友達です」と言い切ると固まったため放置する。そうして気もそぞろなまま、無口なマデュカと二人で本の棚詰め作業をしたり、目録作成を進めたりして、終業時刻を迎えた。

終礼時に戻ってきたルケスによれば、鐘つき騒動は日頃の鬱屈《うっくつ》が溜まった新人庶官の腹いせらしく、既に軍事院の兵士により身柄が拘束されたという。曰《いわ》く「人騒がせだが、精神的に追い詰められて奇行に走る新人庶官は珍しくない」そうだ。

カグミは自戒しつつ、残業を申請した。「一緒に残る」と言い張るダーヴィッドを「お気持ちだけいただきます」といなして追い出し、閉庫する。

どうしても気になったので隠し戸を確認してみたが、やはり偽書付《かきつけ》はなかった。

静まり返った書庫で、ヨウハの写本に要した時間分を目録作成していると、しばらくして、予想していた通りの顔ぶれがカグミの前に現れた。

## イシュアン・報告五

イシュアンはリガルディー、エストワ、ルケスの三人を伴い、夜の書庫に向かった。隠し通路を利用して、ひそかにカグミを訪ねると、彼女はとても辛気臭《しんきくさ》い顔で机についていた。

……疲れてるな。無理もないか。

気力、体力、共に消耗しているためか、全体的に精彩《せいさい》を欠いていて、一回り小さく見える。陽陰《ヒカゲ》の報告によれば、朝は食堂で嫌がらせ行為を受け、午前はダーヴィッドとひと悶着《もんちゃく》あり、午後はユーベルミーシャにつきまとわれたらしい。そんな状態でも割り当てられた仕事はきちんと捌《さば》き、途中サボったという理由で残業をしている。

そうでなくとも、陽陰《ヒカゲ》に四六時中警護されている状態は精神的に負担のはず。新人は三ヶ月の実地研修期間は休みがないのもきついだろう。その上、司書見習いの仕事ではない作業までさせていた。

……辛くないはずはない。だが、逃げないのだな。

イシュアンは側仕えの二人に合図し、持参した荷物を広げて準備するよう命じる。カグミはイシュアンの訪問に驚いた様子もなく、作業の手を止めて「こんばんは、長官」と挨拶《あいさつ》してきた。

「こんばんは、カグミ。もう仕事は終わりにしなさい。働きすぎだ」

「いえ、違うんです。今日の居残りは、私の都合でサボった分の穴埋《う》めでして」

「食事もとらず、こんなに遅くまで？」

体調を崩したらどうするの、という思いを込めて凝視《ぎょうし》すれば、カグミは委縮して筆を置いた。

「……あまり食欲がなくて。残業はしましたけど、他に気になることがあって長官が来るのを待っていたんです。偽書付《かきつけ》を取ったのが誰か、わかりました？　それとも鐘騒動のせいで作戦失敗？」

イシュアンはリガルディーが引いた椅子に腰かけながら、しれっと言う。

「君、私が失敗すると思う？」

「それじゃあ――」

ほんの一瞬で眼に生気を漲《みなぎ》らせたカグミは、椅子を倒す勢いで立ち上がった。

「こら、騒ぐな。ほら、きちんと座って。話が聞きたいなら話してあげるから、まずは食事をしなさい。差し入れを持ってきたんだ。野菜とエビの生春巻きと餡《あん》かけ肉団子は嫌い？」

「好きです」

カグミは眼を輝かせて椅子に座り直し、道具を片付けて、エストワから濡《ぬ》れた手拭きを受け取った。

「ふ。食欲が出てきたようでよかったよ。……君が凹《へこ》んでいると調子が狂う」

エストワが皿に料理を取り分け、リガルディーが茶を淹《い》れる。二人が楽しそうに給仕する傍で、カグミは恐縮しながらも箸を進めた。そして、綺麗に食べ終えると、手を合わせてお辞儀する。

「ごちそうさまでした。あの、お気遣いいただいてありがとうございます」

「どういたしまして。仕事熱心なのはいいけど、食事と睡眠はとるように。いいね」

身体を壊すよ、とやんわり睨《にら》みを利かせると、次から気をつけます、と神妙に応じた。

イシュアンは顔色のよくなったカグミに安堵し、話を切り替える。

「偽書付《かきつけ》を取った者は、状況証拠で割り出した。ただ偽書付《かきつけ》が誰の手に渡ったか、これは不明。暗殺計画の首謀者もまだ調査中だね」

明かされた内容に納得いかないらしく、カグミは不満そうに口を尖らす。

「……こう聞く限り、作戦が成功したとはとても思えませんけど」

「肝心なのは、暗殺計画を阻止することだよ。今回罠にかかった者の裏の顔が判明したのは、後々のことを考えると非常に大きい」

「そう、なんですか？」

カグミは現状をちっとも理解できていない顔で、首を捻《ひね》る。イシュアンは簡潔に説明した。

「明日、偽書簡に誘《おび》き出されて秘密の会合に出席した『王宮平面図』所持者たちを捕らえれば、色々とわかると思うよ。本物の書付《かきつけ》を隠し戸に入れた『長官のお客様』についてては、身柄を押さえた彼らの口を割らせればいいし、今回罠にかかった者を連座で捕縛《ほばく》し情報を得る方法もある」

いずれも手段を選ばない暴力的な策をとることになるが、カグミには当然詳しく教えない。

話の裏を読まないカグミは、イシュアンの言葉を額面通りに受け取り、素直に感心している。

「なるほど。一つ腑《ふ》に落ちないんですけど、状況証拠だけで判断していいんですか？」

「いいわけないよね？　だから即逮捕《たいほ》せず、様子を窺《うかが》っているところ。あと万一、偽書《かき》付《つけ》をまだ持っていて、手渡す現場を押さえられたら話が簡単だから。まあ、あり得ないとは思うけど」

書付《かきつけ》の内容から考えれば、口頭なり文書なり、返信があるはず。それを証拠として押さえたい。

そのために陽陰《ヒカゲ》を動員し、見張らせているが、これもカグミに喋《しゃべ》ることではない。

イシュアンは喉《のど》の渇きを覚えて、リガルディーに茶を所望しつつ言葉を続ける。

「だけど下っ端だけ取り押さえて、首謀者に逃げられては困る」

「それは困ります。というか、首謀者を押さえなきゃ駄目ですよ」

真剣な表情で机に身を乗り出すカグミを見て、イシュアンは真顔で頷く。

「そうだね。そのためにもカグミの力が必要だ。引き続き協力してもらえる？」

「もちろんです」

カグミは拳《こぶし》をグッと握り、決意を新たにする。その姿を見て、イシュアンは思わず心配になる。

……単純すぎる。こんなに扱いやすくて大丈夫なのか？

『色』が見えなくても、今のカグミの『色』は情熱に燃える赤だろう。

イシュアンはリガルディーから茶器を受け取り、まずい毒消し茶を飲んで一息ついた後、言う。

「カグミ」

「はい？」

「私は気概のある人間を好む。打たれ強く、まっすぐで誠実な者を尊重する」

「はあ、そうですか」

「君は色々な意味で規格外な上に面倒を起こすが、不思議と見捨てようとは思わない」

リガルディーに茶のお代わりをもらい、啜《すす》ったところで、カグミは盛大に噎《む》せた。

「み、見捨てられたら困りますよ!?　ちゃんとお役に立つよう働くんで、見捨てないでください！」

「わかっている。そうではなく私が言いたいのは、君はおそらくこの先も厄介《やっかい》な問題を持ってくるだろうが、私がなんとかする。だから君は……そのままでいなさい」

――単純でもいい。バカ正直に、まっすぐなままでいてほしい。

イシュアンの気持ちが通じているのかどうか、カグミは「うーん」と唸《うな》り、顔を顰《しか》めた。

「長官が問題解決してくれるのは大歓迎ですけど、私がヘマする前提で話していませんか？」

それってひどくない？　という感情が透けて見えるような拗《す》ねた眼に、イシュアンは嘆息する。

「……どうやら私の言葉の半分だけを理解したようだな」

イシュアンが半眼となり皮肉を口にすると、カグミは大真面目に胸を張って答えた。

「え？　全部ちゃんと理解してますよ。私はこのまま、長官についていきます」

「……まあよい。君の心がどうしようもない方向に曲がらぬよう、私が見――監視する」

危《あや》うく、「見守る」と甘ったるい台詞《せりふ》を口にしかけて、イシュアンは訂正した。

傍に立つエストワが微《かす》かに「クッ」と笑った気がしたが、無視する。当のカグミは気づいていないようだ。彼女は嫌そうに顔を引《ひ》き攣《つ》らせ「監視はちょっと」と逃げ腰だ。

イシュアンは空《から》になった茶器をリガルディーに手渡し、本題に入ることにする。

「君の質問には答えたから、次は私の番だな。ユーベルミーシャ殿のことだが」

ユーベルミーシャの名前を聞くと、カグミは姿勢を正し、キリッとした顔つきになった。

「はい。大丈夫です。今日は余計なことは喋《しゃべ》っておりませんよ。ルケス様の指示に従いました」

「確認しよう。『聖遺物《せいいぶつ》』に関する本について、君はユーベルミーシャ殿になんと説明した？」

「『蔵書の整理が途中のため、わからないそうです。後程、長官に確認して改めてお返事をするとのことでした』とお伝えしました」

カグミのしっかりとした口調に、イシュアンは胸を撫《な》で下ろす。

「結構。ではユーベルミーシャ殿には明日、私が直接返答する」

「よろしくお願いします」

丁寧に会釈《えしゃく》した後、引き締まった表情を崩し、カグミは雑談でもするように話しかけてきた。

「あのう、その『聖遺物《せいいぶつ》』に関する本ですけど、もしかして書庫の隠し部屋にある『門外不出の禁書』の中に本当にあったりします？」

カグミのワクワクした口調から察するに、あるなら読みたい、と考えているのだろう。

「……あるかないかはともかく、たとえあっても君には読めない」

イシュアンが敢《あ》えて本の有無の明言を避《さ》けながら拒《こば》めば、カグミはがっかりした顔でぼやいた。

「ユーベルミーシャ様がおっしゃった通りですね。残念です」

カグミ以外の、この場にいる全員がサッと緊張した。

「待ちなさい。ユーベルミーシャ殿が、なんだって？　なにが残念なのだ」

イシュアンが胸騒ぎを覚えつつ問い質《ただ》すと、カグミは特に気負った風もなく口を開く。

「『聖遺物《せいいぶつ》』に関する情報はとても入手しにくいそうです。ローランは建国に『聖遺《せいい》物《ぶつ》』が深く関係しているため記録は残っているだろうけど、それが長官の管理下にあるなら国が隠しているということだから、他国籍の自分じゃ読めないと、既に諦《あきら》めているご様子でした」

カグミは呑気《のんき》に話すが、内容はかなり際どいものだ。イシュアンは平静を装《よそお》って更に訊く。

「……他には、なにか言ってなかった？」

「他に？　えーと、そうですね。『破壊の指輪』を欲しがっていましたよ。なんでも壊せるから、あったら便利だって。私が『そんな怖い指輪はいらない。なんでも作れる指輪なら欲しいけど』って言ったところ、『それがあったら、なにを造るの』と訊かれました。そこで『超高性能印刷機を作りたい』って答えたら大笑いされました」

失礼ですよね、とむくれるカグミは、事の重大性をまったく理解していない。

イシュアンは、湧き上がる怒りに身を任せたい衝動に駆られた。

……『破壊の指輪』を欲しがっていた？　あったら便利？　ふざけるな。

そんな次元の話では決してない。

カグミが真の利用価値をわかっていないだけで、ユーベルミーシャはわかった上で欲している。

「……なるほどな。どうりでのらりくらりと滞在し、好事家《こうずか》共と懇意《こんい》にしているわけだ」

親善を深めるため、という大義名分を掲《かか》げ、『破壊の指輪』を探しているに違いない。

イシュアンはユーベルミーシャの狙いがようやく掴めて安堵すると同時に、苛立たしさを感じた。この重要な情報をもたらしたのが百戦錬磨の陽陰《ヒカゲ》や、一騎当千のリガルディーや情報戦において右に出る者なしのエストワでもなく、粗忽者《そこつもの》のカグミであることに納得がいかない。

本来はカグミに感謝するべきで、怒るのは間違っている。間違っているが、しかし。

「腹立たしい……当人がなにもわかっていないだけに、余計に腹が立つ」

「え？　え？　え？」

じわじわとイシュアンの機嫌が低下していくのを目の当《ま》たりにしたカグミが狼狽《ろうばい》する。

イシュアンは怒りを理性の力で抑えつけ、気を落ち着けてから、ゆっくりと口を開く。

「カグミ」

一声で身の危険を感じたのだろう。カグミは恐怖に怯《おび》えた顔で凍結したように固まった。

「いいか、一度しか言わない。よく聞きなさい」

「は、はい」

「『聖遺物《せいいぶつ》』に関しての情報は忘れるように。特に『破壊の指輪』については他言無用だ。……情報漏《も》れに関しての基本がなんだったか、覚えてるな?」

イシュアンが静かに眼を光らせて答えを強要すると、カグミは掠《かす》れた声で呟いた。

「く、口封じ……」

「ああそうだ。私に君を処罰させないでくれ」

『聖遺物《せいいぶつ》』は王家の抱える秘密だ。関係者以外、みだりに近づくことを禁じている。イシュアンはカグミが涙目で頷くのを見て、よしとした。次に彼女と同じく口止めするため、ルケスを振り返る。彼はカグミと違い情報の価値を正しく認識しているようで、既に跪《ひざまず》いていた。

血の気を失った顔色で唇を引き結ぶ忠実な部下の名を、イシュアンは呼ぶ。

「ルケス」

「『聖遺物《せいいぶつ》』及び『破壊の指輪』に関して他言無用、確かに承知致しました」

知りたくもない情報を知らされて、完全に貧乏くじを引いたルケスの膜《オーラ》は濁《にご》っていた。

よく見れば、カグミの指導役に任じた頃から眉間の皺《しわ》が消えず、やや老《ふ》けた気がする。

イシュアンはルケスに起立するよう手振りで促《うなが》しながら、声をかけた。

「……苦労をかけるな」

「……もったいないお言葉です」

束の間、二人でしんみりしたところで、もう一つ気懸《きがか》りな件があったことを思い出す。

イシュアンは威圧を解いて、ルケスからカグミに視線を移した。

「ところでカグミ、君、ユーベルミーシャ殿になにかした？」

間を置いて、カグミの気疲れした声が返ってくる。

「なにかって、なんですか」

「夕食の席で、彼がやけに上機嫌だったらしい。もしや君が関係しているのかと思って」

陽陰《ヒカゲ》からの定時報告に、ユーベルミーシャがなんの変哲もない発火石を大事そうに撫《な》でていた、という奇妙な証言が含まれていたのだ。

イシュアンが「覚えがないならいい」と言いかけた寸前、カグミが爆弾発言を投下した。

「『身分なんて気にしない、素顔の君が見たい』と言われたので、『いいですよ』と答えました」

面倒くさそうに言うカグミは、自分がなにを了解したのか、ちっともわかっていないらしい。

……本当に、どうしてくれよう。

こめかみの血管が切れそうだ。

イシュアンは懐《ふところ》から扇子《せんす》を抜いた。たしたし、と掌《てのひら》を打ち、作り笑顔を浮かべる。

「カグミ」

冷ややかな怒気を感じたのか、カグミがいきなり机に突っ伏して「申し訳ありません！」と叫ぶ。

「まだなにも言っていない。君、自ら墓穴を掘ってどうする。私は先刻『余計なことは喋《しゃべ》ってない』と聞いたが、空耳か？　それは男が目当ての女性を口説《くど》くときに使う常套句《じょうとうく》だぞ」

「そんなこと知りませんけど⁉」

「社会勉強不足だ。いや、それ以前に成人女性として脇が甘すぎる」

カグミは「そのままの意味に受け取った」と弁明して、「どうしよう」と頭を抱えている。

イシュアンは溜め息を吐いて、空気になろうと懸命《けんめい》に眼を逸《そ》らすルケスを見た。

「ルケス」

「お断りします」

「まだなにも言っていない」

「言われずともわかります」

ルケスに珍しく強く言い返されて、イシュアンはムッとした。

「書庫のカグミの部屋の隣に――」

「引っ越しません！」

絶対に嫌だと言い張るルケスの説得に失敗したイシュアンは、代わりに、カグミをより一層注意して守るよう命じる。

それから、どんよりと落ち込むカグミに、イシュアンは持参した布包みを差し出して言う。

「白袍服《ほうふく》の替えだ。君用に誂《あつら》えてある。受け取るといい」

カグミの眼が驚きに見開かれる。

「こんな高価な物、いただけませんよ」

「勘違いするな。無償でやるわけではない。君は忘れているかもしれないが、『ヨルフェの色々な民話』の写本に対する正当な代価だ」

「でもあれは、私が勝手にしたことですし」

「これも私が勝手にしたことだ。君がいらないなら不用品として処分するが、どうする？」

イシュアンの本気が伝わったのだろう。カグミは慌てて布包みを受け取った。

「いります！　あ、ありがとうございました。すごく助かります」

心から嬉しそうに笑うカグミを見て、自然とイシュアンの口元も綻《ほころ》ぶ。

……認めるのは癪《しゃく》だが、ユーベルミーシャの口を割らせたのは彼女の素直さかもしれない。

イシュアンは、元気を取り戻したカグミが、「おやすみなさい、長官」と告げて地下の部屋に戻るのを見届け、思考を切り替えた。

「さて、と。明日のことを打ち合わせねばならんな」

リガルディーとエストワは近辺の地図や店内の見取り図、人員の配置予定図を机上に広げたり、筆記用具を用意したりする。ルケスは「念のため見回りを」と告げて、庫内の安全を確保しに行く。

明日、暗殺計画に加担した疑いのある容疑者たちを一斉逮捕《たいほ》する。人混みに紛れ集まり易《やす》いよう、敢《あ》えて日中を指定し、市井《しせい》の高級小料理屋を貸し切って秘密の会合の場を設《もう》けた。

そこへやってくるだろう、偽書簡につられた『王宮平面図』所持者たちの顔ぶれを予想して、イシュアンは仄暗《ほのぐら》い笑みを浮かべる。その誰も彼も、纏《まと》う膜《オーラ》が悍《おぞ》ましいほど『黒』

い奴らばかりだ。

彼らの求める、利権や財産、金、名声、名誉、どれも望みすぎては身を滅ぼす毒になる。

国に忠誠を誓った身でありながら、己の欲に走り、毒まみれになった貴族など屑《くず》だ。

私欲のために他人の命を狙う非道な亡者《もうじゃ》など、さっさと排斥《はいせき》されればいい。

真面目に働く者がバカを見る世の中にしてたまるかと、心底思う。

治安を乱す者を罰する者が必要ならば、そのため非情に徹し手を汚すのは、王位継承の可能性が最も低い自分でいいと、イシュアンは国の暗部を担《にな》ってきた。

そのイシュアンの仕事は常に山積みで、既に綻《ほころ》びの出ている暗殺計画にばかりかまけていられない。罪人の事情聴取に裏取り、空席となった地位の人選や庶官の補充。貴族間の動向も見ながら、ユーベルミーシャに速やかかつ穏便に退去を願いたいものだし、書院の運営もある。春季祭《しゅんきさい》の後も行事は目白押しで、王子としての務めのほか、警備の段取りを考えるだけでも頭が痛い。

イシュアンは同じく仕事漬けの側近二人を見て、素っ気なく言う。

「まずは目先の懸案を片付ける。反逆の芽を摘《つ》み、計画は握り潰す。首謀者も見つけるぞ」

早速、打ち合わせを開始し、翌日は大捕り物となった。

# 忙殺される日々

首都アシュカの某高級小料理屋に、王太子暗殺を企《たくら》む反逆者が集《つど》うという匿名の通報があった。そこで軍事院の兵士たちが店員に偽装工作して張り込んだところ、容疑者と思《おぼ》しき六名の会合が始まり、話の内容から現行犯で逮捕《たいほ》した。反逆の証拠品として『王宮平面図』は押収。この際、随行していた側仕えや、店外で護衛の任についていた私兵も拘束された。

同日、反逆者六名の家宅捜索《そうさく》が行われる。

「証拠品を押収せよ！　家財はすべて取り押さえる。家人や下働きの者も一人残らず拘束して、軍事院へ連行しろ。聴取を受けさせる。庭や隠し部屋も見逃すな！」

先に罪が確定していた二名も同罪で逮捕《たいほ》となった。

それをカグミが知らされたのは、ごたごたが片付き、法院の裁判により、反逆者全員が有罪判決を受けた後のこと。大捕り物から優に一ヶ月以上も経過してからのことだった。

　雪の降る日、ルケスに連れられて書院に足を運んだカグミは、長官室に放り込まれた。そこでイシュアンに届いた過去半年分の書簡を読む作業に励みながら、大捕り物の顛末《てんまつ》を聞かされたのだ。

　カグミは広げた書簡から眼を上げて、興奮気味にイシュアンへ訊《たず》ねた。

「じゃあ『王宮平面図』の模写は全部回収されて、悪人も全員捕まったんですか？」

　執務机の向こうで、イシュアンは書類を決裁しつつ冷めた口調で答える。

「今のところ『王宮平面図』の複製は、先に見つかった二枚を含め、計八枚が確認されている。作成した職人の自白によると、それで全部らしい。罪人の数とは一致する」

　ほんの一瞬、喜びかけたカグミだが、イシュアンの不機嫌面を見て、はしゃぐのをやめた。

「あのう、もしかして暗殺計画って、まだ生きてるんですか？」

「おそらくは」

　イシュアンの見解によると、『王宮平面図』の原版は紙の劣化具合から本物であることは疑いない。だがそうなると、一度原版を盗んで複製し、また元の場所に返したという推測が成り立つ。

「紛失の発覚を防ぐためとはいえ、手が込みすぎている。それに複製を請け負った職人が一人とも限らん。なにより、首謀者が見つかっていない」

イシュアンはむっつりと続ける。主犯格八名の自白で、実行部隊として雇われた者たちも捕まった。けれども、肝心の八名を橋渡ししていた仲介役が姿を消してしまい、首謀者も不明のまま。

「今わかっているのは、首謀者の身分が高く、『隠者《いんじゃ》』と名乗っていたことぐらいだな」

どうりで不機嫌なわけだ。首謀者を捕まえないと、危険を完全に取り除いたことにはならない。

依然として暗殺計画は未解決という宙ぶらりんな状態に、カグミは内心がっかりする。

「えっと、では、次の作戦を考えるとか……？」

「もう考えている。捜索《そうさく》は続けているが、なにせ慎重な奴だ。簡単に見つかるとは思えん」

淡々と喋《しゃべ》るイシュアンはこのところ、表面上はいつもの『美しく優雅で優しい王子殿下』だが、仕事の鬼と化していた。

書院の面々は「触らぬ長官に祟《たた》りなし」と、ひそかに避《さ》けているそうだ。

「やむを得ないので、図面にある隠し通路はすべて埋《う》めている最中だ。春季祭《しゅんきさい》までには終える」

イシュアンはサラッと言うものの、とんでもない大工事だ。現場はものすごく大変だろう。

……春季祭《しゅんきさい》までって、あと一ヶ月半しかないのに。間に合うのかー？

気を揉《も》んだ挙句、カグミはおずおずと申し出た。

「私でお役に立てることがあれば言ってください」

イシュアンは容赦がなかった。エストワに指図し、カグミの目の前に書簡を山と積み上げて言う。

「ありがとう。ではお言葉に甘えて。それ全部に眼を通したら、総務課へ行くように」

「ぜ、全部？」

「そう。嫌？」

嫌と言えるわけがない。カグミは首を左右に振って、午前はひたすら書簡の読み込みに没頭した。

気力を使いすぎてフラフラになりながら、昼食を済ませる。午後は総務課へ直行だ。

書院は、総務課、書籍課、記録課、書簡課、書類課、保管課、と六つの課に分かれている。

中でも総務課は、経理や備品管理、役職者の予定を組んだり、他の院との調整役を務めたり、仕事は多岐にわたる。そのため実務経験と柔軟性、臨機応変さが求められるらしい。

カグミが「失礼します」と部屋に入った途端、スタンザの「遅い！」という喝《かつ》が落ちた。

スタンザは最近流行《はや》りの、桃色《ピンク》の極太紐と細紐を複雑に髪に編み込んだ『桃色《ピンク》盛り』という髪型に、瞼《まぶた》と頬と唇を濃い桃色《ピンク》に塗った強烈な厚化粧で、カグミを見るや否《いな》や再び怒鳴る。

「カーグーミー、あたしゃ愚図《ぐず》は嫌いだよ！　食われたくなかったら、とっととこっちに来な！」

「ははははは、はいいいっ」

カグミは文字通りすっ飛んで、豪傑《ごうけつ》老女スタンザのもとへ馳せ参じた。

「なにをしましょうか」

「あんた、算術は？」

「あまり得意じゃありませんが、簡単な四則演算だったらできます」

及第点の返答だったのか、スタンザは「よぉし」と頷き、総務課の課長を呼びつけた。

「備品発注書の見積計算がまだだったろう。カグミに手伝わせな」

「あら、助かります」

小柄で童顔の、ぽっちゃりした中年女性課長がスタンザからカグミを引き受ける。

「しっかりおやり」

スタンザはカグミの背中をバシッと叩いて発破《はっぱ》をかけ、のしのし歩いて次の課へ移動していく。

癒《いや》し系女性課長はふっくらした頬に手を当て、ほんわり笑いながらカグミに話しかけた。

「ふふっ。次官はいつもお元気ねぇ。私たちも見習わなきゃ。カグミさんも。ね？」

「はい！」

見た目はアレだが雄々《おお》しいスタンザを、カグミは嫌いじゃない。書院でただ一人位階なしの平民を、他の庶官同様、分け隔《へだ》てなくこき使ってくれるのだ。とても感謝している。

カグミは腕捲《まく》りした。そして総務課の猛者《もさ》たちに混じり、計算の鬼と化したのだった。


それから、しばらく日数が経った。

なんだかやけに忙しい、とカグミが我が身を振り返ったときには、暦《こよみ》の上では春になっていた。

「あれ？　今日って何日だっけ」

あまりにやることが多くて、時間感覚がおかしくなっている。

黒魔王イシュアンにこき使われ始めてから幾日経ったのか。カグミはほぼ毎日書院に通い、大量の過去の書簡を読まされている。

イシュアンの不在時には、助っ人という名の使い走りだ。書類の翻訳や清書、書簡を検《あらた》めたり、複写したり、計算したり。雑用で走り回って、「落ち着きがない」とルケスに叱られることもしょっちゅうだ。とにかく、暇なく忙しい。

書庫にいれば、サザメやユーベルミーシャが頻繁《ひんぱん》に顔を見せる。また、チズリやメレジィが桃色《ピンク》生活の効果を謳《うた》いに来るし、ヨウハが味見と称して新作料理を持ち込む。たまーにツァンが友達を連れてきて居座ることもあり、その都度カグミは対応に追われる。

指折り数えて日付を確認すると、春季祭《しゅんきさい》まで一ヶ月を切っていた。そろそろ春一番が吹きそうだ。

……あー、どうりで黒魔王が暗躍するはずだよ。

近頃は連日連夜、残業だ。他者の筆跡で偽書簡を作ったり、作ったり、作ったりしている。おかげで寝不足気味だが、今は人目を避《さ》けての読書中。静かで嬉しいひとときだ。と思いきや、机の下を覗き込むダーヴィッドの無駄に整った顔がぬっと現れる。

「いた。おい、ブス。またこんなところに潜《もぐ》りやがって。向こうで呼ばれてるぞ」

カグミは首を横に振った。今日は耳の調子が悪い。「ご意見番は?」なんて声は聞こえない。

「ダーヴィッド様の気のせいじゃないですか。それに今は仕事中ですので」

「来庫者の相手をするのも司書見習いの仕事だろ。つべこべ言わず、さっさと来い。おまえが来なきゃ、俺やアルテアが絡まれんだよ」

その言い草で思い浮かぶのは一人しかいない。扱いにくさでは最上位の、隣国大使様だ。

カグミはげんなりして本を閉じ、その場に置くと、机の下から這《は》い出た。腐った気分でダーヴィッドが指す方に視線を遣《や》れば、ありがたくない来訪者が揃っている。

アルテアが読書をしている一角には、彼女の護衛が陣取っていた。その周りにユーベルミーシャ、コウジン、サザメ、ヨウハ、チズリとメレジィまでいる。

……なんで大勢いるわけ。暇なの？　仕事しろよ、仕事。こっちは忙しいんだよ。

カグミは内心で悪態を吐きつつ、不承不承《ふしょうぶしょう》、そちらに向かう。

警戒対象としては筆頭のユーベルミーシャは、ごく淡い青緑の袍服《ほうふく》に揃いの帯を合わせている。側近のコウジンも脇にいて、こちらは灰色の装《よそお》いだ。常の通り無表情のため、存在感が薄い。

ユーベルミーシャはカグミを見つけるなり、満面の笑みで駆け寄ってきた。

「カグミ。会いたかった。今日も可愛いね」

近頃のユーベルミーシャは、遠慮せずに好意を態度に示す。

カグミはユーベルミーシャの抱擁《ほうよう》をサッと躱《かわ》し、軽く睨《にら》んでから愛想を返した。

「はは。……どうも、こんにちは。ユーベルミーシャ様も大変素敵ですね」

ユーベルミーシャの暴走を「駄目ですよ」と止めたのは、側仕えのサザメだ。

「逃げる女の子を追うのは逆効果ですってば。カグミちゃん、お仕事中にごめんね。今忙しい？」

「少しなら大丈夫ですよ。お揃いで、今日はどうしました？」

「うん。あのね、明日カグミちゃんがお休みだって聞いたから、一緒に遊びたいなと思って」

すると、サザメに椅子を引かれておとなしく座ったユーベルミーシャが、怒って言葉を被せる。

「サザメ、黙って。カグミを誘うのは私だよ。可愛いカグミ、君の休日を私にくれない？」

絶対に退屈させないよ、とユーベルミーシャが色を含んだ上目遣いで、カグミを口説《くど》く。

その甘い空気をぶった切るように前に出たのは、桃色《ピンク》同盟の二人。チズリとメレジイだ。

「お待ちください！　ご意見番様との休日は『桃色《ピンク》生活友の会』の会員一同も望んでお

ります」

「そうです。ご意見番様には、ぜひ桃色《ピンク》尽くしの午後のお茶会をご堪能《たんのう》いただきたいですわ」

食堂で女子寮長の嫌がらせに遭《あ》い、助けてもらったことを機に、二人とは少し親しくなっている。

あの日、チズリに礼を言えば「当然です」と返された。メレジィに、借りた白袍服《ほうふく》と桃色《ピンク》の手拭きを返却に行くと、改めて「なにかあればいつでも助っ人致します宣言」をされた。畏《おそ》れ多いやら、嬉しいやらだ。

けれども、桃色《ピンク》があまり好きじゃないカグミは、二人の熱意に少々圧《お》され気味だった。

「ご意見番様と楽しい一日を過ごすのは、私共です」

「いいや。カグミの貴重な休みを独占する幸運な男は、私だね」

対決の火花が散る。カグミ当人を抜きに、わあわあと主張が飛び交う。

なんでも庶官の休みは決められたものではなく、基本は個人の申請によるものらしい。

通常の休みに加え、特別休暇、有給休暇とあるそうだ。勤務年数により休める日数も異なり、新人は最初の三ヶ月は休みなし。後は最低日数を、上官の許可が下りれば希望日にもらえる。

……確かに明日は休みの予定だけど。誰にも言ってないのに、なんで知られているんだろう。

納得がいかない。憮然《ぶぜん》と佇《たたず》むカグミの肩を、トントン、と指で突いたのはヨウハだ。ヨウハには、彼の代わりに写本をしてから妙に気に入られ、なにかと懇意《こんい》にしてもらっている。

「よう、ご意見番」

「……どうも。ヨウハ様はなんのご用で？　また味見役ですか？　いつでも引き受けますけど」

カグミはヨウハの手にぶら下がった竹細工の籠《かご》をチラリと見て、ちょっと期待して言う。

ヨウハは屈託なく笑い、小さな竹籠《かご》をカグミに差し出す。もちろん、礼を言っていただく。

「昼飯に食えよ。後で感想を聞かせてくれ。ところでさ、あんた本当に明日休みなのか？」

「ええ、まあ」

「予定は？　もし時間があったら外で待ち合わせねぇか。ちと相談があるんだよ」

内緒話をするように耳元に口を寄せられ、小声で「春季祭《しゅんきさい》の宮廷料理の件だ」と付け足される。

「すみませんけど、休みでも市井《しせい》への外出は許可されてないんです」

そう説明して、今度はカグミがヨウハの耳に口を寄せる。

「……そういった重要な案件は、私ではなくイシュアン殿下に直接相談してみてはどうですか」

「で、殿下に、直接相談!?　この俺が!?」

ヨウハは仰天して叫んだものの、慌てて手で口を塞《ふさ》ぐ。彼はカグミへ額《ひたい》を突きつけた状態で囁《ささや》く。

「俺みたいな下っ端庶官が、畏《おそ》れ多くも殿下と直接話なんてできるわけねぇだろ!?」

「相手が誰でも、イシュアン殿下は真剣な話ならちゃんと聞いてくださいますよ」

私がいい例です、とカグミが自分を引き合いに出すと、ヨウハは渋い顔で反論した。

「そりゃご意見番は書院の官で、殿下の直接の部下だろ?　俺とは一緒にならねぇよ」

「最初から諦《あきら》めるんですか」

カグミが至近距離からグッと睨《にら》むと、ヨウハはたじろいで口を噤《つぐ》む。

もうひと押し、とカグミが口を開いた刹那《せつな》、横からいきなり腕を引っ張られ、ヨウハとの間に空間ができる。いつから傍にいたのか、カグミの腕を掴んだまま、険《けわ》しい顔でダーヴィッドが言う。

「おい、ブス。相談なんて態《てい》のいい口実で、おっさんに口説《くど》かれてんじゃねぇよ」

「そんなんじゃありませんよ。誤解です。私がヨウハ様に口説《くど》かれるわけないでしょうが」

「じゃあ誤解されるような真似すんな。顔すげぇ近かったぞ。……口、重ねるかと思った」

ダーヴィッドの指摘に、カグミもヨウハもびっくりした。特にあらぬ疑いをかけられたヨウハは、青くなって妻子持ちの身の上であることを訴え、浮気疑惑を晴らそうと必死になる。

ただの勘違いを真に受ける気はないカグミに、今度はアルテアの護衛たちが絡んできた。

「おい、ご意見番。前回間違った三問、ようやく解けたぞ。これで合ってるか？」

目の前に突き出された判じ物《パズル》の紙片を受け取り、カグミは脳内で採点する。

「……合ってますね。今回は解けないと思ったのでちょっと悔しいです。次、いきますか？」

「おう、寄こせ。次こそは初回満点を狙ってやる」

威勢のいい啖呵《たんか》を右から左へ聞き流し、カグミは袍《ほう》の袖の中を探って新しい判じ物《パズル》を手渡す。

「無理しない方がいいですよ。それ、中級者向けの難問ですから」

親切心で言ったのに、護衛たちは「上等だ。売られた喧嘩《けんか》は買う」と息巻く。

彼らの鬱陶《うっとう》しい熱気に包まれても、一人静かに本を読むアルテアの集中力はすごすぎる。

カグミは喧騒《けんそう》の渦中《かちゅう》にいながら、他人事のように辺りを眺めて辟易《へきえき》した。

……うっわ、混沌《こんとん》としてるなー。これ、うるさいって叱られないの？

司書見習いとしては止めたいが、この場にいる誰よりも身分の低い身には、少々無理がある。

こういうときにいてほしいルケスは、マデュカと共に書院に行っていて頼れない。

カグミがどうしよう、と困り果てた、そのとき――

「これはいったい、なんの騒ぎかな？」

人を否応なしに従わせるような声が響く。

声の方を振り向くと、イシュアンと彼の側近二人が立っていた。王族らしく、気品と威光を備えた圧倒的な雰囲気に、庫内が一瞬で静まり返る。そして申し合わせたみたいに、次々とその場に跪《ひざまず》く。

イシュアンの矛先は、ただ一人着席したままのユーベルミーシャに向けられた。

「ごきげんよう、ユーベルミーシャ殿。よろしければ、騒ぎの原因を教えてもらえますか？」

ユーベルミーシャがいかにも面倒くさそうに応じる。

「ごきげんよう、イシュアン殿下。他は知らないけど、私はカグミを遊びに誘っていただけだよ」

「……遊びに誘う？　サザメ、説明しなさい」

ユーベルミーシャの次に上位であるサザメが名指しされ、「カグミの休日を誰が一緒に過ごすかで揉《も》めていた」と打ち明ける。改めて聞くと、とてもくだらない理由だ。話を聞き終えると、イシュアンはカグミを呼びつけ、起立させた。

「生憎《あいにく》だが、彼女は私と先約がある。皆には諦《あきら》めてもらうよりほかない。――カグミ、おいで」

ここで断る立場にないカグミは、作り笑顔を浮かべて踵《きびす》を返したイシュアンに黙って従った。

そのまま書院に行くのかと思えば、管理院を過ぎて中央宮殿に入り、右に曲がる。カグミは道を間違ったふりをして、自分だけ左に曲がろうとしたが、「どこに行くの」とすかさず呼び止められてしまう。適当な理由をでっちあげて逃亡を試《こころ》みるも、黒魔王のひと睨《にら》みで心が折れた。

引きずられるように連れていかれた先は、イシュアンの部屋だ。

「座って。リガルディー、茶。エストワは例の物の用意を。ルケスはまだか」

カグミは鈍重な動きで座布団に正座し、持っていた竹籠《かご》を傍に置く。それとほぼ同時に、珍しくルケスが息を乱して現れた。イシュアンに返事をしつつもカグミに向ける眼は、君はまたなにをした、と言わんばかりに厳しい。

イシュアンはカグミの真向かいに胡坐《あぐら》をかいて座り、軽く腕を組んで、呆れ顔で言う。

「君に休日を与えて喧嘩《けんか》になるとは思わなかった」

「私もですよ。だいたい、どうして他の人が私の休みを知っていたのか疑問です」

「その疑問には答えられる。総務課に貼られた書院の官の休日予定表を見れば一目《いちもく》瞭然《りょうぜん》だ」

「でも、ユーベルミーシャ様や他の院の方々もご存じでしたけど？」

カグミの質問を「愚問だな」と一蹴《いっしゅう》し、イシュアンは肩から背中へ黒髪を払って平然と告げる。

「情報収集は貴族の嗜《たしな》みだ」

「……聞かなかったことにします」

「そうか、賢明だな。だがこれ以上の騒ぎを防ぐためにも、君の休日は私がもらうぞ」

カグミは座布団を投げて抗議したい心地になった。しかし、なんとか動揺を抑えて抵抗する。

「そ、それはちょっと横暴じゃないですか。せっかくのお休みを黒魔、じゃなくて長官と一緒に過ごすなんて嫌……ではなく嬉しくもないのですが、とにかく謹《つつし》んでご遠慮申し上げます」

かなり頑張って辞退したいと主張したのに、イシュアンの冷めた表情は微塵《みじん》も崩れない。

「遠慮はしなくていい。既に予定も組んでいる」

「いつの間に⁉」

辣腕《らつわん》すぎる。カグミは早々に白旗を掲《かか》げた。知ってはいたが、太刀《たち》打ちできる相手じゃない。

「……わかりましたよ。私はなにをすればいいんです？」

「話が早くて助かるよ。だが腹ごしらえが先だ。少し早いが、昼食にしよう」

直後、準備されていた昼の膳《ぜん》が、エストワの手で整えられる。

カグミは「私の分は結構です」と断り、イシュアンの承諾を得て、持参した竹籠《かご》の中身を広げた。竹皮に包まれた巻き寿司だ。切り口の断面が美しく、素材の色合いもあって、花のようだった。

リガルディーが毒消し茶を淹《い》れてくれたので、そちらはありがたく頂戴する。

「いただきます」

イシュアンは、漆黒《しっこく》と朱塗りの四角い高坏《たかつき》に盛られた御膳《ごぜん》に箸をつける。

カグミは箸だけ借りて、花細工の巻き寿司を一つ口に入れた。鮭《さけ》の燻製《くんせい》と薄焼き卵を青野菜で包み、酢飯と海苔《のり》で巻いている。塩と酢の加減が絶妙で、とてもおいしい。

イシュアンも気になるのか、自分の膳《ぜん》の箸の進みが遅く、カグミの手元ばかり見ている。

「……君の食しているそれは誰が作った。ずいぶんと手が込んでいるではないか」

「食膳院の料理長補佐ヨウハ様にいただいたんです」

「美味《うま》そうだな」

「おいしいですよ。お一つ召し上がりますか？　って、失礼ですよね。申し訳ありません」

壁際に控えるエストワが苦笑している。扉口で待機中のルケスは眉間に皺《しわ》を寄せていた。

カグミは拗《す》ねた顔のイシュアンに視線を遣《や》り、余計なお世話かもしれないけど、と思いつつ、ヨウハを後押しすることにした。

「詳しくは知りませんが、ヨウハ様は春季祭《しゅんきさい》の御膳《ごぜん》について、なにか悩んでいるようですよ」

遠回しに、面会の申し出があったら話を聞いてあげてください、とお願いしておく。

イシュアンは眼を上げ、カグミと視線を交える。意を汲《く》んでくれたのか、「ふ」と小さく笑う。

「その美しい巻き寿司を試してみるのも悪くないな」

カグミが「ぜひ」と力を込めて相槌《あいづち》を打つと、イシュアンはもう一度笑った。

食後の一服と片付けが済むと、早速イシュアンはエストワとリガルディーに指示をした。二人は隣の間から何着もの女物の衣装や衣装の色に合わせた靴、装身具や小物類をたくさん運び入れる。衣桁《ハンガー》に吊るしたり、文机《ふづくえ》に並べたり、やたらと楽しそうだ。

陳列が完了し、まるで商品展示会のような有様になったのを見て、イシュアンはカグミに、手ぶりして言う。

「衣装の横に立ちなさい。背筋を伸ばして、顔はこちらに。ボケッとするな」

カグミはイシュアンの意図がわからないまま、衣装から衣装へ移動し、並んで立つ。どの衣装も品よく華やかで、桜色、薄い青緑、淡い青色、黄色、紫色と春めいている。

「それだな。君の瞳によく似合う」

イシュアンが「それ」と言ったのは、上下が微妙に色味の違う、淡い紫の衣装だった。彼はすっくと立つと、衣装と揃いの靴や、鮮やかな濃い紫色の帯、装身具や小物類も次々選択していく。

「本番はこれでよいとして、練習用はどれにする？　君が好きな衣装を選んでいい」

話がまったく見えない。カグミは挙手して、イシュアンの了解を得てから訊《たず》ねる。

「あのう、私が衣装を選ぶ意味がわかりません。誰が着るんですか？」

すると、度肝を抜かれる答えが返ってきた。

「君だ」

「はあ!?　じょ、冗談じゃないですよ。なんで私がめかし込む必要が——とにかく嫌です」

本能的にやばいと感じたカグミは逃げようと思ったが、扉口にルケスがいては脱出もできない。

……退路を断たれてるし！

イシュアンはカグミの苦情を聞き流し、勝手に桜色の衣装を選んで、他の物を片付けさせた。

「説明するから座りなさい」

「きょ、拒否権は？」

「ない。座れ」

カグミは泣く泣く座り直した。どうやら悪足掻《わるあが》きする余地はないらしい。

イシュアンが挫《くじ》けた様子のカグミに顔を上げるように言い、訥々《とつとつ》と喋《しゃべ》り始める。

「春季祭《しゅんきさい》当日だが、『司書見習いのカグミ』には病で寝込んでもらう予定だ」

「はあ。『司書見習いのカグミ』を仮病で部屋に押し込めて、私をどうすると?」

ふてくされたカグミが胡乱《うろん》な顔で訊《たず》ねると、イシュアンにひたと見据えられた。

「君にしかできない仕事がある。私に力を貸してほしい」

それは無理を強《し》いる声や命令を下す眼ではなく、助力を乞う、本当に真摯《しんし》なものだった。

「伺《うかが》います」

カグミは即座に姿勢を正し、指先を揃えて腿《もも》の上に置く。

イシュアンは微《かす》かに頷いて、ゆっくりと口を開いた。

「春季祭《しゅんきさい》での王太子暗殺を阻止し、逃亡中の仲介役と首謀者を捕縛《ほばく》する」

話の内容はこうだった。

位階持ちの者たちへ内々に、王太子へ暗殺予告があったと発表した。同時に、反逆の意思なしと証明したければ、春季祭《しゅんきさい》に正装で出席するよう通告したのだとか。欠席者は位階剥奪《はくだつ》。その上、軍事院へ強制連行し、事情聴取を受けさせる。抵抗すれば反逆罪で罰せられるという。

「既に通達を出し、出席の可否の返信待ちだ。まあ、形ばかりだが」

祭り当日は、出席者全員に名前を記帳してもらい、それと引き換えに参加証を手渡す。会場で参加証がない者は、その場で逮捕《たいほ》または処刑。例外は認めない、と断じてイシュアンが続きを喋《しゃべ》る。

「位階なしの者の出席は、長官と祭典責任者の認可があれば各院一名に限り認める。ただし、問題が起きた場合はすべての責任を長官が負う。処罰の危険を考えれば、実際の参加者は皆無だろう」

「……結構というか、かなり過激……じゃなくて厳しいですね」

要は、行政に責任のある奴は必ず来い。来ない奴は解任《クビ》にする。来ても怪しい奴は捕まえる。もしくは殺す、ということだ。

「逆心がなければ問題ない」

イシュアンは感情のない声で言い切った。

カグミは少し考えて、疑問を口にする。

「この前提だと、計画の首謀者は位階持ちの何者か、ということですか」

「王宮内でのこれまでの動きから考えて、位階なしとは思えんな」

「叙位はされてないけど、これからのし上がりたい野心家、という線は考えられませんか」

「その場合、計画の成否を確認するため、自分の眼で見ようと祭典に出席するか、信用のおける代理を立てるだろう。万一があっては命取りになるからな」

カグミは頬を引《ひ》き攣《つ》らせ、びくつきつつ指摘した。

「それ、偽装潜入も考えられるって言っていません？」

「そうとも言う」

「あの、ものすごく心配になってきたんですけど……本当に首謀者、見つけられますかね」

「そのために、君の力が必要だ」

イシュアンの眼が、必ず見つける、と言わんばかりに炯々《けいけい》と光り、カグミを射抜く。

……無茶苦茶、怖いんですけど。

カグミはゴクリと唾を呑み込み、真剣に考える。王太子殿下に危険が迫っているなら見過ごせない。それにイシュアン殿下にとっては身内だ。絶対、守りたいに違いない。

自分の身に置き換えてみれば、脳裏に養父と三人の義兄の笑顔が浮かぶ。いつも温かい手を伸ばしてくれる、大事な家族。傷つけられるなんて許せないし、命を狙う奴は、もっと許せない。

俄《にわ》かに腹の底から血が沸騰するほどの怒りが込み上げてきて、カグミは覚悟を決めて言う。

「わかりました。どうぞ使ってください」

「ありがとう。頼むよ」

イシュアンは嬉しそうに応じて、纏《まと》う空気を和《やわ》らげた。

ここまでは、カグミも使命感に燃えていた。

だが、続くイシュアンの言葉を聞いた瞬間、一気に間抜け顔になる。

「説明に戻るけど、君には母上のお気に入り令嬢の一人として、祭典に列席してもらうから」

「……はい？」

「変装もとい盛装して私の傍に侍《はべ》るように。さっき選んだ衣装はそのための物だよ」

「なんでそうなるんですか⁉　王妃陛下のお気に入り令嬢なんて、そんな大役務まりません！」

カグミが嫌々しながら後退《あとずさ》ると、イシュアンが懐《ふところ》から扇子《せんす》を抜いた。

「ただ笑って座っていればいいよ。口も利かなくていいから」

「いやいやいや。無理です、無理です、無理です」

カグミが首を大きく左右に振ると、イシュアンは笑みを深めて、たしたしと扇子《せんす》で掌《てのひら》を打つ。

「君、さっき『わかりました』って言ったよね？」

前言撤回したい、とカグミは涙ぐむ。

……貴族のお嬢様に扮《ふん》して王族と一緒に祭典出席なんて、むーりー。

キラキラ王族とキラキラ美女たちの中に平々凡々なド平民が紛れて、浮かないわけがない。絶対に浮く。浮くに決まっている。それで素性がばれようものなら、想像するのも怖い。

蒼褪《あおざ》めるカグミに、イシュアンはここぞとばかりに畳《たた》みかけた。

「盛装する一番の理由は、仕事を頼むにしても君の身分では会場をうろつけないからだ。それに君の身の安全を考えても私の傍にいた方がいい」

本当に心配そうに言われて、迷う。

「うう。確かに白袍《ほうふく》服姿の私じゃ、長官のお仕事を手伝うのは無理がありますけど……」

常識的に考えて、仕事を手伝うどころか、近づくことすらまず不可能だろう。

カグミはヤケクソで最後の抵抗を試《こころ》みた。

「でも、位階なしの平民が長官の——王子殿下の傍に侍《はべ》るって、ばれたらまずくないですか？」

「大丈夫、ばれないよ。私が保証する」

イシュアンは自信満々だ。カグミはとうとう観念し、がっくりと項垂《うなだ》れて、ぼやく。

「ばれても知りませんからね」

「とはいえ、ばれない努力もしようか」

悪寒《おかん》がした。冷たい汗が背中を、つう、と流れ落ちる。カグミは恐る恐る訊《たず》ねた。

「わ、私になにをしろと?」

「とりあえず、明日はお嬢様教育かな」

「私、明日は休みですけど」

イシュアンが素気なく言う。

「予定を組んでいると言っただろう」

カグミは、今度こそ真剣に座布団をぶつけたい気持ちになった。

……この黒魔王!

しかし抗議が認められるわけもなく。

翌日、カグミはルケスに連行され、イシュアンの指導の下、お嬢様教育を受ける羽目になった。

# 春季祭《しゅんきさい》

春季祭《しゅんきさい》まであと三日。

イシュアンに『王妃陛下のお気に入り令嬢』に化《ば》けるよう命じられてから、カグミの日々は加速度的に忙しさを増した。通常業務に加え、書院で大量の書簡を読まされ、『ご意見番』に会いにきた来庫者の相手を務め、ユーベルミーシャの溺愛《できあい》から逃げる。

春季祭《しゅんきさい》の参加準備も忙しさに拍車をかけていた。祭典出席者の名簿を読み、位階や身体的特徴をまとめた記録簿に眼を通す。そして、当日の進行や立ち位置、注意事項を覚える。お嬢様教育も頑張った。頑張ったが、『黙っていればお嬢様に見えないこともない』程度が限界だった。

イシュアンは花巻き寿司の所望を理由にヨウハを呼び出し、宮廷料理についての相談に乗ったらしい。後でヨウハが「語り草になるような料理を披露する」と奮起《ふんき》していた。

王宮の隠し通路は、無事に埋《う》め立てが完了したのだとか。

水面下で追っていた暗殺計画の首謀者及び仲介役は、残念ながら未だ捕まっていない。

そしていつの間にか残雪は消え、新緑が芽吹き始めてすっかり春らしくなっていた。

「おい、ブス。おまえ春季祭《しゅんきさい》に出られないんだって？」

終礼に間に合うよう書院から戻ってきたダーヴィッドに話しかけられる。

春季祭《しゅんきさい》を明日に控え、カグミは極度の疲労と緊張と不安で余裕がなく、無愛想に応じた。

「私だけじゃなくて、位階なしは皆出られないと聞きましたけど」

「長官の許可があれば出られるだろ。イシュアン長官は祭典責任者でもあるわけだし」

「別にいいです。無理して出てお貴族様やお偉方に囲まれたら、肩身が狭いだけですし」

「だけど……楽とか舞とか、すげぇ綺麗なのに。おまえ見たくねぇの？」

気遣うような口ぶりや態度から察するに、ダーヴィッドは慮《おもんぱか》ってくれているようだ。

カグミは、どんな心境の変化だろう、と不思議に思いながら答える。

「今回は諦《あきら》めます。それに風邪気味で体調が悪いので、明日はおとなしく寝ていますよ」

事前打ち合わせの通り、言い訳をしておく。

ダーヴィッドは慌てて、心配そうな顔つきになった。

「体調が悪いだと？　バカ、そういうときは早退しろよ。ルケス様には俺から言っといてやるから、もう部屋に帰って休め。明日も安静にしてろ、いいな」

良心がちくりと痛む。仕事のための嘘とはいえ、ちょっと後ろめたい。

でも助かった、とカグミはダーヴィッドに感謝した。これからが大変だと思いつつ、カグミは食堂に直行する。難癖《なんくせ》をつけられたら困るので、人気《ひとけ》のないうちに食事と風呂を済ませたいのだ。

幸い、女子寮長とも遭遇《そうぐう》することなく、寮を出られた。書庫に戻ると、ルケスが待っていた。既に終礼は終わり、彼一人きりだ。

「お待たせしました」

「時間がない。始めるぞ」

春季祭《しゅんきさい》の最終打ち合わせである。イシュアンは非常に忙しいとかで、明日の朝、合流するという。

ルケスの作成した行動予定表に沿って話す。起床のお迎えから始まり、身支度、挨拶《あいさつ》、儀式の参列、大神楽《だいかぐら》、神送りの儀、大御膳会《ごぜん》。この流れで何事もなければ、そのまま散会らしい。

カグミの一番重要な仕事は、イシュアンの指示に従うことだそうだ。

……まあ、あんまり細く指示されるより、わかりやすくていいや。

髪を洗い、寝る前に使えと渡された、美肌効果があるという保湿薬を顔や手に塗る。

美肌効果自体はあんまり信じてなかったが、ほんのりと蜂蜜《はちみつ》の匂いがして、よく眠れた。

翌朝、ドンドンドン、と激しく部屋の扉を叩かれて、カグミは飛び起きた。

「ルケスだ」

「今、出ます！」

直前まで寝ていました、とは言えるはずもなく、カグミは大急ぎで借り物の緑袍服《ほうふく》に着替える。素性をごまかすため、白袍服《ほうふく》ではない方がいいと用意された物だ。

「お待たせしました。おはようございます、ルケス様」

「……………カグミか？」

カグミの頭や顔をじっと見て、ルケスが不審そうに訊いてくる。カグミは「はい」と応じた。

「そうか、おはよう。早速だが扉を施錠《せじょう》して、これを頭から被りなさい」

指示に従い、部屋に鍵をかける。それから差し出された大きな一枚布を被った。すると、ルケスに抱き上げられた。

「今から隠し通路を使って君を運ぶ。見られては困るので、私がいいと言うまで布は外すな」

用心に用心を重ねて、人目を避《さ》けつつ着いた先で、子供抱っこの状態から床に下ろされる。

「一度、布を取っていい」

布を除けて、カグミはびっくりした。素人目《しろうとめ》にも素晴らしい調度品が揃っている。

「一旦、私は部屋を出ていく。君は袍服《ほうふく》を脱いで待ちなさい。くれぐれも身支度の最中は無駄口を叩かないように。全部終わったら、布を被って静かに待っていなさい」

ルケスと入れ替わりに、大きな箱を抱えた三人の女性が入室してきた。カグミは、彼女たちの赤袍服《ほうふく》に黒の花簪《かんざし》を見て仰天した。いずれも、畏《おそ》れ多くも王族に仕える女性たちである。

ありがたいやら、申し訳ないやら、カグミが恐縮している間にも、側仕えの女性たちは箱を開けて中身を取り出す。衣装、装身具、小物類、靴、そして化粧道具。

カグミは淡い紫色の衣装を着せられ、紫水晶の耳飾りをつけた。腰帯はきつく、美しく結ばれ、刺繍《ししゅう》入りの靴に履き替える。髪は丁寧に梳《す》かれ横髪を残して結い上げ、玉《ぎょく》のついた簪《かんざし》を何本も挿《さ》された。仕上げは化粧で、色々塗りたくられ、眉を整え、唇に紅《べに》をさす。

最後に頭から布をかけられる。準備が整ったと知ったときには、カグミはくたびれ果てていた。

間もなく扉が開く音がした。微《かす》かな人の気配と共に、涼しげなイシュアンの声が響く。

「入るよ。どう、綺麗にしてもらった？　エストワ、布を外せ」

髪が乱れることのないようにそっと布が捲《めく》られ、目の前にいるエストワと視線が絡む。

「——これは見事な。殿下、どうぞご覧ください」

喜色満面でそう言ったエストワが前から退いて、脇に下がる。

カグミがやや顎《あご》を持ち上げて正面を見ると、イシュアンが眼を大きく見開いて固まっていた。彼だけじゃない。リガルディーも、ルケスも息を呑んでいる。エストワは顎《あご》を撫《な》でて上機嫌だ。

「あのう、長官？」

反応のないイシュアンに呼びかけると、ピクリと動いた彼の手から扇子《せんす》が落ちる。拾う気配がないので、カグミが代わりに手を伸ばす。なにげなく拾おうとして、できなかった。

「重っ。な、なんですか、この扇子《せんす》⁉」

見た目よりずっと重い。一度持ったが取り落としてしまい、結局エストワが拾った。

イシュアンは落とした扇子《せんす》を受け取りながら、なぜか少し頬を赤らめてカグミから眼を逸《そ》らす。

「……重いのは、鉄扇《てっせん》のせいだ。指を痛めるから下手に触らない方がいい」

「鉄の扇をあんな無造作に扱うなんて、長官って優男《やさおとこ》だと思ってたのに、実は違ったんですね」

カグミは感心して褒《ほ》めたつもりが、イシュアンの癇《かん》に障《さわ》ったらしい。

「へえ。優男《やさおとこ》、ね。それは君の本心かな？」

地を這《は》うような低い声に、失言だったと気づく。カグミは思わず手で口を押さえようとした。

「こら、待ちなさい。紅《べに》が落ちる」

制止の声がかかり、カグミの手にイシュアンのそれが重なる。だが、手はすぐに離れた。

「せっかく美しいのだから、所作には気をつけて」

「美しい、ですか？」

「口を利かなければ」

カグミはムッとし、イシュアンと二人の側仕えはおかしそうに笑う。扉口に立つルケスは、悩ましげに指で眉間を押さえている。

芸術品を眺めるみたいにまじまじとカグミを見つめて、イシュアンは満足そうな顔で言った。

「これならば、誰も君が『司書見習いのカグミ』だとは気づくまい」

「本当ですか」

「ああ。やはり髪色を変えたのは正解だった。衣装や化粧のおかげでもあるが、別人のようだ」

昨夜、カグミはイシュアンの指示で、黒の染毛剤を綺麗に洗い流し、銀髪に戻した。

イシュアンの腕がカグミに伸びて、長い指で髪をひと房掬《すく》い上げる。

「冴《さ》え冴《ざ》えと光る星のような髪色だ……普段隠すのが惜しいが、確かにこれは目立つな」

「ええ、まあ。外見で悪目立ちするのは嫌なので、今夜には黒く染めます」

「そうか。その髪色も悪くないので残念な気はするが、君は黒髪の方が君らしい」

「私は地毛の方が楽ですよ。いちいち染めるの、ほんと面倒くさいんですから」

ついぼやくと、イシュアンはくつくつ笑いながらカグミの髪を手放し、次に左手を取った。

彼はカグミの手首に花飾りのついた桜色の紐を巻き付け、固く結び目を作る。

「これが祭典参加証だ。今日一日、落さないように気をつけて。準備は？」

カグミは待ったをかけて、畳《たた》んである緑袍服《ほうふく》から手拭きなどの私物を長衣の袖の中に移した。

「よし。いつでも行けます」

不意にイシュアンの周囲の空気が変わった。鋭く冷たい緊張感に満ちている。

カグミは思わず震えた。イシュアンは先程までとは違い、威風堂々とした空気を纏《まと》っている。近くにいるだけで息をするのも苦しく、自然と跪《ひざまず》いて深く頭を垂れていた。

頭上から、イシュアンの強い意志を感じさせる声が聞こえて、胸を打つ。

「これより国に仇《あだ》をなす反逆の芽を摘《つ》む。力を貸せ」

「はい」

カグミはそう答えるのが精一杯だった。身体の芯《しん》まで痺《しび》れるような感覚に、膝が笑っている。

……これが、王族。イシュアン王子殿下。

感銘を受けるとは、こういうことかもしれない。

足に力が入らず、立ち上がれないでいるカグミを、イシュアンが手を引いて立たせた。

「なにを固まってる。図太い君らしくもない」

「……図太くて悪かったですね。長官が脅《おど》かすからですよ」

いつものように気安く話しかけられたので、なんとかカグミも返事ができた。

イシュアンは眉を顰《ひそ》めて心外そうにカグミを見遣《や》って言う。

「迂闊《うかつ》な君に少し活を入れただけだろう。なにせ今日は海千山千《うみせんやません》の老獪《ろうかい》な連中が集まっている。僅《わず》かな隙も見せるなよ。興味を持たれる真似もするな。仕事にならん」

ここでエストワが「殿下、時間です」と一声かけてきた。イシュアンが素っ気なく頷く。

「今から君を、髪色にちなんで『星の君』と呼ぶ。万一他の者に素性がばれて本名を呼ばれても、とぼけておけ。返事はするな。……しそうだな」

「喋《しゃべ》らないから大丈夫ですよ。私はただ笑って殿下のお傍に座っているだけですからね」

言外に、社交は全部お任せですよ、と伝えておく。

イシュアンは「とにかく油断しないように」と念押しして、カグミへ手を差し伸べた。


割とすぐ、カグミは窮地に陥《おちい》った。

祭典が始まるまで待機するように言われ、通された部屋には、左手首に花飾りを結ぶ三十人ほどの若い女性たちがいた。『王妃陛下のお気に入り令嬢』だ。誰も彼も贅《ぜい》を尽くした装《よそお》いで、並々ならぬ気合が感じられる。衣装に焚《た》き染《し》められた香の薫《かお》りに、早くも酔いそうだ。

カグミはぼろが出ないよう、できるだけ誰とも眼を合わさず、空《あ》いている長椅子に腰かけた。

　そこへ、物好きな女性が近づいてくる。

「あなた、見ない顔ねぇ」

　慄然《りつぜん》とした。

　忘れもしない、この声は平民嫌いの女子寮長様である。

「王宮へ出仕されている方ではないでしょう。まるで見覚えがないもの。どちらの家の方？」

　表向きは無表情を装《よそお》いつつも、カグミは冷や汗をかいていた。

　……まずい。ばれる。どうしよう。

　喋《しゃべ》れないのでごまかせない。顔を隠す小物もないし、逃げたら怪しまれる。八方塞《ふさ》がりだ。

　女子寮長は反応のないカグミに苛ついたのか、徐々に口吻《こうふん》が鋭くなっていく。

「だんまりとは無礼ですこと。あなた、まさか口が利けませんの？」

　進退窮《きわ》まり、このままだと喧嘩《けんか》を吹っかけられそうだ、と緊張が頂点に達した、そのとき。

「私のお友達に、なにかご用？」

　甘く鼻にかかる、女らしい声が割って入る。眼の覚めるような真紅の衣装で現れたのは、アルテアだった。長い裾を苦もなく捌《さば》き、これぞお嬢様、という美しい姿で佇《たたず》む彼女は、眠たげな一瞥《いちべつ》を女子寮長に向けて、赤い唇をゆっくりと開く。

「私のお友達は人見知りで、他の方とはお話しませんの。ごめんなさいね」

なにげない口調なのに、明らかに上位の者から下位の者へ話していると理解できた。

女子寮長も正面切って敵対するのを避《さ》けたいらしく、屈辱感で身体を震わせながらも愛想笑いを浮かべる。

「まあ、そうでしたか。それは失礼致しました。なにぶん、知らなかったものですから」

そう言った女子寮長は、刺々《とげとげ》しい一瞥《いちべつ》をアルテアに向けて踵《きびす》を返した。

女子寮長が去ってホッとしたのも束の間、一難去ってまた一難である。

……助かるには助かったけど、状況はもっと悪いかも。

なにせ毎日顔を合わせている相手だ。見た目の印象が異なっても、少し注意すればわかるはず。

「お隣、よろしいかしら」

アルテアはカグミの「よろしくないです」という心の叫びを無視して、すぐ隣に腰かける。

「独り言ですけれど、私、お仕事の邪魔をするつもりはなくてよ。長官のお仕事は大事ですもの」

カグミは腿《もも》の上に指先を揃えた姿勢はそのままで、首だけ動かし、アルテアの顔を窺《うかが》う。

彼女は退屈そうに前を向いていて、カグミの方は見ようともしない。

……見逃してくれるんだ。

それだけではなく、他の人の余計な干渉を阻《はば》んでくれている。こんなによそよそしい空気では、誰も近寄れないし、気軽に声もかけられないだろう。

カグミは胸の中でアルテアに深く感謝して、勝手に心の友に認定した。

七の鐘が鳴る。

すると近侍院《きんじいん》の庶官が迎えに来て、名簿を見つつ一人ずつ名前を呼ぶ。呼ばれた者は順番に案内役に従い、後へついていく。アルテアは二番目に呼ばれ、カグミは最後に「星の君」と呼ばれた。

一列になって粛々《しゅくしゅく》と歩みを進めながら、管理院を抜け、南門に続く広場に出る。

外はいい天気で、淡い青緑色の空が広がり、雲が白く霞《かす》んでいた。春らしい陽気だ。

上空から王宮広場に眼を移せば、中央に三段の祈祷台《きとうだい》と舞台が設《もう》けられ、正面に屋根と衝立《ついたて》のある貴賓《きひん》席があった。両脇には祈祷《きとう》院の神官や巫女《みこ》、舞楽を奉納する舞手や楽師が控えている。

広場は既に満員御礼だった。事前にルケスから教えられた知識によると、所属する院ごとではなく、位階の順位順に舞台の近くから遠くまで席が割り振られているらしい。

祭典への出席者は正装で、身分別の袍服《ほうふく》と、所属院別の帯か花簪《かんざし》を身につけ、左手首に花飾りのついた桜色の紐を結んでいる。

会場に入るためには、専用の記帳所で所属院と位階を明記し、署名をしなければならない。引き換えに参加証が渡される。それを身につけていなければ大変なことになるので、なくさないよう上から押さえている者も大勢いた。

他に目立つのは、武装した兵士たちだ。参加証を巻いていることを除けば、兵装はそのままで、物々しい空気が漂《ただよ》っている。

カグミたちは案内役の指示に従い、指定された場所に立つ。目の前には黒塗りに金の意匠を凝《こ》らした低い腰掛けと、由緒のありそうな横笛の置かれた台がある。

しばらく経つと、王族が入場する笛の合図があり、全員がその場で顔を伏せて立礼した。国王陛下のお声がかかる前にお姿を見るのは、大変失礼なことだそうだ。

衣擦れの音がして、視界の隅に黒色がちらつく。黒色を纏《まと》えるのは王族のみ。

——近くに国王陛下がおられる。

そう考えただけで、自然と動悸《どうき》が速くなっていく。

「我が親愛なる民よ。忠実なる者たちよ。皆々、面を上げよ」

穏やかだけど威厳《いげん》に満ちた声が響く。初めて聞く声なのに、なぜか懐かしい気もする。

カグミはゆっくりと顔を上げた。貴賓《きひん》席の中央に両陛下夫妻の背中が見える。祈祷台《きとうだい》より向かって右に国王、左に王妃。国王の隣は王太子、王妃の隣に第二王子、イシュアン、王女が並ぶ。そして王太子の隣にユーベルミーシャほか、他国の大使が列席している。

カグミたち『王妃陛下のお気に入り令嬢』は、言わば貴賓《きひん》席の接待役らしい。祭典に華を添える役割だ。出過ぎることなく話し相手を務めたり、ちょっとした用事や、用足しに同行したりする。無論、席を外す際は危険や間違いがあってはいけないので、兵士も一緒だ。

イシュアン付きはカグミで、背後の衝立《ついたて》の前には側仕えや上位の兵士も並んでいる。

まとわりつくような気配を感じたカグミは、僅《わず》かに首を動かす。

……なんだろ。誰かに見られている気がする……って、うわ、まずい！

袍服《ほうふく》とは違うヨルフェの民族服を着たユーベルミーシャと、ほんの一瞬眼が合ってしまった。

……ばれた？　いや、まさか。だって本当に一瞬だけだったし。

大丈夫、と思いたいカグミは、もう二度とそちらを見ないようにした。

国王の口上が終わると着席となり、カグミはイシュアンの真後ろに座る。この後はすぐに神官と巫女《みこ》たちによる清めの祓《はら》いから、神降ろしの儀式が始まって、大神楽《だいかぐら》まで祭典が色々と続くらしい。だがカグミに見物する余裕はない。

エストワが差し出した黒い布に包まれた物を、イシュアンが受け取って足元に置き、つい、と手で背後に押しやる。カグミがそれを膝前に移動させると、手振りで「始めよ」と合図された。

包みの中身は、記帳所から回収したばかりの名簿だ。ざっと見たところ、十数冊ある。

カグミはイシュアンの背中に隠れ、名簿を一頁《ページ》ずつ捲《めく》っていく。着目すべきは、筆跡と名前。それをイシュアンに散々読まされた書簡の記憶と突き合わせる。

最初は過去半年分だったのに、読み終えたら、もう半年分追加され、結局一年前まで遡《さかのぼ》り読み漁った。他にも、各院の業務記録や外出記録など、とにかく位階持ち全員の直筆をどこかから掻《か》き集めて読まされたのだ。

イシュアンは「位階持ちを強制出頭させることで反逆者を誘《おび》き出す」と言った。

そして参加証と引き換えるという口実で手に入れたかったのは、出席者直筆の筆跡だ。

カグミの脳裏に、イシュアンの指令が蘇《よみがえ》る。

「祭典出席者の中に、身分を偽《いつわ》っている者がいるはず。名簿に記帳された筆跡と名前を君の記憶と照らし合わせて、異なる者。それが反逆者だ。――その中に、仲介役または首謀者が紛れている」

見抜け、と言われた。それがカグミに与えられた仕事である。

……結構いるな。

数名かと思っていたのに、両手の指では足りなさそうだ。暗殺計画の主犯格八名を捕らえた時点で逮捕《たいほ》者は結構いたが、うまく捜査の手を逃れていた者も相当数いたようだ。最後の名簿を見終わったので、カグミはイシュアンの袍服《ほうふく》の袖を三度引っ張った。終了の合図だ。

イシュアンはよほど驚いたのか、信じ難《がた》い、と言わんばかりの胡乱《うろん》な眼をカグミに向ける。

ここは褒《ほ》める場面じゃないの、と突っ込みたいのに口が利けない。辛い。

カグミは少々へそを曲げて広場を見る。今のところ、祭典は滞《とどこお》りなく進行していた。とはいえ、油断はできない。カグミが密談現場で目撃した詩文によれば、暗殺が決行されるのは、大御膳《ごぜん》会の後。だがバカ正直に襲撃を待つ理由はなく、当然ながら事が起こる前に解決したい。

次は大神楽《だいかぐら》。地上に降りた神々にお楽しみいただくため、舞や音楽を奉納する。最初の舞人は巫女《みこ》や神官で、次に舞の名手が続く。竜や不死鳥に扮《ふん》したり、扇や鉾《ほこ》を使ったり、勇壮な剣舞や格式の高い曲の披露など趣向は様々で、最後は華麗な装束を纏《まと》った王が舞う——らしい。

……ほとんど見られないけど。

すごく残念だ。ダーヴィッドが綺麗だと褒《ほ》めるくらいだから、ぜひ見たかったが仕方ない。

カグミはイシュアンが腰掛けからゆっくり立つのに合わせて、自分も立ち上がる。名簿は布に包んだ状態で放置。エストワが回収する手筈《てはず》になっている。

こうして、イシュアンにカグミ、エストワ、リガルディーが付き添って一旦退出だ。厳重な警備の中、管理院を抜けて中央宮殿へ入り、作戦の拠点部屋へ行く。上位の兵士が扉番を務めるその部屋の中には、正装姿のルケスと兵士、上位と下位、両方の庶官が待っていた。

「もう喋《しゃべ》っていいよ」

イシュアンの許可が出てもカグミは口を開かなかった。ルケスはともかく、他の人がいる前で声を聞かせるのはアリなのか、と眼でイシュアンに訊く。

「問題ない。ここにいる者は全員、私の直属の陽陰《ヒカゲ》だ。生殺与奪《せいさつよだつ》の権利は私が握っている」

イシュアンがとんでもない情報をサラッと口にした。カグミは思わず「ひぃ」と呻《うめ》いて、近くに来ていたルケスの背後に飛び込む。それから少しだけ顔を出し、イシュアンに文句をぶつける。

「ななななな、なんでそんな恐ろしいこと私に教えるんですか！　顔、見ちゃいましたよ⁉」

カグミがうろたえている間もイシュアンは時間を無駄にせず、エストワに指示を出しつつ言う。

「なにを慌てることがある？　情報漏《も》れに関しての基本を忘れたのか？」

物覚えの悪い子供を見る眼で睨《にら》まれ、カグミはムッとして「覚えています」と言い返す。

その返答では不十分だったらしく、イシュアンが面倒くさそうに部下に放り投げる。

「ルケス」

指名されたルケスは肩越しに振り返り、いかにも億劫《おっくう》な面持《おもも》ちで衝撃的な事実をカグミへ告げた。

「君は既に殿下の物だ。人には言えない仕事を請け負い、こうして手足となって働いている」

「……だから？」

カグミはゴクリと唾を呑む。ひしひしと、とてつもなく嫌な予感がする。

ルケスは、まだわからないのかとばかりの口調で、止《とど》めの一言を付け足す。

「君の生殺与奪《せいさつよだつ》の権利も殿下にある」

「やっぱりかー！」

カグミは頭を抱えて叫ぶ。今からでも遁走《とんそう》できないだろうか、とチラッと扉を見た。

刹那《せつな》、黒魔王の声で「星の君」と名指しされ、足止めを食らう。

「仕事だ。なにをふてくされている。時間がないから早くしなさい」

陽陰《ヒカゲ》と話し合いが済んだイシュアンは、円卓にカグミを手招いて、エストワに椅子を引かせた。卓上には墨や硯《すずり》、筆、小さく切った紙など筆記用具が揃っている。

「そうでした。急ぎます」

自分のことにかまけている場合じゃない。王の舞が始まるまでに席に戻る予定なのだ。袖が邪魔くさかったので少し捲《まく》り上げてから、カグミは筆をとった。小さな紙片に該当者の名前を書くだけなので、たいして時間はかからない。紙片を位階別に分けて、墨が乾くのを待つ。

カグミは側近二人と話していたイシュアンに声をかけた。

「できました。どうぞ」

「早いな」

「早くしろって言ったの、殿下じゃないですか」

「なるほど、よくやった。では次だ」

イシュアンが緑袍服《ほうふく》の陽陰《ヒカゲ》を呼ぶと、風采《ふうさい》の上がらない中年男がカグミの横に立った。

彼にイシュアンが指示を出す。

「この紙片の名を見て、思いつく限りの情報を述べるように」

「承知致しました」

「星の君は仔細《しさい》漏《も》らさず書き取りなさい」

「はい」

中年男は紙片の名前を一目見ただけで、スラスラと身体的特徴や仕草の癖などを挙げていく。

全部の記入を終えてから、カグミは中年男に感嘆のまなざしを向けて言った。

「すごい。名前を見ただけで眼の色とか背の高さとか、よくそんな細かいことまで覚えていますね」

「私は人を見るのが仕事だからね。一度見た顔は忘れない。ま、訓練の賜物《たまもの》と言っておこうか。しかし、すごいのは君だろう。筆跡まで模写してるとは、おかげで心理や性格も読み取れた。まさかあの『嫌々出仕に来ました』って顔をした子が、こんな異能の持ち主だとは思わなかったよ」

「……あのう、どこかでお会いしました？」

カグミを見知っているような口ぶりだ。だが中年男はニヤリと笑って口を噤《つぐ》み、離れていく。

紙片はエストワがまとめて集め、待機している陽陰《ヒカゲ》に配り、指示を与えていた。

「王の舞が始まる前に、一旦舞台を整える時間があります。その際に、手元にある名前の者を王の御名で呼び出し、身柄を拘束してください」

陽陰《ヒカゲ》の一人が軽く挙手して訊《たず》ねる。

「呼び出しに応じなければ、いかがしましょうか」

「周囲の者に見慣れぬ顔がないか確認を。各院の次官や判官に協力を仰《あお》いでもいいでしょう。名と身体的特徴が不一致であれば有罪、抵抗と逃亡も同じです。必ず生かして捕らえるように」

「承知致しました。では疑わしき者はひとまず捕らえて所属院の次官や判官に面通し致します」

またリガルディーも兵士の格好をした陽陰《ヒカゲ》に役目を告げていた。

「全員捕まえたら、院に在籍しながら無断欠席した本人を逮捕《たいほ》に行きますよ。罪状は王命への反逆。家人の逃亡も考慮して屋敷ごと取り押さえるので、準備してください」

「承知致しました。ただちに強制連行できるよう家宅捜査も含めて準備を整えます」

ルケスは地味に忙しそうで、筆記用具の片付けや、名簿を書院へ届けるよう手配している。

カグミは手持無沙汰で壁の花となっていたが、イシュアンに呼ばれた。

「今のうちに話しておこう。君の盗み聞きから始まった一件だからな。君には知る権利がある」

「え。これ以上、怖い話はちょっと」

「別に怖くはない。ただ暗殺対象に、王太子殿下だけではなく国王陛下も含まれていただけだ」

「すごく怖い話じゃないですか！」

カグミは頭を抱えて絶叫した。

イシュアン曰《いわ》く、今回の暗殺計画は、『王太子を弑逆《しいぎゃく》して第二王子を王太子位に就ける』のではなく、『王と王太子を弑逆《しいぎゃく》し、第二王子を王位に就ける』ものだという。

「計画の真の狙いが判明したきっかけは、君の一言だった」

そうして、イシュアンはトウゴマの種を口に含んだ変死体の件を持ち出す。

『……もしトウゴマ毒の利用を本気で考えている輩《やから》がいれば、実験するでしょうね』

第二の変死体を眼にしたカグミの意見を聞いて、彼は熟考したそうだ。

そして死体を検証したところ、毒の使用が確認された。死んだ男は若く見えたが、年齢は三十九。背格好は王太子と国王の両方に相似している。

また例の詩文の末尾も気になったのだとか。

『一は艶《たお》れ二が立ち万《よろず》の祈り届く』

書院の暗号解読班に確認をとったところ、この詩の元になったと思われる原文では、『二』は『愚王』、『三』は『新王』を表わしていたのだという。

加えて、『王宮平面図』を盗み、模写して戻す手の込みよう。

偽書簡に誘き出された者の数も、末端まで含めれば相当数に上った。

「狙いが王太子のみにしては、あまりにも計画の規模が大きすぎる。そう気づいた時点で、推測が確信に変わった」

イシュアンは上辺《うわべ》だけは淡々と、でも眼には静かな怒りの炎を灯して語る。

それからも逮捕《たいほ》した八名を再度厳しく追及したり、王の身辺におかしな動きがないか調べたり、カグミの作成した大量の偽書簡で情報を募《つの》ったり、協力を要請したり、陰で色々動いていたそうだ。

「これから会場に戻るぞ。反逆者の捕縛《ほばく》を開始するが、たとえ不測の事態が起きても、貴賓《きひん》席周囲の警備は万全を期している。もし問題が生じても、君は騒がずにじっとしていなさい」

「はい、わかりました」

慎《つつし》み深く頷いたのに、なぜかイシュアンに疑いのまなざしを向けられてしまう。

「返事はよいが、軽い。もう一度言うが、おとなしくしていなさい。私はおそらく途中で席を外すが、君はその場に残るように。……うっかり喋《しゃべ》って素性をばらさないよう、気をつけるんだ」

カグミは内心、あり得る、と考えた。自然に話しかけられたら、普通に返事をしそうだ。

「……今、『話しかけられたら返事をしそうだ』と思っただろう」

イシュアンの鋭い突っ込みに、ギクリとしたカグミは慌てて首を大きく横に振る。

「大丈夫です。気をつけます。ご安心ください」

「君の大丈夫は信用ならない。私は非常に心配だ」

ひどい言われように抗議したが、「前例があるため仕方ない」と一蹴《いっしゅう》された。

イシュアンはカグミに自分の後ろに下がるように言いつけ、背中を向けた。そして静かに指示を待つ陽陰《ヒカゲ》の前に立ち、短く命じる。

「反逆者を捕らえよ。絶対に逃がすな。——行け」

抑揚《よくよう》のない冷静な声だったが、なんとなく怖い感じがした。

カグミが気圧《けお》されるように足を引きかけたとき、イシュアンが振り返る。

「さて、戻るか。おいで、星の君」

二人が席に戻ったときも、祭典は続いていた。笛や太鼓、琴《こと》、鼓《つづみ》の伴奏に合わせて、赤を基調とした装束と、黒を基調とした装束を身につけた十二名の舞手が、優美に袖を翻《ひるがえ》している。

大神楽《だいかぐら》もいよいよ大詰め、次の演目が王の舞となり、その準備時間に入った。ここで、観覧席のあちこちで騒ぎが起こる。大捕り物が始まったのだ。悲鳴や怒号が飛び交い、暴れる者は容赦なく殴られている。捨て身で暗殺を決行しようと貴賓《きひん》席に突撃を仕掛けた者もいたが、手練《てだ》れの兵士に阻《はば》まれてあえなく失敗。

……ド派手にやってるけど、これって神事を穢《けが》すことにならないの？

ハラハラしながら見ていたカグミは、ふと、貴賓《きひん》席で動揺しているのは自分だけだと気づいた。

カグミの他は誰一人、顔色一つ変えていない。皆、冷静に構えている。

……そういえばアルテアも、周囲の喧騒には我関せずだったっけ。貴族ってそういうものなの？

この間も、捕縛《ほばく》は続く。

更には第二王子派の者が、「王太子位にはヒュウゴ殿下の方が相応《ふさわ》しい」と突然訴え始め、それに反論した王太子派の者と揉《も》めだしてしまう。

「余計な手間を……エストワ、まとめて黙らせよ」

地を這《は》うような低い声でイシュアンが命じる。

エストワは畏《かしこ》まって一礼し、即、兵士を大量投入し、揉《も》めている者たちを取り押さえていく。

やがて上位の兵士が伝令にきて、報告を預かったエストワがイシュアンに耳打ちする。

イシュアンは頷き、小声でエストワに指示を出した後、カグミを振り返り素っ気なく告げた。

「完了だ。反逆者を全員逮捕《たいほ》した」

もっと嬉しそうにしろよ、とは突っ込まず、カグミは内心で快哉《かいさい》を叫ぶことにした。

……さすが殿下、できる人！

安心したら、一気に気が抜けた。緊張感から解放されて、ぐったり潰れそうになる。

「星の君。あのね、まだ全部終わったわけじゃないよ？　もう少し頑張ろうか」

イシュアンの声も言葉も優しいのに、黒い双眸《そうぼう》は怒っている。危機感を抱いたカグミは涙目で頷き、ピンと背筋を伸ばして、お嬢様然と微笑んでみせた。

それから人海戦術で、広場は混乱する前の状態に整えられた。

やがて雅《みやび》やかな楽の旋律が流れ、会場内に厳《おごそ》かな空気が満ちる中、黒色に金色の装束を纏《まと》い、舞楽面をつけた国王が舞台に上がる。豊穣《ほうじょう》を祈願して舞う王の姿は幻想的で神々《こうごう》しく、とても美しい。

王の舞が終わり、神送りの儀に移っても、カグミは感動に浸《ひた》っていた。

……国王陛下って、すごい。なんかもう、すごすぎて、全然眼が離せなかったよ。

ぼうっと夢見心地でいたカグミが我に返ったのは、驚きの喚声《かんせい》と料理の匂いにつられてだった。

見れば、食膳院の庶官が列を成して、続々と大皿料理を運んでくる。観客席は騒然とし、貴賓《きひん》席もどよめいていた。

……ヨウハ様、本当にやったんだ。

カグミが料理人ヨウハに薦《すす》めた、『毒殺を回避するための十の方法』に載っていた方法の一つが『大皿料理』だ。

個別の御膳《ごぜん》ではなく好きに取って食べ、残りは下げ渡す形式ならば、毒の量の調整が難しく、被害範囲が想定できない。運が悪ければ一服盛った側も毒害を受けるため、毒殺回避には有効な手段である、と本に書いてあった。

ただ、貴人の食べ方ではない。

料理の見た目や味がどんなに素晴らしくても、国王が箸をつけなければ、すべて廃棄処分だ。食膳院が責任を問われる事態にもなりかねない。

ざわめきが徐々に引いていき、国王に注目が集まる。

衆人環視の中で、扇子《せんす》を手にしたイシュアンがスッと立つ。それが合図だったのか、兵士を随行させた四人の上位貴族が国王の前に引き立てられて、跪《ひざまず》く。

突然、イシュアンが社交用の声で、詩文を朗読《ろうどく》した。

「『天の御使《みつか》いは豊穣《ほうじょう》の月輝くとき歌い舞う　奉納されし食物は不味《まず》く酒は美味《うま》し　一陣の風乱れ迅速なる矢が飛べば　一は斃《たお》れ二が立ち万《よろず》の祈り届く』」

再び、どよめきが起こる。悪意の滲《にじ》む内容にひそひそ声が交わされる中、イシュアンが続ける。

「心当たりは？　――直答《じきとう》を許す」

顔面蒼白になった貴族の内の一人が、震え声で答えた。

「なんのことか、まったく存じ上げませぬ」

「そう。では、その言葉を証明してもらおうか」

彼らの前に、祈祷台《きとうだい》に奉じられていた酒や御膳《ごぜん》の供物《くもつ》が運ばれてくる。

「本来は両陛下夫妻が召し上がる物だが、今回は特別にそなたたちに譲《ゆず》られるそうだ」

イシュアンが優しい声で促《うなが》したものの、誰も手を出さない。

周囲からは怪訝《けげん》そうな声が上がった。本来はとても名誉なことであり、辞退など不敬極まりない。

イシュアンが無言でなにかを放り投げる。石畳に転がったそれは、特徴的な黒い縞《しま》と楕円形《だえんけい》――トウゴマの種だ。

四人のうち二人が、眼に見えてビクリとし、ガタガタと震え始めた。

イシュアンは彼らを見下ろしながら、ゆっくりと事の経緯を語る。

「秋口にそれを口に含んだ最初の変死体が発見され、犯人を捜索《そうさく》した。捜査は順調とは言い難《がた》かったが、その間に二人目の変死体が見つかり毒死と診断された」

イシュアンは扇子《せんす》の先でトウゴマの種を指して続ける。

「医者が言うには、それは遅効性の恐ろしい猛毒らしいな。症状は高熱、意識混濁《こんだく》、呼吸困難……非常に苦しみ抜いて死ぬそうだ」

一旦言葉を区切って、イシュアンが後ろ手を組む。

「話が逸《そ》れたか。捜査を進めていくうちに、犯人と思《おぼ》しき者の屋敷の隠し部屋で、その種を大量に発見した。実験記録、書付《かきつけ》、書簡、『王宮平面図』の複写もあった。他にも興味深い品物が多々な。そして昨夜、祈祷《きとう》院に何者かが侵入し、祭典用に清められた酒器や皿に毒を塗ったらしい」

ざわり、と会場の空気が揺れた。カグミも内心「ひい」と呻《うめ》く。

……神様へのお供え物に毒を入れるとか、罰当たりすぎるだろ。

糾弾《きゅうだん》に耐えきれなくなったのか、一人が顔面から突っ伏すように倒れ、失神した。

イシュアンはそれを無視して喋《しゃべ》る。

「また先刻、王太子暗殺計画に加担した罪で逮捕《たいほ》した者の内、数名が恩赦《おんしゃ》を条件にそなたたち四人の名を挙げた。先に逮捕《たいほ》された八名とそなたたち四人が計画の立案者で、首謀者は、そなたたちの中にいる『隠者《いんじゃ》』と呼ばれる男だと」

イシュアンは一呼吸置き、残った三人を眺めて、簡潔に問う。

「誰が『隠者《いんじゃ》』だ？」

一人は咄嗟《とっさ》に顔を伏せ、一人は動揺もあらわに眼を泳がせ、一人は僅《わず》かも乱れない。

イシュアンは冷静な態度を崩さない老齢の男をひたと見据えて言った。

「そなたか」

老齢の男は愉快そうに笑い、穏やかな眼で神への供物《くもつ》を見遣《や》る。

「せっかくですから、私がいただきましょうかな」

イシュアンは嘆息して老齢の男を軽く睨《にら》み、供物《くもつ》を下げさせた。

「ふざけたことを。誰が楽に死なせるか。——連れていけ」

緊迫した雰囲気の中、随行していた兵士たちの手で四人が連行されていく。

イシュアンは身体の向きを変え、国王に立礼で詫びた。

「陛下、お騒がせして申し訳ございませんでした。大変遅くなりましたが、どうぞお食事をお楽しみくださいませ。常とは趣向が異なりますが、これは陛下の忠実なる臣下が、世の平安を願い、祈りを込めて作った料理にございます。お味のほどは、私が保証致しますよ」

会場中が固唾《かたず》を呑んで見守る前で、国王はイシュアンを見つめて優しげに微笑む。

「そなたが申すならば、間違いなかろうな」

落ち着いた声でそう言った国王が、楽しそうに料理を選ぶ。側仕えが小皿に取り分けた料理を、背後に控えていた毒味役のサザメが味わい、問題なしとされたところで、国王は箸をつける。

そうして大御膳会《ごぜんかい》は、かつてなく盛り上がった。

カグミも大満足だった。一言も喋《しゃべ》れないのは辛いが、おいしい物が食べ放題なら話は別だ。

その上、殺人犯も捕まって暗殺も阻止し、首謀者も見つかって、まさに万々歳《ばんばんざい》である。

事件解決の立役者であるイシュアンは、エストワになにか耳打ちされると、リガルディーを伴って離席した。その際カグミを見下ろして、「待っててね？」と笑顔で釘を刺すのも忘れない。

料理に夢中のカグミは頷いた。今なら「来い」と言われても「嫌だ」と断れる自信がある。

……次はエビの油揚げかな。いや、カニの卵とじも捨て難《がた》い。蒸《む》し鶏《どり》もいいな。

料理に目移りしつつ胡麻豆腐《ごまどうふ》を堪能《たんのう》していると、トントンと軽く肩を叩かれた。

カグミはなにげなく振り返り、次の瞬間、驚愕した。ぶばっと胡麻豆腐《ごまどうふ》を噴かなかった自分を褒《ほ》めてやりたい。

「やっぱりカグミだ」

腰を屈めた姿勢で、ユーベルミーシャが笑っていた。

箸と小皿を持ったまま硬直するカグミの前で、ユーベルミーシャがのほほんと話しかけてくる。

「いつもの君も可愛いけど、たまにはこういう格好も可愛いね。髪色もよく似合うよ。普段もこのままでいればいいのに。あのね、私の国《ヨルフェ》では、君の眼の色と髪色はとても尊重すべき色なんだよ」

続けて「だから最初は君の見た目に惹《ひ》かれた」と打ち明けられたが、どうでもいい。

カグミは必死に考えを巡らせた。助けを求めようにも、イシュアンは不在。ユーベルミーシャの口を塞《ふさ》ぎたいが、塞《ふさ》いだら本人だと認めたようなもの。かといって、自力で拒《こば》める相手じゃない。

……と、とにかく、この場を離れよう。

イシュアンには「勝手に動くな」と怒られるかもしれないが、このままここで名前を連呼されて、好き勝手に喋《しゃべ》られたら、遠からず身元がばれるし、それはとても困る。

カグミは口の中の物を呑み込み、箸と小皿を置いて、衣装の裾を踏まないように立ち上がった。

「あれ、どこに行くの？　待って、私も行くよ」

来なくていい、と言いたくても喋《しゃべ》れない。口が利けないって、ものすごく不便だ。

……誰にも止められず中座できたのはいいとして、どこに避難しよ。

忠犬のように後をてくてくとついてくるユーベルミーシャを伴って拠点部屋へは行けない。それに、この姿で顔馴染みの扉番の立つ書庫や通行証の必要な書院に入るわけにもいかない。

すっかり困って立ち往生していると、背後からユーベルミーシャが言った。

「もしかしてイシュアン殿下を探してるの？」

それだ。カグミは振り返り、大きく頷いた。ユーベルミーシャは北の方角を指して言う。

「私もイシュアン殿下に用があるんだ。居場所もわかるし、ちょうどいいから一緒に行く？」

ここはユーベルミーシャの善意に甘えよう、と心を決めたカグミは彼についていくことにした。

## イシュアン・報告六

イシュアンは祭典会場の外に待機させていた愛馬にひらりと跨《また》った。エストワとリガルディーもそれぞれ騎乗する。各々手綱《たづな》を握り、馬首を北に向けてめぐらすと、一気に駆け出した。

先頭を走るエストワが叫ぶ。

「露払《つゆはら》いをします！」

エストワから少しの距離を開けてイシュアン、最後にリガルディーが続く。目指すは宝物殿だ。

「道をあけよ！」

普段は温和なエストワが、野太い声で喝《かつ》を落とすと、周辺の警備にあたっていた兵士らが驚いた顔で飛び退く。

先刻、イシュアンのもとに「宝物殿に侵入者あり」との知らせが届いた。

イシュアンはやはり現れたか、と胸中で呟きつつ、「すぐに向かう」と告げて席を立った。その際、なにげないふりをして背後を一瞥《いちべつ》すると、ユーベルミーシャが一人つまらなそうに酒杯を傾けていた。

そのときの彼を思い出しながら、飛ぶように馬を走らせる。

近侍院《きんじいん》と上位の男子寮の間を抜け、来客用離宮前の小広場を直進し、宝物殿に着く。

イシュアンは腰を張って馬を止めると、眉を顰《ひそ》めた。扉番の兵士四人と、警備のために配置していた兵士全員が倒されている。想定していたものの、実際眼にするとひどい光景だ。

リガルディーが先に立ち、施錠《せじょう》されていない扉を手前に引く。イシュアンが宝物殿の中に入ると、内外の監視役に徹するよう命じていた陽陰《ヒカゲ》がスッと現れて跪《ひざまず》く。イシュアンは彼らに命じた。

「報告を」

「侵入者は一人。顔を布で覆《おお》っていましたが、若い男です。扉番と警護の兵士を全員昏《こん》倒《とう》させ、対峙した陽陰《ヒカゲ》が二人やられました。まっすぐに隠し部屋に向かい中を検《あらた》めたものの、なにも持ち出しませんでした。その後は隠し通路を使おうとしましたが、使えず、断念したようです」

「どこへ向かった?」

「北です」

イシュアンは陽陰《ヒカゲ》に手振りで下がるように命じ、馬のもとに引き返しつつ、エストワに指示する。

「警笛《けいてき》で応援を呼べ。怪我人の回収とここの警護に就かせろ。私とリガルディーは先に行く」

「お任せください。私もすぐに後を追います。リガルディー、殿下を頼みますよ」

エストワが警笛《けいてき》を鳴らすのとほぼ同時に、イシュアンは再び馬に乗り、疾走を開始した。リガルディーも遅れまいとついてくる。

前方に大庭園が見える中、王太后離宮との間の道を駆け抜けた。忌々《いまいま》しいことに、警備の兵士が軒並み意識を失っていて、本来の役目を果たせていない。

後ろを走るリガルディーが感心した声を漏《も》らす。

「ほほう。凄腕《すご》ですねぇ」

「嬉しそうに言うな。私は不愉快だ」

イシュアンはぴしゃりと叱責を浴びせ、唇を引き結ぶ。宝物殿に配した陽陰《ヒカゲ》二名は武闘派だ。彼らを倒して逃げるとは想定外で、ひどく腹立たしい。

怒りを抱いて、北の通用門——通称、黒色の門を駆け抜けると、更に想定外の事態が待っていた。

右手に広がる王家の墓地の入り口に、カグミがいる。

それも、ユーベルミーシャと仲良く白馬に同乗していた。

得意げな顔をしたユーベルミーシャが、真上から覗き込むようにカグミを見つめて笑う。

「ほら、イシュアン殿下が来たよ。どうやら追いかけたつもりが追い越しちゃったみたいだね」

なんの話だ、と口を挟みたい衝動を堪《こら》えて、「冷静になれ」と自らに言い聞かせる。

イシュアンは敢《あ》えてカグミを視界に入れず、ユーベルミーシャと視線を交えた。

……これは、ごまかしは通じないな。

既にユーベルミーシャはカグミの正体を見抜いている。

「なぜ、カグミだとわかりました？」

言い逃れするのを諦《あきら》めてイシュアンが訊くと、ユーベルミーシャは迷いのない口調で答えた。

「わかるよ。好きな女の子を間違える男はいないでしょ。ここだけ横髪が短いのも同じだしね」

「なるほど。しかしカグミは私の物だとご存じのはず。お返しください」

「嫌だと言ったら？」

「ほう。私の物を奪うと、そうおっしゃるのですか？」

イシュアンは社交の場では決して使わない低い声で恫喝《どうかつ》した。

すると殺気を感知したのか、墓石の陰から、ユーベルミーシャの側近コウジンが姿を現す。相変わらず生気は希薄だが、纏《まと》う『色』は赤だ。内に漲《みなぎ》る戦闘色が透けて見えている。

だがユーベルミーシャが彼に手振りで、待て、と合図し馬を下り、カグミを鞍上《あんじょう》から下ろす。

「イシュアン殿下、二人きりで話をしたいな」

そう言った彼が、道を挟んだ向こうをちょいちょいと指した。

イシュアンが返答するより早く、リガルディーが言う。

「二人きりなど、護衛として認めるわけにはいきませんよ。僕もついて――」

語尾は突然の襲撃に掻《か》き消された。コウジンが地面を蹴り、リガルディーの馬の顔に掌《てのひら》を押し付けるように置くと、身体を捩《よ》じり馬上のリガルディーに蹴りを繰り出したのだ。

間一髪、直撃を避《さ》けたものの、リガルディーは体勢を崩して馬から転落した。そこへコウジンが短刀を手に襲いかかる。

この凶行を目撃したカグミがヒュッと息を呑んだが、リガルディーは体術で難なく躱《かわ》した。

ユーベルミーシャが真意の読めない凍った微笑を浮かべて、口を開く。

「ほら、側仕えは側仕え同士、仲良く遊ばせておけばいい」

「……腕利きの文官ですね。こちらに引き抜きたいぐらいの人材ですよ」

馬から下りて、嫌味を込めつつイシュアンが言い返すと、ユーベルミーシャは溜め息を吐く。

「あれは躾《しつけ》が難しくて、私の言うことしか聞かないんだ。ああでも、殺しは許可してないから、命の心配はいらないよ。——カグミ、ちょっと待っててね。危ないから、動いちゃ駄目だよ」

「そうだな。君はそこで待っていなさい。私の言いつけを破った言い訳でも考えておくといい」

イシュアンが強い口調でそう告げると、カグミはよほど怖かったようで顔色を失くす。

カグミに会話が聞こえない距離を取り、イシュアンとユーベルミーシャは対峙した。

「それで？　変死体の口にトウゴマの種を残してわざわざ毒殺を警告。『王宮平面図』を盗み、隠し部屋や隠し通路を探り、複写して横流し——挙句、貴族間の対立を煽《あお》って騒動の火種を拡散させた。そんな小細工をして、世間の注意を逸《そ》らしながら探した物は見つかりましたか？」

遠慮のない物言いのイシュアンは、特上のキラキラ笑顔で売られた喧嘩《けんか》を買った。

ユーベルミーシャは見てはいけない物を見たと言わんばかりの顔つきになる。

「よく調べたなあ。君って暇なの？」

「暇じゃありませんよ。ユーベルミーシャ殿の暗躍のせいで私も部下も大忙しです」

特に情報収集担当のエストワは、寝る間もなく働いている。

「そう、退屈しなくてよかったね。ところで、私の探し物はどこにあるのかな？」

「ふふ。私が答えると思いますか？」

質問に質問で返すと、ユーベルミーシャは「君って嫌な奴だよね」とわざとらしい溜め息を吐き、頭の後ろで指を組み、道に転がる石を蹴った。一呼吸置いて、羨《うらや》ましそうに話す。

「……君の家族って、仲良いよね。君は側近や部下にも恵まれているし、皆に頼られている。毎日やることがあって忙しそうだし、楽しそうだ。いつも人に囲まれて、いいなあって思うよ」

イシュアンはユーベルミーシャの言葉に耳を傾けつつ、『色』の変化にも注意していた。

……黒色のままだな。今の言葉は嘘ではないということか。

腑《ふ》抜《ぬ》けた態度のユーベルミーシャに戸惑っていると、彼が手を差し出して言う。

「なんでも持っている君に、『破壊の指輪』はいらないでしょ？　私に譲《ゆず》ってよ」

子供がお菓子をねだるように『聖遺物《せいいぶつ》』を欲しがられて、イシュアンは絶句した。

ややあって、首を横に振る。

「諦《あきら》めてください」

「嫌だと言ったら？」

「嫌でも諦《あきら》めてもらいます。そして今後二度とその話題を持ち出さないと誓っていただければ、今回に限り、諸々《もろもろ》の悪事に眼を瞑《つぶ》ります。――言っておきますが、大変な譲歩《じょうほ》ですからね」

本来なら厳罰ものだが、相手は他国の大使で、表向きはこの国の法制が一切及ばない。しかし『聖遺物《せいいぶつ》』の情報を伏せてくれるなら、秘密裏《ひみつり》の処分も下さないと説明する。

イシュアンが辛抱強く説得に臨《のぞ》むも、ユーベルミーシャは素直に応じない。

「これまでの労力を考えると、そう簡単に引き下がれないな。それに過去の大戦で消失したはずの『破壊の指輪』が実は現存しているなんて、この情報を他に売れば面白いことになるよね」

言外に、全世界規模の騒乱の種をばら撒《ま》くと脅《おど》されて、イシュアンの眼も剣呑《けんのん》さを増す。

ユーベルミーシャは底知れない悪意を秘めつつも、無邪気にある提案を持ちかけてきた。

「だから、私と勝負しよう」

「……勝負？」

「私が勝ったら、『破壊の指輪』とカグミをもらう。君が勝ったら、『破壊の指輪』は諦《あきら》めるし、他へ情報を漏《も》らさない。約束するよ。どう？　破格の条件でしょ？」

面倒な、と歯噛《が》みしたい気持ちながら、イシュアンは熟考した。ユーベルミーシャをこの場で暗殺すれば彼の口は塞《ふさ》げるが、他国の王家の血を引く大使を粗雑に扱ったことで外交上大問題となる。また『聖遺物《せいいぶつ》』の存在が明るみに出れば、その獲得を巡って各国が争うだろう。

およそ五百年前、いつ終わるとも知れない戦争に『聖遺物《せいいぶつ》』をもって終止符を打ち、この国を建国したのはローラン始祖王だ。その『聖遺物《せいいぶつ》』が『破壊の指輪』であることは王家の秘密であり、歴史を深く探れば辿り着く事実でもある。

ただし、それは『聖遺物《せいいぶつ》』の研究者など、本当に限られた人間にのみ許された情報であって、他国の人間に勝手に吹聴《ふいちょう》されるのは、甚《はなは》だ迷惑だ。

是が非でも、ユーベルミーシャを黙らせなければいけない。イシュアンは苦い思いで口を開く。

「勝負の方法は？」

「素手かな。私は武器を持ったら、どんな相手でも手加減できないから困るんだ」

「わかりました。では、素手で。勝敗はどちらかが気を失うか、負けを認めるまでとしましょう」

異論なし、とユーベルミーシャが頷く。それと同時に、イシュアンは素早く前に踏み込み、左右の拳《こぶし》を握った。左手を引きつつ、ユーベルミーシャの顎《あご》をめがけて右の拳《こぶし》を突き上げる。

外した。正しくは、受け流された。

「不意打ちとは、やるね」

「先手必勝、と先人は申しております」

ユーベルミーシャの皮肉を、イシュアンは軽くいなす。

一転、ユーベルミーシャの鋭い後ろ回し蹴りを食らうも、イシュアンは片腕で防いだ。体重をかけて彼を押しやると、近距離から顔面狙いで裏打ちを叩き込む。攻撃は成功したが、一方で横腹にユーベルミーシャの痛烈な膝蹴りを受けた。

そのまま揺さぶるようにイシュアンを突き放し、ユーベルミーシャが忠告してくる。

「当たると痛いよ」

左足を軸にして回転し、真後ろから繰り出された強烈な蹴りはイシュアンの喉《のど》を狙っていた。

「くっ」

腕を交差し、直撃を防いだものの、イシュアンの身体がよろめく。その隙をユーベルミーシャは見逃さず、今度は懐《ふところ》に飛び込んでくる。イシュアンは咄嗟《とっさ》に前に出た。頭突きだ。

もろに食らったユーベルミーシャは呻《うめ》いてふらつき、イシュアンは彼の胸元を引き込んで、拳《こぶし》で腹部を突く。直後、足払いをかけられて均衡《きんこう》を失い、身体が沈んだ。

イシュアンはユーベルミーシャの踵落《かかとお》としを避《さ》けつつ、起き上がって訊《たず》ねた。

「なぜ、ユーベルミーシャ殿は、『破壊の指輪』を欲するんです？」

「だって楽しそうじゃない。なんでも壊せるなんてさ。物も人も国も、簡単に滅ぼせる。物資も兵もお金もかけないで、手軽にさ。便利だよね、試してみたいよ。君はそう思わない？」

「まったく思いません」

イシュアンの眼に映るユーベルミーシャの『色』は黒。恐ろしいことに、彼は本気のようだ。

攻防は、ほぼ互角だった。

イシュアンが鋭い打撃技を繰り出せば、素早く掌《てのひら》で受けられる。その上、ユーベルミーシャはどんな体勢からでも蹴り技を出してきた。それを見切り、防御する。

「……誤算だよ。君、なかなかしぶとくて嫌になる」

「それはこちらの台詞《せりふ》です。外交大使がこれほどの手練《てだ》れとは、想定外でした」

イシュアンは連続蹴りを、胸を反らして躱《かわ》しつつ、疑問を突きつけた。

「そ、それにしても、くっ。いったい、どこで、『破壊の指輪』の情報を得たのですか？」

「避《よ》けたか、すごいな。でも愚問だね。情報は、丹念に調べれば、集まるものだよ」

ふっと空に伸びたユーベルミーシャの足が静止し、膝を曲げ、角度を変えて押し出される。情報源の聞き出しに一瞬だけ気が逸《そ》れたイシュアンの隙を見逃さず、痛烈な一撃を鳩尾《みぞおち》に食らわせた。

「ぐうっ」

痛みのあまり、視界が白く霞《かす》む。意識が飛びかけたが、ほとんど条件反射で次の攻撃は躱《かわ》した。

「あれ、まだ動けるんだ。もしかして、君って相当場慣れしてる？」

イシュアンは激痛を堪《こら》えながら、鋭い踏み込みでユーベルミーシャに近づき、襟《えり》を掴んだ。相手の胸元に潜《もぐ》り込むと同時に身体を沈ませて投げる。

「うわ、危ない」

ユーベルミーシャの足裏が地面を離れた。しかし、捻《ひね》り技を加えて着地を決める。そこへイシュアンは容赦なく足払いをかけて、均衡《きんこう》を崩したところを襲う。

それまで余裕の表情を見せていたユーベルミーシャも、この一撃は効いたらしい。立ち上がっても、足元がふらついている。

かく言うイシュアンも、息切れ、動悸《どうき》が激しい。

少し睨《にら》みあった後、どちらともなく地を蹴った。

そこへエストワが、髪を振り乱した状態で飛び込んできた。

「殿下！　お助け致します！」

咄嗟《とっさ》に、イシュアンは一喝《いっかつ》する。

「手を出すな！」

命令を受けて、エストワがたたらを踏んで立ち止まる。

「私のことはいい。それよりもカグミを――」

保護しろ、と視線を振ったところで、イシュアンは息を呑む。待機を命じた場所にカグミがいない。柄にもなく焦り、辺りを見回す。いた。マデュカに手を引かれ、今しも連れ去られようとしている。

ユーベルミーシャの画策かと思いきや、彼はイシュアンより先に勝負を放棄し、駆け出していた。イシュアンも続く。二人で先を競うように、墓地の奥まで走る。

「カグミ！」

イシュアンとユーベルミーシャが声を揃えて名を呼ぶと、カグミが足を止めて振り返った。

マデュカはすぐ目前に迫った彼らの姿を眼にするや否《いな》や、素早くカグミの背後に回り、彼女の首筋に隠し持っていた短刀の刃をあてる。その表情は追い詰められた獣《けもの》のそれだ。

「……なんの真似かな。誰がカグミを人質に取れと言ったの？」

息を詰めるイシュアンの横で、ユーベルミーシャが怒気を孕《はら》んだ声で淡々と言葉を続ける。

「私は、私とカグミを逃がした後で追手を阻《はば》めとは命じたけど、カグミを連れ出せと命じた覚えはないよ」

すると、マデュカは苦痛を帯びた顔で、重い口を開く。

「この娘は、主様《あるじさま》のためになりません。今のうちに始末しておくべきかと存じます」

それまで事態の把握に難儀している様子だったカグミだが、びっくり顔になる。

「主様《あるじさま》はこの娘に会ってからおかしくなりました。執着する物など持たなかった主様《あるじさま》が、石ころを後生大事にし、毎日彼女に会うため書庫に通われる。挙句、探し物が見つからなくても彼女だけは国へ連れて帰るなどと、血迷っておられます。私は僕《しもべ》として見過ごせません。排除致します」

もっともらしい建前《たてまえ》を並べていても、眼の奥に燃えているのは嫉妬《しっと》の炎だ。どうやらマデュカはユーベルミーシャに懸想《けそう》しているらしい。

女の嫉妬《しっと》は厄介《やっかい》だ。説得に失敗すれば、カグミは頸動脈《けいどうみゃく》を斬られるだろう。そうなれば確実に死ぬ。

イシュアンはマデュカを刺激せずに、なんとかカグミを助け出せないか考えを巡らせる。

だが、ユーベルミーシャは空気を読まない男だった。

「御託《ごたく》はいいから、カグミを放して。おまえは解任《クビ》だ。さっさと自決するといい」

「私が解任《クビ》……!?」

「主人に従わない僕《しもべ》など、いらないよ。ましてや私のカグミに手出ししようなんて、許せないね」

雇い主から見切りをつけられたマデュカは蒼白になり、取り乱した様子で叫ぶ。

「――元はと言えば」

逆上したマデュカの手に力がこもった瞬間、カグミが動いた。左足を浮かせ、マデュカの左足の甲を踏みつける。彼女が悲鳴を漏《も》らして拘束を緩めた隙に、裏拳《うらけん》を顔面に叩き込む。続けて脇腹を肘打ちし、短刀を蹴り上げ、止《と》めは見事な投げ技だ。

この場の誰が、いかにも非力そうなカグミがこんな反撃をすると想像しただろう。呆気にとられる面々の前で、カグミは鮮やかにマデュカを取り押さえた。

いち早く我に返ったエストワが、カグミに代わってマデュカを捕縛《ほばく》する。

イシュアンはカグミに「もう喋《しゃべ》ってもいい」と許可を出しつつ、苦言を呈した。

「君はまた、なんて無茶な真似を」

すると、カグミはムッとした顔で反論してくる。

「今回はちゃんと状況を見極めて、ここぞというときを踏まえて行動したつもりですけど。それに、どうして私がマデュカ様にひどい目に遭《あ》わされるんですか？」

さっぱりわけがわからない、という顔をするカグミに、イシュアンは端的に教える。

「マデュカの裏の顔は、ユーベルミーシャ殿の従者だ。この一連の事件では彼の命を受けて暗躍していた。――君はとばっちりと逆恨みを受けて襲われたようだな」

イシュアンの答えに、カグミは「えええええ!?」と叫んで呆然とする。

そんな彼女を庇《かば》うように立ち、イシュアンはユーベルミーシャに問いかけた。

「決闘の続きはどうしますか。勝負を途中放棄したのは、ユーベルミーシャ殿が先でし

たが」

勝敗をうやむやにはしないぞ、と威圧を込めて答えを待つ。

ユーベルミーシャはカグミに悪事を知られ、戦意喪失したのか、首を横に振り降参する。

「……私の負けだよ。ごめんね、カグミ。君に怖い思いをさせてしまった」

カグミが答えるより先に、イシュアンは小声で「黙れ」と命じ、代わりに返答する。

「では取り決め通り、約束を守ってください。ついでにカグミのことも諦《あきら》めてくれて結構ですよ」

しかし、この要求にはユーベルミーシャも首を縦に振らない。

「それは嫌だ」

イシュアンはこめかみに青筋を浮かべた作り笑顔を、ユーベルミーシャに向ける。

「引き際が悪い男は、嫌われるのでは？」

そう告げるとユーベルミーシャは必死な顔でカグミに縋《すが》りつき、「私のこと嫌いになった？」と泣き落としにかかった。イシュアンが眼で「突《つ》っ撥《ぱ》ねろ」と指示《しんし》しても、カグミは「自力じゃ無理」とばかりに首を横に振る始末。やがて繰り返される真摯な謝罪に、とうとうカグミが絆《ほだ》された。

「もう二度と、私の前で悪事を企《たくら》まないと約束してくださるなら、嫌いません。……嫌いませんけど、友達として裏切られた気持ちです。もし挽回《ばんかい》したい意思があるなら、事情聴取などには正直にご協力ください」

「うん、わかった。協力するから、私と友達を辞めるなんて言わないで、お願い」

しょんぼり項垂《うなだ》れるユーベルミーシャに同情したのか、なぜかカグミが彼を慰《なぐさ》め始めた。

そこで、様子を窺《うかが》って口を挟まずにいた側近二人が、それぞれ報告を始めた。

「コウジンは捕らえましたよ。袋叩きにして向こうに転がしているけど、どうします？」

「途中で振り切りましたが、私はマデュカの足止めをくらっていました。どうもユーベルミーシャ様が宝物とカグミ嬢を連れて、隠し通路から逃げるまでの時間稼ぎをする任務だったようですよ」

リガルディーとエストワが、殺気立ってユーベルミーシャを睨《にら》む。どうやら二人共、イシュアンを痛めつけた張本人を許せないらしい。

イシュアンが「ひとまず戻る」と宣言し、処罰は後日と決めた。

彼は自分の愛馬にカグミを乗せ、落ちないよう後ろから抱え込む。相乗りに彼女は居心地悪そうだ。

マデュカはエストワが一足先に馬で連行した。

他国籍のため法制外であるコウジンは、ユーベルミーシャが責任を持つという約束で、拘束を解くことを許可している。

駆け足よりやや遅い速度で戻る途中、カグミが気懸《きがか》りそうに訊《たず》ねてきた。

「これで本当に一件落着ですか？　なんか、色々ありすぎて頭が混乱しているんですけど……」

イシュアンは面倒くさかったが、カグミの眼は聞くまで逃がさないと強く訴えてくる。

「なにが知りたい」

「簡単でいいので、初めから説明してください」

イシュアンは嘆息しつつも、「他言無用だ」と言い含めて、事件の概要を話し始めた。

「事の発端《ほったん》は、前国王陛下の崩御《ほうぎょ》だ。父上が即位し、王位継承者を決める派閥の争いが激化した」

「王太子派と第二王子派ですね？」

「そうだ。今回の事件は、王と王太子を弑逆《しいぎゃく》し、第二王子を擁立《ようりつ》して、新王制を立てることが目的だったらしい。そのため第二王子派を囮役《おとり》に使い、『隠者《いんじゃ》』と名乗る者の主導によってひそかに、だが大掛かりな暗殺計画が水面下で進められた」

決行日は春季祭《しゅんきさい》。大御膳会《ごぜん》で出される食事に毒を盛り、王宮平面図に記された隠し通路から王宮に侵入し、待機。翌日、王と王太子が毒害で死亡した騒ぎに乗じて王宮を乗っ取り、王族を人質とする。そのまま近侍院《きんじいん》に押し入り御璽《ぎょじ》・神宝《しんぽう》・王笏《おうしゃく》を押さえて、第二王子に即位を強要。拒《こば》めば王妃や王女の命はないと脅《おど》す。

「そして傀儡王《かいらいおう》を誕生させ、実質政権を担《にな》うのは『隠者《いんじゃ》』を筆頭とした反逆者共だ」

カグミはイシュアンの話を聞くと蒼褪《あおざ》めて叫んだ。

「そんなことになったら大変じゃないですか！」

「今更なにを言っている。大変だからこそ、計画を潰すのに奔走《ほんそう》したのだろう」

結果、反逆者一味を捕らえ、『王宮平面図』を回収し、トウゴマの現物、実験記録などの物証も押さえ、二件の変死体についての自白も得た。

また流出した情報が使い物にならないよう、王宮の隠し通路はすべて埋《う》め、外部からの侵入を防いでいる。大御膳《ごぜん》会の料理も、膳《ぜん》から大皿料理に変更したことで毒の混入の回避に成功した。毒物を塗られた酒器や皿も、全部清浄な物と取り換え済みである。

「えっ。じゃあ神様へ捧げた供物《くもつ》に毒は入ってなかったんですか!?」

「当然だろう。毒が付着しているとわかっているのだから、容器は証拠物件として押さえてある」

侵入者を捕まえずに見逃したのは、計画が順調に運んでいると思わせるためだ。

カグミは「全体の流れはわかりました」と頷いてから、怪訝《けげん》そうに首を傾げた。

「それで、この事件にユーベルミーシャ様がどう関わっているんです？」

「……ユーベルミーシャ殿は暗殺計画に加担しているわけではない。ただ『ある物』を探していて、それを見つけるために『王宮平面図』を盗み、模写して本物を元に戻した」

イシュアンが『ある物』と言葉を濁《にご》したのは、カグミに他言無用と約束させたからだ。カグミはユーベルミーシャの探し物が『破壊の指輪』だとわかっているのかいないのか、「ひい」と呻《うめ》く。

「他国の大使様がそんな無謀な真似をやっちゃいますか」

「いや、実際に盗んだのはマデュカだろう。『王宮平面図』が保管されているのは書院の保管課だ。いくら優秀な文官でも、入室資格のないコウジンでは無理があるからな」

カグミは首から下げた身分証の木札をいじって、「確かに」と納得している。

「盗難の発覚を遅らせる目的で、第二王子派の情報を王太子派に売りつけたり、またその逆をしたりして小競《こぜ》り合《あ》いを頻発させていたようだ。『王宮平面図』の模写を所持していた者の証言によれば、入手した『王宮平面図』の出所を攪乱《かくらん》させるために、複写した物を横流ししたらしい」

「うわあ、結構えげつないですね」

「だが変死体の口にトウゴマの種を含ませて、毒殺を警告してくれたのはユーベルミーシャ殿だ」

これはイシュアンの陽陰《ヒカゲ》ではなく、女子寮を見張る王妃の陽陰《ヒカゲ》によりもたらされた情報だった。

なんでも変死体を見つけトウゴマの種を口に入れたのは、コウジンなのだとか。彼を尾行した陽陰《ヒカゲ》が、ユーベルミーシャの「毒殺は美しくないから嫌いだ」という呟きを拾ってきた。

「どうやらユーベルミーシャ殿は毒殺を好ましく思っていないようだね」

「そりゃ好ましくないでしょう!? 毒殺なんて誰だって嫌ですよ!」

身震いして喚《わめ》くカグミは、相変わらず思慮が浅い。

この時点で、彼が毒殺を警告できる程度には暗殺計画を知っていた、となぜ疑わないのか。

マデュカについてもそうだ。

書庫の隠し戸を見張っていたのは彼女で、鐘騒動が起きたとき、近くにいたのは彼女だけだとルケスが証言している。状況からして、偽書付《かきつけ》を取れたのはマデュカしかいない。

イシュアンがそう説明すると、カグミは前方を走るユーベルミーシャの背中を愕然《がくぜん》と眺めて言う。

「……そんなそぶり、全然なかったですよ？」

「君の前ではそうかもしれないな。なにせ探し物を諦《あきら》めても、君を諦《あきら》めるつもりはないと言い切ったくらいだ。君への執着は並大抵ではない。自分の悪い面など見せたがらないだろう」

身に覚えがあるのか、カグミはげっそりとした顔で項垂《うなだ》れた。

「凡人で平民の私が、他国の大使様に執着される理由が本気でわかりません……」

「ああ、私にも理解できない。だが君が私の物である以上、私が守るのは必然だ」

イシュアンが「一人で解決しようと思うな」と告げれば、カグミは感激したように眼を潤《うる》ませた。

「殿下……」

「泣くな。君は私を頼ればいい」

「はい、頼ります。よろしくお願いします！」

「声が大きい。守る代わりに今後とも君には私のもとで働いてもらう。そのつもりでいなさい」

これから事後の収拾を図るのが一番大変なのだが、そうとは言わないでおく。

イシュアンは「ところで」と話題を変え、カグミを真上からジロリと睨《にら》んで詰問する。

「私も君に訊きたい。私は確か『待て』と言ったな。君は『大丈夫です』と応じたはずだが、どこが『大丈夫』なんだ？　君は言葉の意味を知らないのか？」

畳《たた》みかけると、カグミはたじたじになりながら、涙目で訴えてきた。

「今回は不可抗力です。私だって動きたくて動いたわけじゃありませんから！」

「いいだろう。言い訳を後でじっくり聞いてやる。私が納得いかなければ、残業だ」

「やっぱりかー！　そうくると思いましたよ。覚悟していました。それで、私はなにをすれば？」

ヤケクソに見えるも、一度関わった以上は最後までやり遂げるという凛《りん》とした顔だ。

……最初は、関わりたくない相手だと思った。積極的に会うつもりもなかった。

イシュアンは腕の中のカグミをじっと見つめ、ふと笑いが込み上げてきた。

「それがいつの間にか、手放せない存在となっているとはな」

「は？　なにか言いました？　蹄《ひづめ》の音がうるさくて聞こえなかったんですけど」

イシュアンは独り言を打ち消すように、カグミの喜びそうな提案を持ちかけた。

「それとも残業ではなく、祝杯を挙げようか？　と訊いたんだ。君はどちらがいい？」

「もちろん祝杯です！」

間髪容《かんはつい》れず答えたカグミの顔は期待に輝いている。イシュアンはくつくつと笑いながら了承した。

――皆で乾杯しよう。きっと賑やかな楽しい一夜になる。

やがて、祭典が終わっても戻らないイシュアンたちを心配したルケスが走ってくる姿が見えた。

## 一時帰宅

春季祭《しゅんきさい》から日が経ち、カグミが王宮に出仕してから、早いもので五ヶ月以上が過ぎた。

遅咲きの桜の見頃を迎えて、清々《すがすが》しく明るい季節の到来である。

カグミの毎日は相変わらずの忙しさで、なぜ仕事が減らないのか不思議に思うくらいだ。

「おーい、王宮書庫のご意見番はいるかー？」

「……はーい」

不本意ながら、分不相応な呼称にも、最近では諦《あきら》めという名の耐性がついてきた。

サザメは友達という名目で相談者を連れてくるし、チズリはますます桃色《ピンク》に傾倒している。

ユーベルミーシャも日参している一人だ。彼の側近のコウジンは王宮の治安を乱した罪でタダ働きさせられているらしい。マデュカは服役することになり、位階剥奪《はくだつ》の上、失職した。

そんなある日、ルケスの鬼指導を受けて猛読書中のカグミが口にした一言に、周囲が静まり返る。

ダーヴィッドが「は?」と眼を点にし、訊き返してきた。

「なんだって? おい、ブス、もう一度言えよ」

「え? いや、だから『私の任期も残り半年とちょっとですね』って言っただけですよ」

なにを驚くことがある、とカグミが眼を瞬《しばた》くと、眉間を指で押さえてルケスが立った。

「私は書院に急用ができた。ちょっと行ってくる。カグミ、君はアルテアの傍にいなさい」

どんな急用なのか、ルケスは大股で書庫を出ていく。

「……なんだかすごく慌てていましたけど、なにかあったのかな」

カグミは独り言を呟いたつもりだったのに、アルテアが律儀に答えてくれた。

「さあ、どうかしら。でも、すぐにあなた、書院に呼ばれるわ」

心の友アルテアは、相変わらず喧《やかま》しい美青年集団を侍《はべ》らせつつも、孤高を保っている。

アルテアの予知は的中し、間もなく戻ってきたルケスに「長官がお呼びだ」と書院に連行された。

書院では、長官室でイシュアンが待っていた。彼の左側にリガルディー、右側にエストワが控えている。扇子《せんす》は机の上にそっと置かれていて、見慣れたいつもの光景だ。

「こんにちは、カグミ」

「こんにちは、長官」

直後、沈黙が落ちる。よく見るとイシュアンの眼が険《けわ》しい。あれは怒っている顔だ。

……くそう。またなにかやらかしたのか、私よ。

心当たりがないので勇気をもって訊《たず》ねると、イシュアンは軽く首を横に振った。

「この件に関しては、君はなにも悪くない。悪くはないが……腹立たしい」

「悪くないのに怒られたら堪《たま》りませんよ⁉」

「そうだな。ところでルケスから聞いたのだが、君の出仕期間が一年だけとはどういうことだ？」

思いがけない質問に、カグミは面食らったものの素直に答える。

「どうもこうも、最初から一年だけの年季奉公ですよ。そういう契約です」

そう説明するとイシュアンは社交用の笑みを浮かべて長い指で扇子《せんす》を取り、たしたしと掌《てのひら》を打つ。醸《かも》し出す威圧感が怖すぎる。

「なるほど？　では君は、半年後に退職するつもりだったと。ふうん、そう」

まるで薄情者め、と罵《ののし》るような眼で凝視《ぎょうし》される。射竦《いすく》められたカグミは必死に抗弁した。

「か、か、か、家族が、待ってますし、仕事もありますので、はい」

「仕事なら、書院《ここ》にもたくさんあるよ？」

「それはまあ、そうですね。でも私でなければいけない仕事なんてな――なんでもないです」

イシュアンに冷たく睨《にら》まれ、身の危険を感じたカグミは口を閉じた。

ややあって、なにか考えついた顔でイシュアンが告げる。

「そうだ。明日から君に、五日間の休暇をあげる。ご家族に元気な顔を見せてくるといい」

突然の朗報に、カグミは喜々として叫ぶ。

「家に帰してもらえるんですか!?」

「一時帰宅だよ、楽しんでおいで。手土産《てみやげ》もつけてあげよう。なにか欲しい物はない？」

図々しいかな、と思いつつ、カグミは正直に申し出た。

「あの、前に長官からいただいたお茶が欲しいです。エストワ様が調合されたという茶葉。とてもおいしかったので」

そう言うと、イシュアンは一瞬、虚を衝《つ》かれた面持《おもも》ちになった。

「ああ、あれ……わかった。用意しておこう。他にはないの？」

「ありません。ありがとうございます、長官！」

翌日、カグミはイシュアンから届けられた茶葉を手土産《てみやげ》に、意気揚々《いきようよう》と西門に立った。

窓口にいた中年のおっさんに通行証を見せ、名前と所属、外出目的と帰りの予定日を記入する。

「はい、確かに。気をつけていってらっしゃい。——ゆっくり寛《くつろ》いで、また帰っておいで」

ふと、聞き覚えのある声だなと思って、じっと見る。

冴《さ》えない風采だな、と失礼なことを考えて、俄《にわ》かに気づく。春季祭《しゅんきさい》で会った『私は人を見るのが仕事だからね』と言っていた、すごい陽陰《ヒカゲ》だ。

中年のおっさん陽陰《ヒカゲ》は、しー、と唇に人差し指をあて、小さく笑って見送ってくれた。

「行ってきます」

久しぶりに家族に会える！　とカグミは浮かれて門扉《もんぴ》を潜《くぐ》り、懐かしの我が家へと一歩を踏み出した。

——と、ここまではよかった。

カグミは実家の居間に正座して俯《うつむ》き、非常に肩身の狭い思いをしていた。

……なにがどうしてこうなった。

現在カグミの隣では、地味な格好をしていても無駄にキラキラしたイシュアンが優雅に正座している。彼の左右にはリガルディーとエストワが座り、背後には申し訳なさそうな顔のルケスが畏《かしこ》まっていた。

更にアルテア、ダーヴィッド、ユーベルミーシャ、サザメ、チズリ、ヨウハ、なぜかスタンザまでいる。そして皆で養父グエン、長兄シグマ、次兄ナリフ、三兄レイバーを説得していた。

一年と言わず、継続的な出仕を求めての直談判《じかだんぱん》だそうだ。

……そんなこと、誰も頼んでないのに！

猛烈に抗議したい。だがイシュアンのみならず、この面子《メンツ》に口で勝てるとはまったく思えない。

門扉《もんぴ》の外で待ち構えていた彼らを家に連れてきた時点で、カグミの敗北が決まっていたのだろう。

イシュアンが逆らい難《がた》い完璧な王子殿下の笑みを浮かべて、グエンへ丁寧に頼み込む。

「どうかお嬢さんを私にお預けください。一年と限らずその先もずっと、大切にします」

耳の調子がおかしい。「ずっと大切にします」が「ずっとこき使います」と聞こえた。

カグミはひくりと頬を引《ひ》き攣《つ》らせ、横目でイシュアンを窺《うかが》う。すると「逃がさないよ？」と言わんばかりに笑顔で凄《すご》まれた。

止《とど》めとばかりに、イシュアンが宣言した。

「お嬢さんの身は私が責任を持って守りましょう。無論、ご家族の皆様も同様に」

イシュアンにここまで言われて、断れる平民はいない。雲の上の御方である王子殿下直々《じきじき》の要望に、養父はもう涙目だ。三人の義兄たちは身分差もなんのその、可愛い妹を毒牙にかける優男《やさおとこ》、と睨《にら》みつけている。

そしてカグミは、イシュアンの甘い（？）口説《くど》き文句にげっそりだ。

このままでは真に受けた義兄たちが暴れ出す、と危機感を抱き、泣く泣く言った。

「長官。今すぐ、ものすごく司書のお仕事がしたいです」

「そう？　せっかく休暇をあげたのに、君は勤勉だね。さすが王宮書庫のご意見番だ」

カグミは手土産《てみやげ》に持たされた茶葉を、イシュアンにぶつけたい気持ちになった。

……この黒魔王！

イシュアンのしてやったり、という顔がなんとも腹立たしい。負けを認めるのは癪《しゃく》だが、もとより天と地ほどもある身分差。最初から勝てる相手ではない。

ならばせめて、と思う。

「こうなったら、王宮書庫の本を全部読了してやる……！」

カグミが初志貫徹《しょしかんてつ》を誓った、数日後。

イシュアンからカグミの手に、無期限の王宮出仕任命状が手渡された。

書き下ろし番外編

# 大変な休日

初めての休日を明日に控えた前夜、カグミは悩んでいた。

明日は王宮へ出仕して初めてもらった休みだ。残念ながら市井《しせい》への外出は禁じられたので実家に帰ることはできないものの、他にもしたいことは山ほどある。

カグミは寝支度を整えると寝台に横になり、ブツブツ言いながらやりたいことを指折り数えてみた。

「今まで読み溜めた本の写本でしょ、自分用の図書目録も作りたいし、適当に書庫内をぶらつくのもいいな。洗濯とか掃除とか買い出しとか色々あるけど、惰眠《だみん》を貪《むさぼ》るのも外せない。運動もいいなー。たまにはがっつり走り込まないと体力落ちるしなあ」

と、やりたいことは数あれど、しかし明日の予定はイシュアンに押さえられている。

カグミは天井を仰《あお》いだまま、なんとか休みを死守できないものかと画策してみた。

「……隠れる、見つかる、連行。逃げる、捕まる、連行。抗《あらが》う、懐柔《かいじゅう》される、連行」

……だめだ。どの行動を選んでも、結局はルケスに拘束され、イシュアンのもとへ連れていかれる未来しか見えない。

最良な案が浮かばなかったカグミは、あえなく抵抗を断念した。せっかくの休日を潰されることは不満だが、協力要請に応じたのは他でもない自分だ。やるしかない。

「でも、お嬢様教育なんて、いったいなにやらされるんだろ……」

若干の不安に苛《さいな》まれつつ瞼《まぶた》を閉じると、そのまま深い眠りに落ちていった。

翌朝、カグミはいつも通りの時間に起床した。日課の屈伸運動《スクワット》をこなし、顔を洗い、誰もいない食堂で朝食をとる。歯を洗浄して厠《トイレ》を済ませ、無人の書庫を見回って異常がないか確認し、扉を開錠すれば準備万端だ。

七の鐘が鳴る前、ダーヴィッドとアルテアがほぼ同時に出仕してきた。

「おはようございます」

扉口で待機していたカグミがまず挨拶《あいさつ》すると、二人は怪訝《けげん》そうな顔をして言った。

「おはよう。って、あれ？　おまえ、今日休みじゃねぇの？」

「おはようございます。あなた、本日はお休みの予定ではなくて？」

「ええ、まあ、そうなんですけど。……長官に呼ばれていますので」

言葉少なに応じたカグミの態度になにかを察したのか、それ以上の追及はなく、代わりに激励の言葉が飛んできた。

「ふーん。じゃ、行ってこい。長官の指名は光栄なことだぞ。しっかり励めよ」

「そうですわね。長官のお仕事は大事ですわ。つつがなく、お勤めなさって」

光栄だと思うなら代わってくれ、とも言えず、カグミは殊勝な顔で頷いた。

ややあって朝礼に現れたルケスは、カグミを見ると少し意外そうな顔をした。

「おはよう。……私が呼び出す前に待機しているとは、いい心がけだな」

どうやら褒《ほ》めてくれたらしい。

カグミは「面倒なことは早く済ませたい一心です」とは答えず、愛想笑いで応じた。

それから朝礼で連絡事項を申し伝えると、ルケスはカグミを伴って書庫を出る。

「あのう、今日はどちらに向かわれるので？」

「長官の部屋だ」

やっぱりか。予想はしていたが、的中してもまったく嬉しくない。

……またいじめの材料《ネタ》が増えるのか。

ただでさえ憂鬱《ゆううつ》だったのに、近い未来に起こるゴタゴタを考えて更に気が重くなる。

カグミは面倒くさい気持ちを抱えた暗い顔のまま、どんよりと肩を落とした状態で、十人の武装した兵士が扉番を務める扉を潜《くぐ》り、王族居住区内へと足を踏み入れた。

「失礼致します。カグミを連れて参りました」

入室許可を得てルケスがイシュアンの部屋に入る。鈍重な動きでカグミも続く。

イシュアンが「二人とも、顔を上げていい」と言ったので、のろのろと従う。そこにはエストワとリガルディーの側仕え二人を侍《はべ》らせたイシュアンがいた。彼は相変わらずの澄《す》まし顔をして、寛《くつろ》いだ様子で文机《ふづくえ》の前に座っている。今日は上品な藍色の袍《ほう》に金糸細工の純白の帯を締《し》めていて、隙のない佇《たたず》まいと相まって無駄に美しい。

「おはよう。よく逃げずに来たね、カグミ」

なぜだろう。朝の清々《すがすが》しい空気に妙な圧迫感を覚える。

カグミは敵前逃亡を画策していたことは棚に上げ、空とぼけて挨拶《あいさつ》した。

「おはようございます。に、逃げるなんて、しませんよ。畏《おそ》れ多くも長官のお召しですよ？　そんな失礼なこと、するわけないじゃないですか」

「ふふ、そう？　その割に眼が泳いでいるように見えるのは、私の気のせいかな？」

「気のせいですよ」

カグミが内心の焦りを隠し、精一杯虚勢を張って言い返すと、ありがたいことにイシュアンは割とあっさり退いてくれた。

「ではそういうことにしておこう。さて、時間が惜しいな。始めるか。エストワ、隣室でカグミに説明を。リガルディーは人払いだ。ルケス、外の見張りを任せる」

てきぱきと指示が飛び、三者三様にきびきびと動き始める。

カグミがエストワに手招かれるまま彼の後について隣室へ入ると、真っ先に視界へ飛び込んできたのは、衣桁《ハンガー》に吊るされた桜色の衣装。艶《つや》も質感も素晴らしく、透けるような薄い布地に可憐な花の刺繍が施《ほどこ》され、いかにも高価そうだ。

……もしかしなくとも、これ、私が着るんだろうな。

嫌だなあ、とうんざり顔のカグミにニコニコ顔のエストワが布包みを手渡してくる。

「今日は初めに歩き方を訓練します。色違いではありますが、当日の衣装と同じ物を用意しました。カグミさんにはこの衣装を着てもらい、お嬢様らしい歩き方と座り方、それに基本の所作を覚えていただきます」

エストワは丁寧な口調で喋《しゃべ》りながら、衣桁《ハンガー》から衣装をはずす。

「さて衣装ですが、着方はご存じですか？」

カグミがフルフルと首を横に振ると、彼はニコリと笑い、安心させるように言う。

「では僭越《せんえつ》ながら私がお教えしましょう。襦袢《じゅばん》はお召しですね？　結構。その上にこちらの内着を着用し、衣装の下衣を前側から身体に巻き付けます。その際、胸の位置に合わせて、紐は前で結びます。上着を重ね、飾り帯を整えれば完了です。簡単でしょう？」

ところが実際に一人で着てみると、緩みやズレのないように着るのは難しかった。特に上着の飾り帯が、何度教えられた通りに結んでみても、綺麗に決まらない。

諦《あきら》めてイシュアンの前に出ていくと、彼はカグミを一目見るなり眉を顰《ひそ》めた。そのまま無言で立ち上がると、器用な手つきで飾り帯を整えてくれる。

「ありがとうございます」

カグミが礼を述べると、イシュアンはついでとばかりに襟《えり》と衣装のヨレも直してくれた。そのままカグミを上から覗き込むように見つめ、ゆっくりと口を開く。

「カグミ」

「はい」

なにを言われるのか、と緊張したカグミの耳に、次の瞬間、イシュアンの意外な言葉が届いた。

「……せっかくの貴重な休みを潰してしまい、君には申し訳なく思っている。だが国家の大事のため、民の安寧《あんねい》のため、どうか私に力を貸してほしい」

カグミはびっくりした。イシュアンに詫びられ、頼られている。やんごとなき王族、偉い王子殿下が、ただの一介の司書見習いを必要としてくれているのだ。

その事実が、心を暗く蝕《むしば》んでいた一切合切を吹き飛ばす。

……面倒くさい、なんて言っていられない！

カグミは奮起し、グッと拳《こぶし》を握って引き受けた。

「任せてください！　なんでも頑張ります！」

それを聞いたイシュアンは、我が意を得たり、と言わんばかりにニッコリと微笑む。

「それでこそカグミだ」

褒《ほ》められてカグミが喜ぶも束の間、イシュアンはおもむろに懐《ふところ》から鉄扇《てっせん》を抜いた。

「ならばさっそく歩行訓練から始めよう。息を吸って」

「は？」

唐突な指示にカグミが戸惑っていると、イシュアンは作り笑顔を深めて続ける。

「息を吸って、止める。肺に空気を溜める感じで、胸を張ること。そうすることでおなかも引っ込む。次は目線。前を向くことを意識して。まばたきもしないこと」

カグミはおたおたしながらイシュアンの指図に従おうとした。

「え、えっと？　息を吸って、止めて、胸を張って、おなかを引っ込めて、前を向いて、まばたきをしない——って、え。そ、そんなの無理……」

だが泣き言を許してくれるイシュアンではない。カグミの訴えを右から左へと聞き流し、床の板目を鉄扇《てっせん》で示して言う。

「次に足運びだけど、両脚の膝の内側を軽く擦るように交互に出して、直線上をなぞるように進むこと。焦らなくてもいい。滑《すべ》るように——こら、下を見るな」

カグミは必死に言われた通りやろうと努めたものの、たちまち立ち往生してしまう。

「あのう、衣装が脚に絡んで、すごく歩き辛いんですけど」

「だからって衣装をたくし上げようとするのではない。はしたない。そういう場合は、少しだけ布を指で摘《つ》まみ持ち上げて歩くのだ」

「な、なるほど」

「もっと背筋を伸ばしなさい。顎《あご》を引いて。頭をグラグラさせるな。余所見《よそみ》もするな」

「はひ」

「まっすぐ歩けと言っているのに傾いている。やり直し」

イシュアンの個人指導は厳しかった。

悪戦苦闘するカグミに、無情なイシュアンが新たな課題を告げる。

「そして最も肝心なのは、笑顔だ。歩くときも、振り返るときも、黙っているときも常に笑みを絶やすな。美しく愛らしい笑顔は、なによりの武器だ。自然な笑顔で居続ければ、付け焼刃の俄《にわ》か令嬢でもれっきとした貴族令嬢に見えるものだ」

「帰っていいですか」

「帰ってどうする！」

……だって歩くだけでも大変なのに、自然な笑顔なんて、むーりー。

だがしかし、カグミの心の悲鳴はイシュアンには聞き入れられなかった。

一時休憩を兼ねて椅子を勧められ、一旦座る。気疲れしてぐったりするカグミに対し、
平然とした様子のイシュアンから手鏡を手渡された。

「笑ってみなさい。あくまでもごく自然にね」

「し、自然な笑顔と言われても困りますよ。お嬢様の笑顔ってどんなのですか？」

「女性ではないが、私を手本にしてもよろしい」

「それは黒魔王的なアレで――申し訳ありません、なんでもないです、口が滑《すべ》りました」

イシュアンに笑顔で凄《すご》まれ、カグミは慌てて口元を片手で押さえつける。

彼は手に持っていた鉄扇《てっせん》でたしたし、と掌《てのひら》を打ちつつ、わかりやすい助言をくれた。

「自然な笑顔は口角を吊り上げ、目元も笑うように意識するといい」

「……こうですか？」

「ふざけているのか」

「大真面目ですよ！」

試しに笑ってみたら睨《にら》まれた。辛い。

しょんぼりするカグミを見て鉄扇《てっせん》で眉間を押さえたイシュアンが、ややあって気を取り直して言う。

「……そうだな。いきなり自然な笑顔を作れと言っても無理か。君はまず普段から意識して口角を上げるように、習慣とすればいい」

普段の生活で笑う機会はそうそうないし、作り笑顔を会得《えとく》するための習慣など身につく気もしない。

カグミは内心そう考えたものの、ここは一応頷いておく。

イシュアンもそれで納得したらしく、笑顔の作り方は要練習、となった。

「よし。では次は、立ち座りの動作と令嬢らしい所作を学びなさい」

「……はぁ」

いつまで続くのか、と気持ちがだれてきたカグミにイシュアンが告げる。

「これが終わったら、盛り沢山の豪華な昼食が待っているよ」

「早く始めましょう！」

我ながら現金だ。俄然やる気が出てきた。

そんなカグミの態度にイシュアンは呆れ顔をしたものの、次いで、くつくつと笑う。

「この単純さが君の取り柄だな」

「褒《ほ》め言葉と受け取っておきます」

そうして陽が沈むまで、イシュアンによるカグミのためのお嬢様教育は続いた。

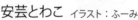

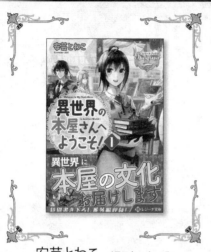

異世界の本屋さんへようこそ！ 1~2
Presented by Towako Aki & Omikuni
原作 安芸とわこ
漫画 オミクニ
Regina COMICS
大好評発売中！
待望のコミカライズ！
蓮《れん》は本を愛する書店員。ある日、職場にあった本を開くと、異世界に連れて行かれてしまった！どうやら、元の世界に帰るには、この世界と「縁」を結ぶ必要があるらしい。まずはできることをしようと決めた蓮に、この世界にはない「本屋」を作ってほしいという依頼が舞い込んで──？
本屋開店
地球へ帰る道が開く!?
＊B6判 ＊各定価：本体680円＋税
アルファポリス 漫画
検索

新感覚ファンタジー
RB レジーナ文庫

## 勅命で騎士と親密に!?

レジーナブックス Regina

# 恋するきっかけは秘密の王子様

安芸とわこ　イラスト：あり子

価格：本体 640 円+税

生真面な公務員のルイは、ある日、麗しの騎士様に助けられ、トラブルを乗り越えた。しばらくするとルイと騎士に王家より勅命が届く。その内容は、騎士にルイの警護を命じると共に二人に親密になれというもの。その日から騎士様がつきっきりとなり、平穏だった生活に大変化が——？

詳しくは公式サイトにてご確認ください

https://www.regina-books.com/

携帯サイトはこちらから！

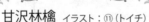

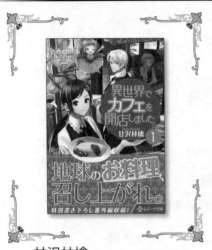

本書は、2017年5月当社より単行本として刊行されたものに書き下ろしを加えて文庫化したものです。


この作品に対する皆様のご意見・ご感想をお待ちしております。

おハガキ・お手紙は以下の宛先にお送りください。

【宛先】

〒150-6008 東京都渋谷区恵比寿4-20-3 恵比寿ｶﾞｰﾃﾞﾝﾌﾟﾚｲｽﾀﾜｰ 8F
（株）アルファポリス　書籍感想係

メールフォームでのご意見・ご感想は右のＱＲコードから、
あるいは以下のワードで検索をかけてください。

アルファポリス　書籍の感想　検索

ご感想はこちらから

レジーナ文庫

# 王宮書庫《おうきゅうしょこ》のご意見番《いけんばん》

安芸《あき》とわこ

2020年7月20日初版発行

文庫編集ー斧木悠子・宮田可南子
編集長ー太田鉄平
発行者ー梶本雄介
発行所ー株式会社アルファポリス
〒150-6008 東京都渋谷区恵比寿4-20-3 恵比寿ｶﾞｰﾃﾞﾝﾌﾟﾚｲｽﾀﾜｰ8階
TEL 03-6277-1601（営業）　03-6277-1602（編集）
URL https://www.alphapolis.co.jp/
発売元ー株式会社星雲社（共同出版社・流通責任出版社）
〒112-0005 東京都文京区水道1-3-30
TEL 03-3868-3275
装丁・本文イラストー大橋キッカ
装丁デザインーansyyqdesign
印刷ー株式会社暁印刷

価格はカバーに表示されてあります。

落丁乱丁の場合はアルファポリスまでご連絡ください。

送料は小社負担でお取り替えします。


ISBN978-4-434-27509-8 C0193